抗战时期的西南联合大学校门

抗战时期的西南联合大学校舍

抗战时期的西南联合大学图书馆

西南联大博物馆 / 供图

西南联合大学校务委员会常委、清华大学校长梅贻琦

西南联合大学校务委员会常委、北京大学校长蒋梦麟

西南联合大学校务委员会常委、南开大学校长张伯苓

西南联合大学外国语言文学系 1946 届学生毕业合影

冯至　　　钱锺书

卞之琳　　　柳无忌　　　王佐良

西南联大名师课 世界文学

西南联大博物馆 编

冯至 等 著

人民东方出版传媒
东方出版社
People's Oriental Publishing & Media
The Oriental Press

图书在版编目（CIP）数据

世界文学 / 西南联大博物馆编；冯至等著 . -- 北京：东方出版社，2025.8
（西南联大名师课）
ISBN 978-7-5207-3711-1

Ⅰ.①世… Ⅱ.①西… ②冯… Ⅲ.①世界文学—文学史 Ⅳ.① I109

中国国家版本馆 CIP 数据核字（2023）第 200939 号

世界文学
SHIJIE WENXUE

作　　者：	西南联大博物馆编　冯至等著
责任编辑：	孔祥丹
责任校对：	孟昭勤
出　　版：	东方出版社
发　　行：	人民东方出版传媒有限公司
地　　址：	北京市东城区朝阳门内大街 166 号
邮　　编：	100010
印　　刷：	三河市龙大印装有限公司
版　　次：	2025 年 8 月第 1 版
印　　次：	2025 年 8 月北京第 1 次印刷
开　　本：	880 毫米 ×1230 毫米　1/32
印　　张：	11
字　　数：	224 千字
书　　号：	ISBN 978-7-5207-3711-1
定　　价：	59.80 元
发行电话：	（010）85924663　85924644　85924641

版权所有，违者必究

如有印装质量问题，我社负责调换，请拨打电话：（010）85924602　85924603

丛书编委会

主　编：李红英
副主编：朱　俊　铁发宪

编　委（按姓氏笔画为序排列）：
　　马艺萌　王　欢　朱　俊　李红英　李　娅
　　张　沁　祝　牧　姚　波　铁发宪

序

致敬，怀抱薪火者

走进西南联大旧址，很多人，包括我自己，浸润其中经常是情到深处泪自流。这所在抗战烽火中诞生的高等学校，在短短的8年多时间里，创造了中国乃至世界教育史上一个苦难而又光辉的奇迹：

8年中，在战火纷飞、衣食难继的条件下，联大师生中走出了2位诺贝尔奖获得者、8位"两弹一星"功勋奖章获得者、5位国家最高科技奖获得者、175位院士、9位党和国家领导人以及大批蜚声中外的杰出人才。联大的师生经历了革命、建设、改革的各个历史时期，走过苦难却为历史留下丰碑，为今人留下启迪。

一

西南联大，为国立西南联合大学的简称，是抗战烽火中由国立北京大学、国立清华大学和私立南开大学在云南昆明合组而成的一所综合性大学。

1937年卢沟桥事变发生后，平津沦陷。为保存中国教育的火种，沦陷区高校纷纷内迁。1937年8月，上述三所高校迁至长沙，组成国立长沙临时大学。然而，日军铁蹄步步进逼，长沙很快又岌岌可危。于是，长沙临大师生又分三路奔赴昆明。其中一路由近300名师生组成的"湘黔滇旅行团"，横跨湘、黔、滇三省，历时68天，行程3500里。在这支队伍中，有黄钰生、闻一多、曾昭抡等11名教师。联大师生"刚毅坚卓"的品格，于此可见一斑！

1938年4月，师生陆续抵昆，长沙临时大学改称"国立西南联合大学"，5月4日正式开课。1946年5月4日，西南联大宣告结束，三校胜利复员北返，留师范学院在昆明独立设置，定名国立昆明师范学院，1950年改名昆明师范学院，1984年更名为云南师范大学。

这是一所在一无所有基础上结茅立舍的大学！"昆明有多大，联大就有多大"。联大教授任之恭在《一位华裔物理学家的回忆录》中写道："这个大学在昆明最初创立时，除了人，什么也没有。……过了一些时间，都有了临时的住地，或靠借、或靠租。……一旦有了土地，便修建许多茅草顶房屋，用作教室、宿舍和办公室。"

这是一所在躲空袭、"跑警报"中完成教学的战时高校！昆明虽是大后方，但1938年9月后屡遭日本飞机的空袭，"跑警报"成了联大师生的家常便饭。华罗庚在敌机轰炸中差点丧命，金岳霖在"跑警报"中丢失了几十万字的手稿。为了安全，教授们不得不疏散到昆明周边的城郊居住。

即便在如此极度简陋和艰难的环境中，西南联大师生精诚团结,和衷共济,坚持教书救国、读书报国,坚持为国育才,鼎力治学研究,服务抗战救国,引领风气之先,为赓续中华民族的文化血脉创造了中国乃至世界教育史上的奇迹。

梅贻琦、闻一多、朱自清、郑天挺、陈寅恪、钱穆、罗庸、冯友兰、潘光旦、汤用彤、沈从文、唐兰、陈梦家、叶企孙、吴有训、华罗庚、陈省身、吴大猷、王竹溪、赵忠尧、曾昭抡、施嘉炀……大师云集、名家荟萃,真可谓山河破碎时,群星正闪耀。

回望这一个个载入中国教育史、文化史、科学史的名字,他们既是有杰出学术造诣、启迪学生智慧的学问之师,更是操守高洁、能以伟岸人格力量砥砺学生心灵的品行之师。他们以杰出的学识、伟岸的人格力量,以及爱国、科学、民主的精神,影响着那些胸怀读书报国之志的年轻人:杨振宁、李政道、邓稼先、朱光亚、黄昆、郑哲敏、汪曾祺、穆旦、许渊冲、马识途……

大学之"大",在大师之"大"。西南联大的实际主持者梅贻琦先生有句名言:"所谓大学者,非谓有大楼之谓也,有大师之谓也。"西南联大秉持的正是这样的办学理念,凝聚当时的一众教育精英。大师,是大学的灵魂所在。师之所存,道之所在;道之所在,人之所向;英才聚焉,故成其大。

"多难殷忧新国运,动心忍性希前哲。"是爱国主义精神,支撑着联大师生在危难之中能够弦歌不辍,在战火之下依然桃李芬芳。

"千秋耻,终当雪。中兴业,须人杰。"是教育救国的信念,激励他们为国育才,为民族复兴治学,为后人留下了一座座不朽的科学、人文成果的丰碑。

2020年1月20日,习近平总书记考察调研西南联大旧址时指出:"国难危机的时候,我们的教育精华辗转周折聚集在这里,形成精英荟萃的局面,最后在这里开花结果,又把种子播撒出去,所培养的人才在革命建设改革的各个历史时期都发挥了重要作用。"

是的,只有教育"精英荟萃",才有科学与文化"播撒种子、开枝散叶"的可能。有了西南联大的一众名师,才有了国难当头之际,科学与文化的薪火在中华大地上传承不绝的壮观一幕!

致敬,怀抱薪火者!

二

国之大事,在祀与戎。

西南联大旧址及博物馆是西南联大在昆明办学8年的重要物质载体,蕴含着丰厚的历史文化资源,她记载着联大师生的艰难与困苦、成就与辉煌,体现着西南联大在特定的抗战历史条件下为赓续中华民族的文化血脉坚韧不屈的担当与责任。

祀,既是纪念,更要传承。

我们传承和弘扬联大精神,不仅要对西南联大历史文化遗产进行保护,更要通过展陈、宣传、教育、课堂教学等多元、立体方式还原、呈现西南联大的历史,作时代阐释。现在,呈现在读者面前的这套"西南联大名师课"丛书,就是我们整理、编纂和研究西南联大知识分子群体的作品，用各种形式传播他们在极端困难下取得的、至今仍不过时的各种成果。丛书共10册，分为《中国历史》、《中国文学》、《中国哲学》、《诸子百家》、《诗词曲赋》、《文化常识》、《人文精神》、《科学精神》、《世界文学》、《世界哲学》10个主题。编纂这套反映西南联大名师学术思想和精湛教学水平的课程讲义，是为了向大师们致敬，也是为传承和弘扬好西南联大精神，讲好西南联大教育救国故事的一个新成果。

丛书在文章编选上，遵循以下原则：

择师重"名"。丛书精选的名师有52位，他们多为影响力较大、在一个或多个学术领域中富有专长的名师，基本上代表了一个时代的学术文化高峰。

选文重"精"。为尽可能展现名师的学术风貌，丛书文章的收录范围，并不限于联大8年时间。丛书所选文章共300余篇，编辑团队用过的备选底本数量则在此10倍以上，以确保能从这些名师的著述中，筛选出具有通识性、思辨性和时代价值的经典文章。

阅读重"易"。丛书立足于让读者读得精、读得懂，尽量精选联大名师著述中通俗易懂、具有可读性和易读性的文章，让读者能获得更好的阅读体验，更加方便地受到优秀文化的滋养。

按照以上编选原则，我们在尊重并保持原作风格与面貌的基础上，进行了仔细编校，纠正了个别讹误。

历史，是最鲜活的，因为它总能给当下的人带来智慧和启迪。因此，我们认为，本丛书的编选，既是对历史的留存，也是为时代讲述。相信，本丛书的出版，能对大家感知西南联大名师课堂的魅力，感受他们的学术风范、家国情怀和人格魅力，有所助益。

是为序。

西南联大博物馆馆长 李红英

编纂说明

"西南联大名师课"丛书,是为了彰显西南联大学术成果、传承和弘扬西南联大精神而编写。在编纂宗旨上,我们借鉴西南联大"通识为本,专识为末"的教育理念,精选多位西南联大名师留下的经典名篇,编为10册,分别是《中国历史》《中国文学》《中国哲学》《诸子百家》《诗词曲赋》《文化常识》《人文精神》《科学精神》《世界文学》《世界哲学》。

何谓"名师"呢?编者认为,所谓名师,就是指在西南联大工作或学习过的"西南联大知识分子群"中比较有代表性的人物。这些人,既有在西南联大任教时,就已经是其所属学术领域的知名学者,如梅贻琦、陈寅恪、朱自清、闻一多、冯友兰等,又有在西南联大任教时间不长,但名字也保存在"国立西南联合大学教职员录"中,还包括获得西南联大聘任而未到任,但名字印刻在"国立西南联合大学教授名录"上的著名学者,如顾毓琇、胡适等。为了体现西南联大文化薪火的传承不绝,本丛书还收录了在西南联大毕业后留在西南联大任教、后来成为各自领域的名家,如历史学家丁则良、古典文学家李嘉言、哲学家任继愈、翻译家王佐良、诗人和翻译家查良铮(穆旦)等人的作品。

在编纂体例上,丛书采用专题讲述的形式。每一册根据主题分为若干篇，每篇下又分为若干讲，均围绕本篇主题讲授。

丛书所选作品有的来自作者的课堂讲义或演说（如在昆明广播电台的广播演说），有的来自作者较为经典的文章或著作。丛书统一以"课"名之，一是凸显作者的"名师"身份，二是体现本丛书所选内容比较通俗易懂，就像他们课堂授课一般娓娓道来。但不可否认，由于时代原因，文中某些字词的用法，与现今略有差异，同时，每位名师在讲述风格、行文习惯等方面，以及作品的体例、格式等方面，也有所不同。为保证本丛书的可读性、准确性和连续性，以及文字、标点符号用法的规范性，我们按照国家有关编校规程，对入选内容作了仔细编校，纠正了个别讹误，并对原文进行了统一体例的处理。

具体编校方式如下：

1. 坚持尊重原作的原则，确保编校工作只是进行技术性处理，不损害作品的原意。

2. 编者所加注释，均以脚注形式出现，并在结尾处标明"编者注"加以区分；作品的出处及参考文献，以尾注形式出现。

3. 入选的部分作品，编者进行了节选。对节选内容，均在作品标题尾部注明"（节选）"字样，加以说明。

4. 文中表示纪年的数字，皆改为阿拉伯数字。为保持全书体例一致，原作正文中表示公元纪年的名称如"西元"、"纪"、"西"、"西历"等，统一为"公元"。同时，编者对表示公元纪年的方法也进行了统一处理，皆以"公元××××年"表示。文中表示时段的数字，统一为"××××—××××年"形式。

5. 为确保作品原貌，对因语言习惯变迁造成的部分文字差异，除确为硬伤、错别字外，对不影响理解作品原意的文字、半文半白的表述中的中文数字，均未作修改，如"的"、"地"、"得"、"底"的用法，"那末"（今作"那么"）、"长三十公尺"等。

6. 作品中出现的译名，与现今通用译名有不尽一致之处，为忠实原作原貌，皆未作改动。

7. 因各年代版本的不同，有些引文与现今版本文字略有出入。在忠实于作者表述的基础上，依据权威版本进行了核对修改。

8. 为更清晰地表达文章内容，本丛书对部分作品，进行重拟标题和分节的处理。

9. 为保障读者的阅读体验，对原作中的标点符号，在不改变原作内容的前提下，本丛书根据2012年开始实施的《标点符号用法》，对部分作品的标点符号进行了规范。

总之，编者希望本丛书能让广大读者从民族危亡时期这些名师的著述中，窥见那一代学人的奋斗与风貌，传承西南联大师生们铸就的优良传统，汲取增强自身文化基础、提升自我认知水平的有益养分。

编 者

目 录 | contents

第一篇 起源探津

古希腊罗马文学四讲

钱锺书：读《伊索寓言》/ 003

王　力：希腊早期文学简述 / 008

王　力：罗马共和时代的文学 / 017

柳无忌：希腊悲剧中的人生观（节选）/ 035

第二篇 流变指要

从文艺复兴到启蒙运动的西方文学四讲

王佐良：英国文艺复兴时期文学总图景 / 049

柳无忌：莎士比亚时代的抒情诗（节选）/ 053

吴　宓：福禄特尔与法国文学 / 063

冯　至：启蒙运动第一阶段的德国文学 / 076

第三篇 诗苑揽胜

西方近现代诗歌四讲

吴 宓：英文诗话 / 093

冯 至：海涅的讽刺诗 / 099

穆 旦：漫谈《欧根·奥涅金》/ 109

柳无忌：二十世纪的灵魂 / 122

第四篇 戏苑风景

西方近现代戏剧四讲

潘家洵：十六世纪英国戏剧与中国旧戏 / 133

柳无忌：西洋戏剧发展的阶程 / 142

王佐良：十六、十七世纪的英国诗剧 / 166

冯 至：莱辛的戏剧创作与理论 / 185

第五篇 小说天地

西方近现代小说四讲

柳无忌：近代英国小说的趋势 / 197

李广田：爱仑·坡的《李奇亚》/ 208

胡　适：宿命论者的屠格涅夫 / 219

闻家驷：罗曼·罗兰的思想、艺术和人格 / 231

第六篇 名家赏析（一）

莎士比亚三讲

卞之琳：莎士比亚首先是莎士比亚
　　　　——首届中国莎士比亚戏剧节随感 / 241

王佐良：读莎士比亚随想录（节选）/ 245

卞之琳：论《哈姆雷特》（节选）/ 261

第七篇 名家赏析（二）

歌德三讲

陈　铨：狂飙时代的歌德 / 273

陈　铨：浮士德精神 / 281

冯　至：歌德的格言诗 / 291

第八篇 中西互鉴

中西文学交流比较四讲

吴　宓：希腊罗马之文化与中国 / 303

陈　铨：《中德文学研究》总论 / 307

陈　铨：歌德与中国小说 / 312

柳无忌：西洋文学与东方头脑 / 318

临大合影

第一篇 起源探津

古希腊罗马文学四讲

1937—1946

1910—1998

钱锺书：读《伊索寓言》

比我们年轻的人，大概可以分作两类。第一种是和我们年龄相差得极多的小辈，我们能够容忍这种人，并且会喜欢而给以保护；我们可以对他们卖老，我们的年长只增添了我们的尊严。还有一种是比我们年轻得不多的后生，这种人只会惹我们的厌恨以至于妒忌，他们已失掉尊敬长者的观念，而我们的年龄又不够引起他们对老弱者的怜悯；我们非但不能卖老，还要赶着他们学少，我们的年长反使我们吃亏。这两种态度是到处看得见的。譬如一个近三十的女人，对于十八九岁的女孩子的相貌，还肯说好，至于二十三四的少女们，就批判得不留情面了。所以小孩子总能讨大人的喜欢，而大孩子跟小孩子之间就免不了时常冲突。一切人事上的关系，只要涉到年辈资格先后的，全证明了这个分析的正确。

把整个历史来看，古代相当于人类的小孩子时期。先前是幼稚的，经过几千百年的长进，慢慢地到了现代。时代愈古，愈在前，它的历史愈短；时代愈在后，它积的阅历愈深，年龄愈多。所以我们反是我们祖父的老辈，上古三代反不如现代的悠久古老。这样，我们的信而发古的态度，便发生了新意义。我们思慕古代不一定是尊敬祖先，也许只是喜欢小孩子，并非为敬老，也许是卖老。没有老头子肯承认自己是衰朽顽固的,所以我们也相信现代一切,在价值上、品格上都比了古代进步。

这些感想是偶尔翻看《伊索寓言》引起的。是的,《伊索寓言》大可看得。它至少给予我们三重安慰。第一,这是一本古代的书,读了可以进增我们对于现代文明的骄傲。第二,它是一本小孩子读物,看了愈觉得我们是成人了,已超出那些幼稚的见解。第三呢,这部书差不多是讲禽兽的,从禽兽变到人,你看这中间需要多少进化历程!我们看到这许多蝙蝠、狐狸等的举动言论,大有发迹后访穷朋友、衣锦还故乡的感觉。但是穷朋友要我们帮助,小孩该我们教导,所以我们看了《伊索寓言》,也觉得有好多浅薄的见解,非加以纠正不可。

例如蝙蝠的故事:蝙蝠碰见鸟就充作鸟,碰兽就充作兽。人比蝙蝠就聪明多了。他会把蝙蝠的方法反过来施用:在鸟类里偏要充兽,表示脚踏实地;在兽类里偏要充鸟,表示高超出世。向武人卖弄风雅,向文人装作英雄;在上流社会里他是又穷又硬的平民,到了平民中间,他又是屈尊下顾的文化分子:这当然不是蝙蝠,这只是——人。

蚂蚁和促织的故事:一到冬天,蚂蚁把在冬天的米粒出晒;促织饿得半死,向蚂蚁借粮,蚂蚁说:"在夏天唱歌作乐的是你,到现在挨饿,活该!"这故事应该还有下文。据柏拉图《菲得洛斯》对话篇说,促织进化,变成诗人。照此推论,坐看着诗人穷饿、不肯借钱的人,前身无疑是蚂蚁了。促织饿死了,本身就做蚂蚁的粮食；同样，生前养不活自己的大作家，到了死后偏有一大批人靠他生活，譬如，写回忆怀念文学的亲戚和朋友，写研究论文的批评家和学者。

狗和它自己影子的故事：狗衔肉过桥，看见水里的影子，以为是另一只狗也衔着肉，因而放弃了嘴里肉，跟影子打架，要抢影子衔的肉，结果把嘴里的肉都丢了。这篇寓言的本意是戒贪得，但是我们现在可以应用到旁的方向。据说每个人需要一面镜子，可以常常自照，知道自己是个什么东西。不过，能自知的人根本不用照镜子；不自知的东西，照个镜子也没有用——譬如这只衔肉的狗，照镜以后，反害他大叫大闹，空把自己的影子，当作攻击狗吠的对象。可见有些东西最好不要对镜自照。

天文家的故事：天文家仰面看星象，失足掉在井里，大叫"救命"；他的邻居听见，叹气说："谁叫他只望着高处，不管地下呢！"只向高处看，不顾脚下的结果，有时是下井，有时是下野或者下台，不过，下去以后，决不说是不小心掉下去的，只说有意去做下层的调查和工作。譬如这位天文家就有很好的借口：坐井观天。真的，我们就是下去以后，眼睛还向上看的。

乌鸦的故事：上帝要拣最美丽的鸟做禽类的王，乌鸦把孔雀的长毛披在身上，插在尾巴上，到上帝前面去应选，果然为上帝挑中；其他鸟类大怒，把它插上的毛羽都扯下来，依然现出乌鸦的本相。这就是说，披着长头发的，未必就真是艺术家；反过来说，秃顶无发的人当然未必是学者或思想家，寸草也不生的头脑，你想还会产生什么旁的东西?这个寓言也不就此结束,这只乌鸦借来的羽毛全给人家拔去,现了原形,老羞成怒,提议索性大家把自己天生的毛羽也拔个干净,到那时候,大家光着身子,看真正的孔雀、天鹅等跟乌鸦有何分别。这个遮羞的方法至少人类是常用的。

牛跟蛙的故事:母蛙鼓足了气,问小蛙道:"牛有我这样大么?"小蛙答说:"请你不要涨了,当心肚子爆裂!"这母蛙真是笨坯!她不该跟牛比伟大的,她应该跟牛比娇小的。所以,我们每一种缺陷都有补偿,吝啬说是经济,愚蠢说是诚实,卑鄙说是灵活,无才便说是德。因此世界上没有自认为一无可爱的女人,没有自认为百不如人的男人。这样,彼此各得其所,当然不会相安无事。

老婆子和母鸡的故事:老婆子养只母鸡,每天下一个蛋。老婆子贪心不足,希望她一天下二个蛋,加倍喂她。从此鸡愈吃愈肥,不下蛋了——所以戒之在贪。伊索错了!他该说:大胖子往往是小心眼。

狐狸和葡萄的故事:狐狸看见藤上一颗颗已熟的葡萄,用尽方法,弄不到嘴只好放弃,安慰自己说:"这葡萄也许还是酸的,不吃也罢!"他就是吃到了,还要说:"这葡萄果然是酸的。"假如他是一只不易满足的狐狸,这句话他对自己说,因为现实终"不够理想"。假如他是一只很感满意的狐狸,这句话他对旁人说,因为诉苦经可以免得旁人来分甜头。

驴子跟狼的故事:驴子见狼,假装腿上受伤,对狼说:"脚上有刺，请你拔去了，免得你吃我时舌头被刺。"狼信以为真，专心寻刺，被驴踢伤逃去，因此叹气说："天派我做送命的屠夫的，何苦做治病的医生呢！"这当然幼稚得可笑，他不知道医生也是屠夫的一种。

这几个例可以证明《伊索寓言》是不宜做现代儿童读物的。卢梭在《爱弥儿》卷二里反对小孩子读寓言，认为有坏心术，举狐狸骗乌鸦嘴里的肉一则为例，说，小孩子看了，不会跟被骗的乌鸦同情，反而羡慕善骗的狐狸。要是真这样，不就证明小孩子的居心本来欠好吗？小孩子该不该读寓言，全看我们成年人在造成什么一个世界、什么一个社会，给小孩子长大了来过活，卢梭认为寓言会把纯朴的小孩教得复杂了，失去了天真，所以要不得。我认为寓言要不得，因为它把纯朴的小孩子教得愈简单了，愈幼稚了，以为人事里是非的分别、善恶的果报，也像在禽兽中间一样公平清楚，长大了就处处碰壁上当。缘故是，卢梭是原始主义者，主张复古，而我是相信进步的人——虽然并不像寓言里所说的苍蝇，坐在车轮的轴心上，嗡嗡地叫："车子的前进，都是我的力量。"

（原载钱锺书：《写在人生边上》，开明书店1941年版）

1900—1986

王力：希腊早期文学简述

（一）一本初步的希腊文学非但有益于研究希腊文的学生，而且不懂希腊文的，除了译本之外不曾读过希腊书的，都可以因此得了很大的帮助。在这开化的世界里，大家把希腊时代的大文学看作过去的宝贝，所以凡属受过教育的人们，无论懂不懂希腊文，总希望知道一些希腊文学的内容。这一本小册子的用意在乎给那些未读希腊文学的人们做一个基础，希望他们由此能进一步而读希腊的原文或译本。希腊文学的全部不像一个图书馆而像一个人体。在希腊文学里，也许比其他任何文学更该注意全部；如果仅仅知道了某一部分，就等于无所知，因为除非我们彻底地了解那部分与其他各部分的关系，否则连那一部分我们也没法子了解的。

（二）希腊人的合理的力量——最初晓得耕种，晓得熔铸，晓得以商业战争博取富强，晓得建造美丽的住宅与庙宇的民族并不就是希腊民族。但是，晓得以理智为生活的指导，却以希腊为最先。我们可以在希腊的西提社会（cities）的生活里找出一个证据。当时其他各民族不是过着部落生活便是受国王的专制，而希腊人却知道互相联络而成为西提社会——这不是以武力统治的社会，而是以平等法律服人的社会。我们在希腊书中又可以找出另一个证据。在希腊书里，我们可以发现一切的著作家，例如诗人、历史家、哲学家，都是努力于达到事物的道理的。在这一方面，希腊文学有一种兴趣，似乎是其他文学所没有的。它告诉我们人类如何开始从事于有系统的事物。许多问题——有些是当时已经解决了的，有些是直到现在还在争论的——都由希腊民族认真地去寻求答案了。

（三）希腊思想之影响及于现代生活——但是，希腊书之所以有趣，并不仅仅在乎把早期的思想家的方法与目的表示给我们。书中所含的结果，对于现代生活的全部竟有最深最广的影响：伦理学、科学、宗教、政治、文学，没有能免希腊的影响的。希腊的大思想家，都能赐予现代社会莫大的恩惠。在有些特别的科学里，希腊人的已往的工作竟能留传为今日的学问的基础，例如伦理学、论理学、几何学。希腊的历史家与传教家还留下了许多政治的教训是直接对于现代很有益的。无论基督教的历史或非基督教的历史，亦必赖希腊思想为根据，然后可以完全了解。在基督教的影响之下，有两个主要的成分加入了我们近代的精神生活里：一个是希伯来思想，另一个是希腊思想。

（四）希腊文学的特色——诗的几个主要模型——例如英雄诗、抒情诗、歌剧——与散文的几个主要模型——例如历史、哲学、教理——在现代大家能够想象，以为都是自然界应有的东西。但当希腊的天才开始工作的时候，这些东西有许多是完全未有的，也有些是只在草创时期的。因为人类需要表现思想，才由那些希腊的天才的创造力，陆续地去创造或完成每一类的诗或散文。所以在希腊文学里，我们非但觉得它本身很有趣，而且觉得它是西洋文学的主要源泉。在现代文学里，在某一些情形之下，罗马的影响比希腊的影响更为直接些。但如果我们追溯到它的源泉，还该承认最大的源泉是希腊文学。

（五）形式——希腊人乃是一个可赞美的民族，他们的感觉很灵敏，很精细，所以每逢过度或非理的任何事物，必能立刻发觉。他们所最爱的格言当中有一句是："不要做太多的事。"他们无论做什么事，都要求一个适当，要求事事有分寸，一切非求准确不可。所以当他们起造一个庙宇的时候，他们这种本能驱使他们不要把某一部分做得太高，以致其他部分不相称；又不要把累赘的点缀品加在不妥当的地方。譬如雅典的女神庙（parthenon）建筑得很单纯，很齐整。同理，当希腊人著一部书的时候，他们也是力求适可而止的。假使文字比思想更繁或更简，他们就马上觉得不妥。总之，希腊人觉得写文章必须先求明显，所以在希腊作家的杰作里，我们往往发现两件事：第一，题目是哪一类的题目，文章必是哪一种的文章，例如英雄诗的体裁必不容与抒情诗的体裁相混；第二，作家必努力求其作品之明显，他们为思想而择字句，决不让思想受字句役使。

（六）希腊文学与希腊语——希腊人具有美的本能，具有创造美丽形式的能力。在他们所创造一切美丽的事物当中，最奇妙的、首屈一指的，就是他们自己的言语文字。希腊人的意念是习惯于感觉思想上很细微的分别的。所以他们渐渐把他们的言语形成了一种富有辨别毫末的性质的言语，意义很简单，而能抓住了真确性。同样合文法的句子，他们只掉换了一个"小词"，或把句子的次序更动了一点儿，就能把他们的微言大义完全表现出来。因此之故，人们把希腊语叫作最富可挠性的言语。它的可挠性可以在文法里找出许多例子。

（七）希腊文学的分期——希腊文学可以分为三期：第一，古代文学，从荷马（Homer）至公元529年，恰是恰斯第年（Justinian）皇帝明令禁止无神教学派的一年；第二，中世文学，从529年起，至土耳其占据君士坦丁之年——1453年——止；第三，近代文学，可以从神父伯洛特罗务（T. Prodromus, 1143—1180年）至现代止。

（八）古代文学——本书所叙，限于希腊古代文学。我们又可以把古代文学分为三个时期：第一，早期文学；第二，雅典文学；第三，衰期文学。

第一，早期文学是从荷马时代起，约至公元前475年。在这时期内，英雄诗（epic poetry）最为盛行；爱罗支诗（elegiac poetry），阴比克诗（iambic poetry），抒情诗（lyric poetry），也从这时创始。散文虽则形式尚粗，也已经在希腊的伊佑尼安（Ionian Greek）与小亚细亚开始了。

第二，雅典文学大约是在公元前475至公元前300年最为盛行。歌剧在雅典力求完备；悲剧与喜剧同时称盛。散文的文学也发现于历史、教理、哲学各著作里。到了这时，希腊的天才已经完成了创造美丽形式的工作。我们是从诗与散文的创造艺术时代走入文字与科学的学习工作时代了。

第三，衰期文学又可分为两个主要时期：第一，亚历山大时期，从公元前300年至希腊为罗马征服的时候——公元前146年；第二，希腊罗马时期，从公元前146年至无神教学派被禁的时候——公元529年。

（九）希腊文学的自然发展——希腊文学不是人工的，而是在希腊生活里自然发生的。恰像一年四季的花果不相同，希腊天才的黄金时代也有它的时令：一类的天才发展了，轮着另一类的天才；而每一类都有它的含苞期、开花期、凋谢期。如果是模仿外国的文学，也许可以随便在任何一类开始，又可以把诸类同时开始。但是，希腊文学都是无所模仿的。他们发明了诗与散文的种种体裁，然后他们一种一种地求其完美。创作的历程是一步一步的随着社会的精神生活而发达的。在希腊民族当中，每一大支派都各就其所适宜者去做他们的部分的工作。

（十）所谓希腊民族的三大支派乃是：（1）爱乐里安人（Aeorian），（2）杜里安人（Dorian），（3）伊佑尼安人（Ionian）。每一支派的人都略为修改了希腊语，成为所谓方言。爱乐里安的方言是适宜于急的表现的，比希腊语里任何的老形式都真确些。但就文学的目的而言，还是比较地粗了些，贫了些。杜里安语保守着希腊旧有的语音；伊佑尼安语是很轻易，很谐和的一种方言。阴比克诗首先在伊佑尼安语里发表；杜里安语特别适宜于抒情诗；爱乐里安语却适宜于爱情的歌曲。

（十一）书写的艺术——没有一种文学是不用书写的；因为文

学这名词里就包含有固定的形式。虽则人类的记忆力可以有很大的用处，但纯然以口语相授受，就不能有固定的形式了。希腊人懂得书写，大约还在他们的言语未完全固定之前；然而就我们所能知，大概在公元前700年之间，希腊才有文字留传于后世。至于读书的人却是渐渐增多的。首先利用书写的艺术的乃是那些诗人与教士们。德尔费（Delphi）的庙宇大约是一个最早的文学中心。在雅典，当比罗班尼大战（Peloponnesian War，公元前431—前404年）的时代，市场里有了一些书店。那些手写本是由斯拉夫人抄写的，因为他们的工作不贵，所以当时的书籍也就卖得颇为便宜。当时的庙宇与学者们都保存了不少的书。但是，希腊最初一个公共图书馆却由伯多勒米第一（Ptolemy Ⅰ，公元前306—前285年）创立于亚历山大利亚。

（十二）荷马以前的希腊诗——在我们看来，希腊文学是由荷马的两篇长歌——《伊里亚特》（*Iliad*）与《奥狄丝》（*Odyssey*）——开始的。但是，这完全不像别国的简单的跳舞短歌。《伊里亚特》与《奥狄丝》是很高的艺术作品；除非在它们以前有了很长时间的诗的训练，否则不会突然有这样的两篇长歌出现的。但是，荷马以前希腊的诗，现无存者。我们只能说有些很普通的形式是希腊古诗所必采用的。因为希腊最古的诗一定与宗教有很密切的关系，这是毫无疑义的。

（十三）曾经有一个时期，欧洲的老祖先——波斯人、印度人、希腊人、意大利人、赛尔特人（Celtes）、条顿人、斯拉夫人——一块儿住在中亚细亚。他们都崇拜可见的自然状态或形式,例如太阳、曙光、土地。他们把太阳等物认为有人的权力,并且有人的身体与意念。太阳神推着他的火轮车经过天空;曙光神把她的一只粉红色的手指放在黑暗里;土地神被称为众神之母。但这物变为神的历程并不是一时就成功了的。曾经有一个时期,他们开始把这些自然力当作人而议论它们,同时还没有忘了它们实际上是自然力,它们的人名只纯然是一种符号罢了。我们在《吠陀》(*Vedas*),或印度婆罗门的圣诗里可以发现这一个历程,而《吠陀》等书却是比荷马的诗更古的。在希腊的古歌里,我们大约也可发现这一个历程,但这些古歌现在只剩有歌名了,例如《里奴士》歌(*Linus*)、《雅鲁母士》歌(*Ialemus*)、《希拉斯》歌(*Hylas*)。这些歌往往是为痛哭一个暴死的美少年而作的。里奴士是从诸神处来的一个好孩子,在羊群中生长,却被恶狗咬成了碎块。诸如此类,总是感叹美貌之凋残的。

(十四)颂神歌——希腊人的特点在乎善于欣赏美丽的形式,尤其是欣赏人体美。当他们离开了亚洲之后,他们渐渐把他们的神形成了美男子或美女子。他们对于印度神的奇怪的脸孔是不满意的。他们说他们那些具有人形的男女神是住在奥林布士山(Mount Olympus)的,这山在特沙利(Thessaly)的北部,很高,山顶周年积雪。歌人们每次作歌必定为的是赞颂一个男神或女神。这些受颂的神当中有一个是阿波罗(Apollo),这是光荣纯洁的男神,是音乐的主宰,是预言者,是医病者。人们为他而唱的歌大概总是

"健康歌"。另一个神是德默特（Demeter），又称地母，是五谷的赐主；为她而唱的歌大约是赞颂她的仁慈，或叙述她失了女儿时的悲哀，及母女重逢时的快乐。还有调尼素士（Dionysus）是一个酒神，是狂饮胡闹的象征，是一个欢喜的代表。末了，还有所谓西比尔（Cybele），是小亚细亚的佛里基人（Phrygians）所信奉的，据说是"诸神之母"。

（十五）传说中的歌者——在希腊的传说里，最早的诗人是奥尔斐斯（Orpheus）。据说奥尔斐斯是特拉斯人（Thracian），那么，他与人们所崇拜的藐斯（Muses）不无关系。藐斯是个诗神，而藐赛斯（Museaus）又是藐斯的侍女；据说藐赛斯还是奥尔斐斯的弟子。人们谈到奥尔斐斯时，总带着神话，例如说世界的起源与灵魂的不死，还说他在地狱中与调尼素士同受崇拜。

（十六）赞颂阿波罗的歌，据说是奥伦（Olen）、克利梭特米（Crysothemis）与费蓝孟（Philammon）做的。赞颂西比尔的歌，据说是奥林布士与希雅克尼士（Hyagnis）做的。颂神歌的时代必在希腊人未完全到欧洲以前；当最早的几首歌出世的时候，希腊人正在经过特拉斯与马士多尼亚（Macedonia），有些还在爱遮安岛（Aegean Islands），更有些还在亚细亚。所以我们可以把希腊最古的诗分为三个主要来源：（1）特拉斯的，（2）佛里基的，（3）克尔丹的（Creton）。

（十七）婚姻歌、丧葬歌——荷马的《伊里亚特》叙及幸福的婚姻歌，是新郎接引新娘回家的时候唱的；还叙及了丧葬歌。在古印度，婚姻歌与丧葬歌都为僧人所唱，作为大典之一部分。所以我们可以断定希腊古代也有此种举动。但是，当《伊里亚特》出世的时候，婚姻歌与丧葬歌都改了自由而通俗的形式了。由此看来，希腊早就倾向于把诗歌除去了教会的性质，使它成为一切人民所共享的艺术，而非僧徒所专有的了。

(原载王力:《希腊文学》，商务印书馆1933年版)

1900—1986

王力：罗马共和时代的文学

一、罗马文学之起源

罗马文学以希腊文学为基础，这是毫无疑义的。希腊的"英雄诗"与戏曲，都是罗马文学的最初形式之所自仿。罗马文学，虽则有人说它是"人工"的，但它总还逃不出文学上的一个通则：一切的文学都是先有了诗歌，然后有散文的。

最早的罗马诗，限于颂神歌与"巴拉特"曲（ballads），都是些粗制的东西。此外还有些通俗的神会曲，包含着戏剧的胚胎。罗马第一个戏曲家是安特洛尼古斯（Livius Andronicus），他生于公元前3世纪，本是希腊人，被掳为奴。他首先译了荷马的《奥狄丝》（Odyssey）。他自己登台演剧。

奈威吴士（Gnaeus Naevius），也是生于公元前3世纪，是拉丁人当中的第一个诗人。他在安特洛尼古斯之后不久，开始写戏曲，直写到布尼克之战（Punic War）告终的时候。现存他的作品只有一些不很值得注意的残篇，但我们料想当年他的声名不小。

固然，他的悲剧与喜剧，有一大半是从希腊文翻译或改作的，但也有些很好的作品是创作的（例如 The Danae、The Iphigenia、

The Andromache 是仿作，Alimonium Romuli et Remi、Clastidium 是创作）。

到了晚年，奈威吴士更进一步，由悲剧转到英雄诗，他并不像安特洛尼古斯那样去翻译希腊作品，而作"罗马英雄诗"的尝试。那时的拉丁文尚未成熟，亏他能以天才去运用它。他的作品，直到何拉西时代还为一般人所读，可见他是有了很大的成绩的。

安纽斯（Quintus Ennius）也是最古的一位罗马诗人。他在公元前239年（约后于奈威吴士三十年）生于小城加拉伯利亚（Calabria）。他原是希腊籍。他少年时虽在罗马军队中服务，但直到奈威吴士殁后十五年，他还没有受完全的公民待遇。他也住过几年罗马。直到身殁之日，他还努力谨慎写文章。除了译戏剧诗歌及创作文学的作品之外，他还研究文法、发音学、速记术等等。他殁于公元前169年，享寿七十岁。

他的悲剧与英雄诗，在当时很有名。现存者有他的残篇，而以在西塞禄的作品中援引者为多。但也有人说他的作品很艰涩，体裁失宜，还带多少蛮气。他以"表现力"去掩饰他的"雅致之缺乏"。因为他缺乏雅致，所以拉丁人造了一个谚语，叫作"安纽斯的粪堆"（De stercore Ennii）。但魏琪尔（Vergile，公元前70—前19年）却往往借重他的话：这真所谓在粪堆里晓得找出珍珠来。

巴古威吴士（Marcus Pacuvius）是安纽斯的姊姊的儿子，公元前220年生于伯兰第小模（Brundisium）。他受他的舅父安纽斯的指导，安纽斯把他领到了罗马，他在罗马以绘画编剧为业。他在罗马表演他的戏剧直到公元前140年，于是回到意大利的南部，公元前132年（？）殁于达兰登（Tarentum）。依现在我们所知，他只剩下了十二部悲剧的题目与一部"国剧"（praetexta）的题目。他的残篇，与安纽斯的悲剧比较起来，我们觉得他的言语流利些，生动些，但有时候却趋向于矫揉造作。他的戏剧的影响是很大而且历时很久的。西塞禄时代的批评家往往承认巴古威吴士是罗马的一个最大的悲剧诗人。

阿西吴士（Lucius Accius）生于公元前170年，殁于公元前86年。他的第一部戏剧表演于公元前140年，最后一部却由巴古威吴士表演，那时巴古威吴士已经八十岁了。西塞禄少年时，与他很熟识。在五十年间，阿西吴士被公认为罗马的文学大师；米那华庙（The Temple of Minerva）的诗人大会里，是他做主席，他的著作很富；现存他的悲剧的题目共有四十五种。

阿西吴士算是旧派的悲剧诗人当中的首选，也就是最后一个。旧派的悲剧从此衰落了。

二、喜剧

当罗马有"本国文学"运动的时候，就有喜剧出世，而与悲剧及英雄诗相对立。意大利的神会里，渐渐提倡喜剧。安特洛尼古斯、奈威吴士、安纽斯，他们除了写悲剧之外，还写了些喜剧；但当时的喜剧大家则当推伯劳图斯与特兰西。

伯劳图斯（Maccius Plantus），公元前254年生于萨西那（Sarsina）。他的父母是自由的，然而是穷人。起初的时候，他在罗马从事于戏剧事业，因为投机之故，他积蓄下来的钱都用光了，他在磨坊里工作了些时候，后来他就把希腊的喜剧译成拉丁文，借此谋生，直至公元前184年，他逝世之日为止。相传有一百三十部喜剧是他做的，实际上，其中有三分之二是华罗（Varro，公元前116—前27年）所认为伪托的，此外还有他人的伪品，真确可信是他的作品的只有二十一部。这二十一部喜剧；除了一部在中世纪丧失了之外，其余皆存于世。

第一部是《安斐特鲁阿》（Amphitruo）。这是伯劳图斯所著的唯一神话喜剧，剧中善于运用语言，富于幽默性。它的来源与编剧时期，已不可考。第二部是《亚西那利亚》（Asinaria），情节是滑稽的情节，而其文笔之生动善变，却带有喜剧的性质。这是根据狄摩斐洛斯（Demophilos）的《奥那哥斯》（Ovayós）而作的，作于公元前194年。第三部是《欧鲁拉利亚》（Aulularia），是伯劳图斯的一部杰作，情节固佳，亦复宜于表演。这是描写一个悭吝人的。末场已佚。第四部是《急第威》（Captivi），这是不恃妇人与爱情而能动人的一部喜剧。第五部是《古尔古刘》（Curculio），剧情无足取。第六部是《嘉西那》（Casina），取材于第斐洛斯（Diphilos）的《克莱劳曼奈》（Κληρονμενοι）。第七部是《西斯特拉利亚》

（*Cistellaria*），剧情酷肖《爱披提古斯》。第八部是《爱披提古斯》（*Epidicus*），剧情富于变化，却嫌芜杂，又没有许多幽默性与生动性，这一定是公元前195年后的作品。第九部是《巴克基德》（*Bacchides*），是伯劳图斯的杰作之一。剧中情节与人物，均属上乘。第一场与《欧鲁拉利亚》的末场都是在公元前1世纪至公元前2世纪之间失去了。这剧成于公元前189年。第十部是《摩斯特拉利亚》（*Mostellaria*，"鬼屋"的意思），剧情很能取巧，又富于变化。第十一部是《米纳克米》（*Menaechmi*），这大约是伯劳图斯的喜剧当中最好的一部。剧中描写一双孪生的兄弟令人发生种种极有趣的误会。取材于何书，编制于何时，今皆不可考。第十二部是《光荣的穆勒》（*Miles gloriosus*），剧中叙述一个夸大的人，极力铺张，而不流于烦冗；虽在情节上欠注意，而幽默充溢，令人欣赏。第十三部是《穆加多》（*Mercator*），剧情略似《亚西那利亚》，大约是公元前196年以后的作品。第十四部是《伯索多鲁斯》（*Pseudŏlus*），就形式与人物而言，这是成熟的作品；若就结构而言，却不免松懈。这剧成于公元前191年。第十五部是《波奴鲁士》（*Poenulus*），写于公元前189年，大约是取材于米难特（Menander）的《加尔该多纽斯》（*Καρχηδόνιος*）。第十六部是《贝萨》（*Persa*），叙述奴隶的事情，情节很简单，却很生动。第十七部是《鲁丹士》（*Rudens*），剧中有几场的表演很有趣，但全剧的情节却不见得怎样出色。这是取材于第斐洛斯的戏剧的，大约作于公元前192年。第十八部是

《斯第古士》（Stichus），作于公元前200年，是一部布尔乔亚的喜剧，没有变幻的情节，是第二流的作品。第十九部是《特里奴模》（Trinummus），是一部很动人的家庭剧，初次表演时在公元前194年之后。第二十部是《特鲁孤兰图斯》（Truculentus），作于公元前189年，就形式与人物而言，皆有缺点，还有许多烦冗的地方。

伯劳图斯的作品有优点，有劣点，总之，他不失为一个喜剧诗人，为民众所爱。他非但是一个翻译者，同时也是一个作家。他的力量不在剧中结构的全体，而在乎详细的情节。

特兰西（Terence, or Publius Terentius the African），大约在公元前190年生于加尔达歇（Carthage），但他幼年就到罗马，做议员特兰西鲁加奴士（Terentius Lucanus）的家奴。鲁加奴士把他当作一个自由人，给他相当的教育，不久他就得受解放礼。他本是非洲人，后来又与亚非利加奴士交游甚密。所以有人怀疑他的作品乃是亚非利加奴士伪托的。表演了六部戏剧之后，特兰西到希腊去，为的是求学。公元前160年，他死于希腊，正当壮年。

特兰西在罗马所写的六部喜剧，现均存在。第一部是《安特利亚》（Andria），公元前166年初次表演于米加兰戏场（Megalensian Games）。此剧取材于米难特的《安特利亚》（Ανδρία）。第二部是《欧奴古斯》（Eunuchus），取材于米难特的《欧奴古斯》（Εὐνοῦχος），模仿得很巧妙。情节之变化生动，在特兰西生时已是大有成绩的了。第三部是《自刑者》（Heauton timorumenos），也与米难特的戏剧同名。这是情节变幻莫测的一部喜剧，有时候颇失于狂妄。第四部是《佛尔缪》(*Phormio*)，这是新用的剧名，其所从取材的原剧叫作《爱披提加佐曼诺斯》(*Επιδικαζόμενος*)，是阿波罗多罗斯(Apollodoros)原著。剧中情节很有趣，剧中人物描写得很有分别，很详细。全剧的表演也很生动，很能引人入胜。第五部是《希西拉》(*Hecyra*)。这是很奇怪的一段故事，人物都是很特别的。此种喜剧不合罗马人的脾胃，所以很不容易上演。第六部是《阿德尔佛》(*Adelphoe*)，取材于米难特的《阿德尔佛》(*Αδελφοί*)。情节很简单而很巧妙，人物也描写得很小心，以致此剧成为特兰西的最成功的作品。

特兰西早年逝世，没有更成熟的作品，他的喜剧是呆板的模仿，不像伯劳图斯那样有创造力。他很忠实地依照希腊的原本，等到不得已的时候，才借另一部戏剧的材料来使他的戏剧更生动些。他的剧中情节往往是单调的，甚至剧中人物的名称也很少变化。他的文笔没有伯劳图斯的文笔那样生动，那样新颖，那样变化多端，但他也没有伯劳图斯那样狂妄。在描写平常谈话的时候，他描写得最好；至于描写情感行动的言语，他就不很行了。他的戏剧结构很严，每一部分都小心分配；他的文章是流畅透彻的；他的人物是谨慎地描写的。他是一个不苟且的艺术家，所以虽不能尽合民众的嗜好，却比较地能迎合读者的嗜好。

三、初期散文

法律与政府，乃是拉丁民族的两大成绩，罗马的散文也可以分为两大类：第一类是法律原文与法律家的评论；第二类是关于罗马政治组织与战功及外交政策的记载。

罗马最早的历史家是丕克多（Q. Fabius Pictor），他大约是生于公元前254年，适值布匿克大战。他的历史是用希腊文写的。与丕克多同时而年纪较轻的历史家有阿里曼图斯（Alimentus），也是用希腊文写的历史。

到了公元前2世纪，大家提倡拉丁文学，这时散文作家可以嘉多（M. Porcius Cato）为代表。嘉多在公元前234年生于杜斯古路模（Tusculum），三十岁为会计官，三十五岁为督察官，三十六岁为裁判官，三十九岁为督理，五十岁为都检察，殁于公元前149年，享寿八十五岁。他有坚强的意志，有充实的见识，是古罗马人的典型。他虽则不大看重文学，而实际上他却是罗马的散文家的第一人。

嘉多一辈子都努力参加民众的事业，同时又反对希腊文化之侵入，所以他常常用得着他的口才。罗马人把演讲词写下来发表，他也是第一个。他的演讲词很多，据西塞禄所知，共有一百五十篇。我们所能见的只有八十篇，是在他做了督察官以后做的。这八十篇分为法律演讲与政治演讲两类，都是在议会里或民众大会里发表的。

嘉多又用拉丁文写罗马的历史，共七卷；名为《本原纪》（*Origines*）。他晚年才开始写这书，差不多写到他死之日为止。他的书，除意大利之外，兼叙述其他的部落。

此外，嘉多又著有农制、卫生规则、演说术等书，也许还有兵法、军律，都是预备传给他的儿子的。他又用诗体写了些处世方法，教训他的儿子。他编了别人的嘉言集。不久以后，他自己的嘉言也成了书集。

在嘉多许多著作当中，现存者仅农制完全无缺。书中论的是处理家务之法、售产与赁产法、牺牲礼与家庭医药。相传此书是他为一个朋友而写的，因为那朋友要到干巴尼亚（Campania）种田。

嘉多所最佩服的政治家是西丕佑（Scipio the Younger）。西丕佑是一个学派的首领。而西丕佑学派中最特出的散文家乃是鲁西柳士（Gaius Lucilius）。

鲁西柳士，大约在公元前180年生于干巴尼亚的一个小镇。他家是一个小康之家，而且属于武士阶级，所以他能与贵族往来。在西丕佑的朋友当中，对于文学影响最大的，除了特兰西之外，当推鲁西柳士。他所发明的文学形式乃是通俗的家常诗歌。他把他的作品叫作"塞尔曼尼斯"（sermones），就是"谈话"的意思。

他的著作里除了诗文之外，兼论及发音与文法。他的文章以讽刺见长，后来何拉西的讽刺诗很受他的影响，甚至法国的蒙特涅（Montaigne）也可以说是属于鲁西柳士学派的。

四、克鲁里休士

克鲁里休士（T. Lucretius Carus），或云生于公元前96年，或云公元前95年；殁时或云公元前55年10月15日，或云公元前53年前后。他的一生事迹，为吾人所知者甚少，但因为他的名著《物性论》(*De rerum natura*)之故，我们知道他是大诗人而兼哲学家。《物性论》共六卷，以诗的体裁而讨论物理、心理与伊壁鸠鲁的伦理学。这类学问，都放进诗里，是一件不容易的事情；但因他崇拜伊壁鸠鲁之故，一片热诚溢于纸上，也就令人不觉得干燥无味。我们可以从三方面去看他的诗：（一）这是一系统的哲学的陈述；（二）这是对于改革人生的努力；（三）这是诗界天才的作品。所以他的诗里说："第一，因为我的论据的伟大，又因为我使人类的思想从迷信里得了自由；第二，因为我在隐晦的题材里做了晶明的诗句，无论什么地方都带有诗意。"

他的诗的特色不在乎扩张或修改伊壁鸠鲁的学说，而在乎把"新生命"放进诗里，用诗的力量去启发自然界的生命的秘密与人类在世界所有的真地位。

在阐发了原子论之后，他在《物性论》的后五卷里叙述关于这学说的详细实施法，都是属于伊壁鸠鲁的物理学说的。但他最注重的乃是破除迷信上的种种恐怖。这些恐怖的来源往往是因为不认识自然界的某一些事实。所以他说明我们的肉体与灵魂之所由成，又说明自然界种种现象非由神所直接主动，使人了然于迷信之无益。

五、抒情诗

罗马初期的抒情诗人，可以嘉图鲁为代表。

嘉图鲁（Catullus=Catulle）是富贵人家的子弟。大约生于公元前87年，殁时或云在公元前54年，或云在公元前47年以后。他是罗马文学史中抒情诗人之杰出者。在起初的时候，他虽则追随亚历山大利亚诗人的踪迹，后来他却把很丰富的抒情诗发展为种种不同的形式。这一则因为他对于生活有了更丰富的经验，二则因为他爱上了丽丕亚（Lesbia）。罗马人像他的很少：诗歌乃是他生活里的必需品，他除了做诗人之外就不能做人。可惜他死得太早，不能达到最高尚、最成熟、最美的地步。他所咏的美女丽丕亚，实是姓克劳第亚（Claudia）的。克劳第亚是一个贵族，她所嫁的丈夫就是她的表兄，也是一个贵族。她比嘉图鲁长了七岁，但他们因此感情更加融洽。她的丈夫做了督察官之后就死了。在嘉图鲁的诗里，爱、恨、悲、愤，百感皆备。后来他们的爱情决裂了，他到亚细亚旅行去，写了很美丽的旅行歌。

但在他的诗当中，总该以关于克劳第亚的部分为第一；非但拉丁文学里没有胜过他，就说任何文学史上也难找得他这样的抒情诗。他爱克劳第亚太热烈了，依他说，很有点儿像父母之爱子女，实际上，恐怕他所最爱的只有克劳第亚一人。

嘉图鲁与西塞禄同时。抒情诗人除了他之外，尚有西纳那（Cinna）与嘉尔扶斯（Calvus）。自从他与嘉尔扶斯逝世之后，罗马的诗歌就告了一个段落。十三四年之后，魏琪尔出，为诗歌另开一个新世纪，但这小小的距离，已足证明诗歌是从甲时代转到乙时代了。

六、西塞禄

西塞禄（M. Tullius Cicero），公元前106年1月3日生于附近阿尔丕男（Arpinum）的地方。他是一个罗马武士之子。他自小就研究修辞学，在苏拉（Sulla）执政时，他第一次到法庭为人辩护。后来他到希腊与小亚细亚住了两年（公元前79—前77年），公元前75年做西西里的会计官，公元前66年做裁判官，公元前63年做督理。当他做督理的期内，适值嘉第里那（Catilina）谋叛，被他举发，又经他遏止了。公元前58年4月杪，西塞禄被逐，离开意大利，住在特沙洛尼加（Thessalonica）与狄尔哈基模（Dyrrhachium）。公元前57年8月4日，有令准他归国，9月4日，他回到了罗马。公元前53年，他做占卜师。从公元前51年7月至公元前50年6月，他做西利西亚（Cilicia）的总督。当他回到罗马的时候该撒与议院的冲突已经发作，而议院派的首领乃是波母贝衣（Pompey）。西塞禄游移了许久，终于往狄尔哈基模依附波母贝衣（公元前49年6月），直至公元前48年8月9日，法萨鲁（Pharsale）

之战爆发，他还在狄尔哈基模。从公元前 48 年 9 月至公元前 47 年 9 月，他住在伯兰第西吴模（Brundisium），等待准回罗马的命令。公元前 46 年与公元前 45 年两年，他不得已而放弃政治生涯，所以这两年乃是他的文学作品最丰富的时候。公元前 44 年 3 月 15 日，西塞禄又做政治活动，不久就与安东尼（M. Antony）起冲突。他被第二届的三头独裁政府判决他刑，他意欲逃亡，竟于公元前 43 年 12 月 7 日在中途被安东尼遣人刺死。

西塞禄是罗马初期最大的哲学家与演讲家。他有天赋的多方面的大才；同时他又很仁慈，很慷慨，遇事很能决心去做。在自我主义盛行的时代，他这种性情更可尊敬。他的感觉之锐利、想象之敏捷、加以高尚的情绪，使他成为一个可爱的人、一个大演说家。

西塞禄善于把外界诸观念与自己的个性相配合，因此，他能把罗马文学扩充，加上了许多新的部分。他创造了模范的散文，他的文章很丰富，很精细，适合于拉丁语，所以后世的拉丁作家的散文都不能及他。但是，因为他行文敏捷，所以写得太多了；有些文章应该费长时间研究的，也被他一挥而就，自然不免粗率。

西塞禄一生的真事业在乎他的演讲录。他的演讲录却是在未演讲以前很小心地预备好的。他的任事的经验与知识都运用在那里。除了政治演讲之外，他还写了伦理学、宗教哲学等类的书，又流传有他的书札甚多。

他的演讲录，现存完整者五十七卷，残缺者约二十卷。其中最著名的有三卷：（一）《维尔兰》；（二）《嘉第里那》；（三）《斐理丕克》。

《维尔兰》（*Verrem*）包括六次的演讲，是他在西西里做会计官的时候做的。《嘉第里那》（*L. Catilinam*）第一讲，是公元前63年11月8日，为了嘉第里那叛变之事，在议院讲演的。第二讲，是同年11月9日，报告民众时讲演的。第三讲，是同年12月3日晚，对民众报告嘉第里那余党被捕的。第四讲，是同年12月5日，在议院演说，主张即日将3日被捕的因犯处决的。《斐理丕克》（*Philippicarum*）是公元前44年至公元前43年的演讲录。第一讲，写于公元前44年9月2日，叙述他放弃政治生涯已久，深怪最近他的"朋友"安东尼还攻击他。安东尼受了这刺激，遂在议院里对西塞禄的政治生涯大加攻击，西塞禄因此写了一个答辞，等到安东尼离开罗马然后发表。这是第二讲。在第三讲里（12月20日），他劝议院反抗安东尼。议院接受了他的意见，他就报告民众，这是第四讲。第五讲（公元前43年1月1日）劝议院宣言安东尼是国仇。同日，他以议院讨论的结果报告民众，这是第六讲。第七讲（1月杪）催议院立刻与安东尼宣战；第八讲（2月初），他怪议会妥协。在第九讲里，他再攻击安东尼。第十讲至十四讲，亦皆关于政治。西塞禄在《斐理丕克》里，曾把安东尼的妻子福尔威（Fulvie）攻击得很厉害，所以安东尼与福尔威派人假装散兵去刺杀了他。

关于哲学，他著有《至善论》《神性论》《老岁问答篇》《友谊问答篇》等，共十八篇。他的哲学似乎未能深造，譬如他往往误把阿加的米派的哲学家与派利巴得学派（Peripatetics）相混。总之，他的哲学书的实质远不如其文章；因为西塞禄是第一个用拉丁文写哲学，而能用流畅典雅的文字，所以他是拉丁哲学体裁的首创者。

他的书信，现存者，共四集，八百六十四封，其中有九十封是别人寄给他的。他既是好学深思的人，他的书信中自然包含许多他的重要思想，加之文字优美，更为后人所爱读了。

七、西塞禄时代的散文

西塞禄时代正是散文兴盛的时代，但求其能与西塞禄并驾齐驱者，仅有一人：就是该撒（Julius Caesar）。这一位大人物，他所写下来的，无论是什么，都是有价值的，有趣味的；何况他所写的又是第一等的好文章，与他的战功政绩鼎足而三，也许是历史上唯一的人才了。

该撒自称是维纳丝（Venus）与安基斯（Anchise）的后裔。他生于公元前100年7月13日，为人很灵敏，有辩才，有毅力，有丰富的政治知识，早年就受民众爱戴。他开始为民众辩护，与有权势的波母贝衣作对。公元前59年，他做了督理。从公元前59年至公元前51年，他征服了高鲁（Gaul，即今之意大利北部与法国），因此得了战胜的光荣，同时他又得了尽忠的军队。有一个时期，他与波母贝衣及克拉苏士（Crassus）同为三头独裁政府的首领，但他终是波母贝衣的仇敌，遂有法萨鲁之战。该撒战胜凯旋之后，就做了罗马的狄克推多，但他并未专制过度：他维持意大利的秩序，同时也赞成德谟克拉西的政治。后因贵族谋叛，他遂被刺于议院，时在公元前44年，享寿五十六岁。

该撒的著作，现存的乃是最有名的《高鲁战纪》（Commentaries on the Gallic War）与《内战纪》（Commentaries on the Civil War），其余如演讲录与书札，现在差不多完全丧佚了。《高鲁战纪》共七卷，记载前七年的高鲁战迹；《内战纪》共三卷，记载亚历山大之战以后的内战。他的战纪是有政治作用的，他晓得好好地申述于他有利的事，而对于不利于他的事他就轻轻放过了。但他总不肯捏造事实。《高鲁战纪》已写完，于公元前51年发表；《内战纪》似乎还没有写完。

该撒死后，他的朋友们想要继续他的著作，于是叙述高鲁最后一年的战事——与亚历山大之战、亚非利加之战、西班牙之战。叙述西班牙之战的，文笔固是笨俗；叙述亚非利加之战的，也不见得高明。高鲁第八年的战纪乃是希尔西（A. Hirtius）写的。至于亚历山大之战，作者很想模仿该撒的文体，但不知是谁做的：或说是希尔西，或说是奥披吴士（C. Oppius）。

除了该撒之外，与西塞禄同时的散文家还有萨鲁斯特、尼泊斯、华罗、布伯利柳士。

萨鲁斯特（C. Sallustius Crispus=Sallust）生于公元前86年，殁于公元前34年。他也是一个历史家，他以杜西迭特（Thucydides，约公元前460—前395年）为他的主要模范。起初的时候，他只做了嘉第里那谋叛的记录，然而文学的意味较多，根据事实的地方较少；不过，他已经显然地表示他是不偏不党的历史家了。他的第二部著作是《朱古达传》(Jugurtha)，对于罗马少数贵族专制的衰落，做客观的描写。他用冷静的态度去描写，而读者得到更深的印象。他的最后而且最成熟的作品乃是《罗马史》(Historiae)，共五卷，自苏拉（Sulla）逝世之年（公元前78年）起，至公元前67年止，但也许还没有做完。

尼泊斯（Cornelius Nepos），生于北意大利，是西塞禄与嘉图鲁的朋友。他的生卒年月，大约是在公元前110年至公元前24年之间。除了《爱情歌》之外，他早年写了一部《编年史》，共三卷，而且他似乎也写了些关于地理的文章。在另一些作品里，他像是受了华罗的影响，因为他注重于叙述礼仪风俗，而且有传记体的倾向。例如他写了一部《古鉴》(Exempla)，共五卷，又替嘉多与西塞禄做了很详尽的传记。最后他还做了《中外名人传》，至少有十六卷。他的缺点在重感情，不能时时据实直书。

华罗（M. Terentius Varro）公元前116年生于利得（Reate），大约属于骑士阶级的家庭。当内战时期，他在西班牙，帮助议院派，与该撒作对。后来该撒得胜后，却任命他管理图书。然而安东尼却又判他死罪。他逃脱了危险,辛苦直至死日,大约享寿九十岁。

华罗所著的书,大约有七十四种,六百二十卷。他的书,差不多可以说是包罗一切的知识,文学、演讲、通史、文学史、法律学、文法学、哲学、地理学、农学等等,几乎应有尽有。但现存的只有两部:第一部是《拉丁语之研究》(*Lingua Latina*);第二部是《农业之研究》(*De Re Rustica*)。《拉丁语之研究》共三十五卷,现存者仅有六卷,而且是残缺不全的;《农业之研究》则差不多完全无缺,是他八十岁的时候写的,属于对话体,而有戏剧的意味。

布伯利柳士·西鲁斯(Publilius Syrus)与华罗同是诗人而兼历史家。生卒年月未详。除了诗歌戏剧之外,他写了许多格言。到了晚年,他才注意到历史方面。当该撒死后,他著书记载罗马最近的大事。布伯利柳士一班人去世之后,罗马共和时代的文学由此告终,而新时代的文学由此开始。

(原载王力:《罗马文学》,商务印书馆1933年版)

1907—2002

柳无忌：希腊悲剧中的人生观（节选）

一、希腊悲剧与人生观

虽然处在20世纪的今日，当我们以同情与眷恋的眼光，回望数千年前古代的异域文物，如印度、埃及、波斯、巴比伦的，尤其是希腊的灿烂瑰丽的艺术，孕育滋养着近代东西文化的主流，我们将不胜惊异着在世变沧桑，时移境迁之间，人类的本能、情感与思想，是如何不分疆域、不分种族地亘久不变，有着同一的普遍的性质。即以古希腊文学而论，其中所昭示出作者对于人生的态度，也是新颖得如同今日的思想家所告诉我们那样；而且更因其中含有些外来的古香古色的成分，有时朴拙得可笑可爱，反而添加了不少兴趣的意义。无论科学是如何进步，可以帮助人们窥测自然的法则；无论工商业如何飞跃猛进，给予人们更多的舒适与更大的便利；无论人类积了数千年的经验，承继了前人的智慧与发明——人生，对于现代的哲学家如对于古代的哲学家，同样地是个耐人寻味的哑谜。它是一个浑圆的球，上面刻画着光怪陆离的景物，当人们从各个不同的角度正视着它，会发现一幅幅互异的图案，各自珍宝着以为找得了它的真面目。所以每个时代，每个民族，甚至于每个人，都有他自己的人生观，他的对于人生哑谜的答案：没有一个答案能完全相同，但是也没有一个答案是完全不同的。所以人生虽不可刻画成形，而对于人生的探讨却是一件最饶趣味的事物。

　　试想着二千五百年前希腊文物最荣华的时代；试想着一些与孔子同时的远隔着重洋大海和高山峻岭，在地球另一角隅的欧洲文化的始祖，他们与我们之间，是如何阻隔遥远，血统是如何不同，语言与生活习惯是如何互异，这全然是两个不贯通不交接的世界。但是，倘使我们诵读他们的文学，研讨他们的思想，穷究他们的情绪，我们将发现他们不但与近代的西洋人有着血统与文化联系，就是与20世纪的我们，也有着精神上的共同点，充分地表达出洋溢在我们心头的意念和憧憬。人类，不分东西南北，古今中外，在智慧生活的领域中是没有彼此的。当然，古希腊人的观念，因受着时间的演变，有时不免陈旧；可是在另外许多方面，他们的意识是簇新可喜，有时新奇得如我们此刻所思维考虑的，而我们却不及他们能表达得如此清晰透彻。举凡一切对于宇宙人生，国家社会，古希腊的哲人，那些先知先觉者，都有着他们独特的观念：把那些与我们的相较，有不少的地方是意料不到地巧相符合，使我们发觉后不禁惊喜交集。喜，因为他们所说的获有我们的同情，激动了蕴藏在我们心中的意念；惊惧，因为我们虽自作聪明，自命进化，而实际上古代人所探得的智慧与真理，我们却一些也不能加添增进——有时我们落在古人之后，还得迎头赶上呢。

希腊文学是一个丰富浩瀚的宝库，但是从哪一部分我们可以最美满地寻求古希腊人对于人生的态度呢？伟大的思想家留给后人他们深刻的思维：苏格拉底与他那一派的智慧教师（sophists），传授他们的智慧；柏拉图（Plato）的《共和国》（*Republic*），计划出一个理想的政府；亚里士多德以伦理与政治为基础，奠定了他的人生哲学与社会意识。从抒情诗中我们获悉了希腊人的爱与憎，庆祝与挽悼的情绪，独奏与合唱的音节。还有最古的两首民族史诗传说是盲诗人荷马（Homer）的作品，给予后代作者无尽的材料与灵感；它们亦描述出当时的社会背景，原始希腊人民的一些风俗、习尚、行为、信仰，点缀着英雄及探险的故事。这些都是珍贵的作品，使我们认识了古代的希腊比近代的希腊为多，也使我们神往于古希腊的辉煌的文物与光荣的历史。但是，使我们最能普遍与深透地理解着希腊的人生观，要推当时曾风行一时而现在尚流传下来有三十余篇的悲剧。那些不仅是一些英雄故事的扮演，其中也充满着人生的意味，正如莎士比亚所说的，戏剧的目的"在最初及现在，都是为自然鉴镜，给道德照见自身的相貌，给轻蔑照见自身的形象，也给时代的本身映出其状态与迹印"。

在希腊的三位悲剧家中，埃斯库罗斯写作七十余个剧本，现在传下的只有十分之一。索福克勒斯的剧本据说有一百十几个，但是也仅余七个精选的。唯有欧里庇得斯较为幸运，在他的八九十篇剧本中尚保留着十八个之多。综计这三位大悲剧家的作品，散佚者虽有十之九，但就其现存者而论，比起其他一切的古代文学，要算最为丰富的了。在今日诵读那些剧本，固然有许多地方我们不能尽情地欣赏，如古希腊人那样，但此中所表现出的深刻的情感，哲理的思维，个性的刻画，人物的观察，以及一些美丽的文字与作剧的技巧，却是在二千数百年后依然有卓越的永久的价值。戏剧是比较有客观性的文学，它不能有系统地表现作者的思想，可是在剧中角色的谈话及歌队的合唱曲中，也无往而不渗透着作者对于人生态度的阐释与见解。因为这些是无意的自然的流露，所以它们最为坦白，最有真实性，也最能引人入胜。这三十余部剧本作于雅典兴盛的时期，而希腊文学大部分即是雅典文学，那末这几位伟大的作家处在他们伟大的时代中，对于人生究竟持有何种观念？他们对于宗教、社会、国家、个人、政治、战争，究竟抱有何种态度？这些观念与态度又如何影响后人，如何或为时间所掩蔽，或因岁月的磨炼而更显得真确彰著，赢得了我们后人的羡慕与钦佩？凡此种种都是有趣的问题，我们愿意试着个别地为他们找出答案。

二、人与神

宇宙间种种奇异的现象，人生中种种矛盾的哑谜，不能用理智的方法加以解决。在这没有办法的办法中，人类创设了宗教，把它作为开启一切神奥事物的总键。希腊宗教是对神的崇拜。好似中国的宗教，它没有信条与教堂，亦没有教士与教民的区别——希腊的祭司只是司掌宗教仪式的公吏。在原始的时候，人类对于自然的力量充满着惊疑与恐怖。恐怖产生神，惊疑更创造出神的故事，以解释宇宙间神秘的现象,并满足人类的好奇心。这些原始的神,如我们在荷马的史诗中所看到的,全然是人的化身。希腊人的祖先以他们自己的形象造了诸神:英勇的,热情的,有时甚至是残忍的。那些原始的"人化的神",有人的形貌,人的喜怒哀乐的情感,人的爱憎与其他欲望;所不同者,比人更为优越伟大而已。他们住处虽在积雪的奥林帕斯(Olympus)山上,但是有一部分时间他们降在尘世,与人发生关系,帮助或阻碍着人的动作,在人的中间恋爱与生育子女,并关怀人的命运。当祠堂或庙宇中的祭祀,一只烤熟的山羊或牡牛——连童贞女都可以当作血祭——的美味喷香地飘入奥林帕斯山上时,神的衷心欢悦了;神杂在人群中间,参加节日的游行;在人的战争中神分成派别,有时在天上几乎掀起干戈,有时在世间与人为伍,助着战斗,受到了创伤;神断断地与人论价,计较着礼物与报酬,为了礼仪的菲薄而愤怨,而降灾于人的世界。

每一家庭,每一种族的祖先,可以溯源于某个英雄,而那个英雄亦即是神的后裔,也许他死后自己也就成了神。所以神不只是自然力量与人类灵魂的人格化,他也是社会及家族的创始者、维护者。人类整个的生活,他对自然界与社会的接触,全部笼罩在神的萌影下:人祈求并依靠着神的保佑——这种倚赖的行为表现在一些宗教的仪式与祭祀中。举凡四季的变迁,农作物的丰收或荒歉,生殖与衰落的原动力,以及各类社会和人生的现象,男女老幼的区别,阶级与工作的划分,都在人的自觉中渐渐成形,表现于一些华丽的典仪中。在雅典的日历上,最多这种美丽的季节,使我们追念古希腊的生活一定是充满欢悦或庆祝的情绪。譬如在早春举行的"花月节"（Anthesteria），正当"花卉听得了芳菲的春日的歌声；当丛生的紫兰花垂在大地的膝盖上，玫瑰的花球扎在发髻；当笛声洋溢，歌队赞颂着酒神之母"，这是对于自然佳节的庆祝。又如"泛雅典娜节"（Panathenaea），尤为雅典城中最隆重的盛典，在每四年举行的时候，所有一切雅典人生活中最高尚的活动，都尽量地表达出。相信就是在这个节日，荷马的史诗由歌者朗诵着，获得了最后的定型。而且这类节日也是希腊戏剧的泉源，在"城市的酒神节"（City Dionysia）中胚胎了悲剧；也在同一节日，约在三四月之间，后来举行着戏剧的比赛，终于造成了希腊悲剧的光荣。所以这种季节不只是宗教的仪式，它们是希腊人生活中最丰富、最欢乐的一部分，也是美丽的希腊的文学的栽培者。

为死者祭祀是希腊宗教仪式之一。古希腊虽然也有冥土及来生的传说，但是他们的观念远不及佛教或基督教那样的深刻与详尽。死者的鬼魂只是一些影子；一群没有血肉颜色的幽灵，无所为地流落在死之国内。死者仅生存于他们在世的行事中；后人的职责在延续他们的记忆，因此对于死者的祭祀如对于神的供奉一样地重要。白发老者积着一生的阅历与经验，是一族中最有智慧最受尊敬的人。他们逝世后，他们鬼魂会在冥冥中保佑他们的后代，所以为人子者为了表示尊崇与感恩，应该祭祀他的祖先。这种对于先人的孝敬，与中国的祖先崇拜，如出同一的渊源；所不同者，仅在仪式的细节而已。古希腊人在祭坛前焚香，上奠时供备丰富的肴馔，并且灌注祭酒于墓上，让酒浆涓滴地流入黄泉下死者的住处。鬼魂，如同生人一般，也能欣享着美味的酒肉，鲜嫩的羔羊与无斑的山羊。鬼群甚至麇聚着啜饮从牺牲身上流下来的积聚成堆的鲜血，这是他们最美的筵席。祭祀，是给神或死者一种贿赂，接受了这礼物，鬼神赐予祭者相当的酬报。祭祀能邀宠赏，它的疏忽将遇到膺惩。

人死了必得安葬：在古希腊如在中国一样，葬仪是一件大事。暴露尸骨于荒山旷野，不特人所不忍，亦为神所愤怒。古时丧葬的仪式很简单。在荷马史诗的社会中希腊人火葬死者：尸首放在柴木上，供献着祭祀的牺牲，如牛羊马犬，这些杀死后与尸体一同掷在火堆上，然后将死者包裹在祭牲的脂肪中，另外涂上蜜与香膏，于是火焰吞灭了一切，只剩下余烬为奠酒所浇熄。尸灰又经过一番酒与油的洗礼，以布绕着，最后放入坛内，埋于土中。但是在悲剧时代，火葬外亦有埋葬。死者的家属先把一掬清泉为尸首洗涤了尘世的污垢——如果它受伤流血而死，也洗涤了尸身的血渍——然后为死者穿上寿衣，并散掷花朵，埋葬在棺木或拱石内，外边堆积着坟土。这些仪式虽然颇为简陋，但是它的意义却相当郑重严肃。死而不得埋葬，鬼魂将永无安身的日子，在下界他也无法与其他的幽灵相来往。因此这问题曾经引起了严重的后果。有两部希腊悲剧就以葬尸的争执作为全剧的主要故事：一则竟发生了战争，害得两国人民以兵戎相见；一则酿成女主角的死亡，还陪死了剧中的两个角色。此外关于葬仪的描述，死者亲属的恸哭，也散见于别的剧本中。由此可以见到希腊人——希腊悲剧诗人也在内——对于葬礼的重视了。

死者也会显灵托梦。希腊宗教对于人与神的界限既不分明,生死二者之间更没有划分的鸿沟。如我们在中国小说及戏曲中所读到的,希腊文学中时有鬼魂显灵的故事,在悲剧中亦不乏这种例子。鬼魂大概显现在亲属的前面,透露重大的消息,预示未来,或提示严重的警告,如波斯王大流士(Darius)灵魂之出现于《波斯人》剧中。欧里庇得斯尤好引用这类神鬼的材料。他让故事中同时出现了两个世上最美的女子海伦(Helen),后来才发现其中之一只是用以太造成的幽魂,就是她的私奔惹起了战祸;原来希腊人与特洛伊人的一场十年大战,荼毒了许多生灵,只是为了一个假的缥缈不可捉摸的精灵!这真是人生的大讽刺!在另外一个故事中大力士赫拉克勒斯(Heracles)从死之国里拯救出贤良的王后阿尔刻提斯(Alcestis),他攫住了死神,痛快地将他毒打,骇得死神狼狈而逃,撒下了他的掠夺物阿尔刻提斯王后,让这位大力士送回王宫,与国王重复团聚。

托梦的事更是屡见不鲜。梦有多种,有美梦也有噩梦,但是凶梦多于好梦,正如人生一般。波斯老王后阿托萨(Atossa)梦见两个美貌盛装的女子,一个住在亚洲的穿着波斯服装,一个住在希腊的是本土装饰,她们被老王后的儿子薛西斯(Xerxes)国王看见了,要把她们掳掠在他的车上。但是其中的一个——一定是希腊服装的那位女子——顽强地反抗,跳着踢着,挣脱了束缚,把波斯国王推倒在地上。这样一个梦象征了决定希腊人命运与古代欧洲文化的战争,就是历史上有名的萨拉米之战(Battle of Salamis)。另一个噩梦的做者是迈锡尼城的王后克吕泰墨斯特拉（Clytaemnestra）。她自谋害了她的丈夫阿伽门农国王后，终不免有些亏心，因此她梦见她生了一头蛇，包裹得像一个男孩，这妖精咬她的乳，鲜血染红了她的乳汁。这梦后来也应验了。她亲生的儿子俄瑞斯忒斯（Orestes）为报杀父之仇，竟把她——他的生母杀死了。其他的梦也无一不灵验的，因为梦来自天帝宙斯（Zeus），而且梦即是真，真即是梦，梦境如同现实的人生。宙斯恋爱少女伊俄（Io），每晚在她睡时送来一个求婚的梦，在她枕边温柔地逗引着她：

最幸福的姑娘呀，

为何你憔悴在处女的寂寞中，

当天神向你求婚？遭受利箭的穿射，

为了对你的欲望，宙斯的心焚烧，

喘息着，要把他的热情绕缠你。

但是这个甜蜜的梦却成了祸根：当伊俄舍身于宙斯时，天后赫拉（Hera）知道了不禁妒怒若焚，把伊俄变成了一头牝牛，让牛虻刺咬她，日夜不歇地行动奔波在天涯海角——虽然宙斯不时变作公牛来慰藉她。

"使梦预示真相"，这是普罗米修斯（Prometheus）带给人类的礼物之一。他还指示着其他预卜未来的艺术。神之喜怒无常，难以测度，但是从一些预兆中，可以占得他们的意向与愿望。除了一些路上的遭遇与空中的声音亦能昭示吉凶外，最重要的征兆是鸟的飞行及祭祀的火焰。这些有爪的禽鸟，它们飞行的方向，或左或右，与人生有密切的联系，充满了幸福或灾祸的预示；它们生活的情形，互相亲爱或仇憎，聚集或离散，也可应验于人群的关系。当盲先知忒瑞西阿斯（Teiresias）——他是悲剧中最熟悉的一个人物，他至少出现在四五个剧中——坐在他占卜的座位静聆着空中鸟语时，忽然听到了飞禽的喧嘈尖号之声，翅膀扑动着，显然是在从事于一个残酷的血战。他知道事情不妙，一定是天神将降祸于他的本土忒拜（Thebes），赶忙跑来禀告国王，劝他不要固执成见，暴露战死者的尸体，但是事情已晚，悲局早铸定了。还有在祭祀的时候，他们宰了牺牲（牛或羊）取出内脏，以及肠腰肝胆，放在火中焚烧。倘若火焰鲜明，这是神喜欢的颜色，昭示吉兆；反之如火焰微弱闪烁，浓烟四起，那是对于祭祀者的一种警告，灾祸即在后头了。

预言者从这些征兆中占卜未来，预示吉凶。他们的智慧源于普罗米修斯，但是他们主要的守护主是预言之神阿波罗（Apollo）。后者不但传授给人们预示的艺术，并且在特尔斐（Delphi）的神座，借女祭司之口，宣述全希腊闻名的神示（oracles）。特尔斐是个小城镇，在帕那索斯山（Mt. Parnassus）的南面坡上；依照希腊人的传说，这是大地的中心，所以亦称"大地之脐"，在该处阿波罗的神庙中，有一小孔直通地下，不时冒出蒸汽，女祭司坐在罅隙前铜三脚架上面，呼吸着这股仙气，获得了神灵的感应，容貌与肢体变得抽挛，然后若狂地喊着宣泄出这神圣的谕示。

阿波罗的神谕在悲剧故事中居于极重要的地位，两个有名的故事都是由于它的启示而发生；神谕当然是应验了，但却带来悲惨或可怖的结局。俄狄浦斯就是神示的牺牲者。当他尚未降生时，他的父亲，忒拜国王，从特尔斐获得可怕的预示，说那胎儿生下后要杀父娶母。为了避免罪恶的发生，这初生的婴孩被抛弃在荒山中，但是他为牧人救起，带给邻国科林斯（Corinth）的国王，在宫中生长，视如国王的亲子。后来年轻的俄狄浦斯去到特尔斐问卜，阿波罗又宣说同样可怕的神示，骇得俄狄浦斯不敢回去科林斯（他不知道自己的身世，以为科林斯国王及王后是他的亲生父母），在各地漂泊，终于无意中在路上杀死他的生父忒拜老国王，又回到忒拜，除去狮身女怪（Sphinx）之祸，被人民拥戴为国王，娶了前王之妻为后，她即是他的生母。神谕昭示出人的命运，人愈是挣扎，愈是陷入罗网，是一个无可避免的悲剧。第二个故事述及俄瑞斯忒斯之杀母，是由于阿波罗的命令。这是件大逆不道的事情，但既然是神的谕示，俄瑞斯忒斯怎敢不听从；结果他下手了，惹得复仇之神（Furies）追随着要他的命，后来幸亏阿波罗亲自下凡为他辩护，他方得到解脱与良心的宁静。无怪乎欧里庇得斯，一个大胆的宗教改革者，要反对占卜、预兆、神示，以至于预示之神。他借着剧中角色之口痛斥一切预言术，把先知及预示者——连阿波罗也在内——骂得狗血喷头，一文不值。对于这位开明的理智探讨者，迷信神权的时期已逐渐过去了。

（原载《学术杂志》第 1 卷第 1 期，1943 年 9 月）

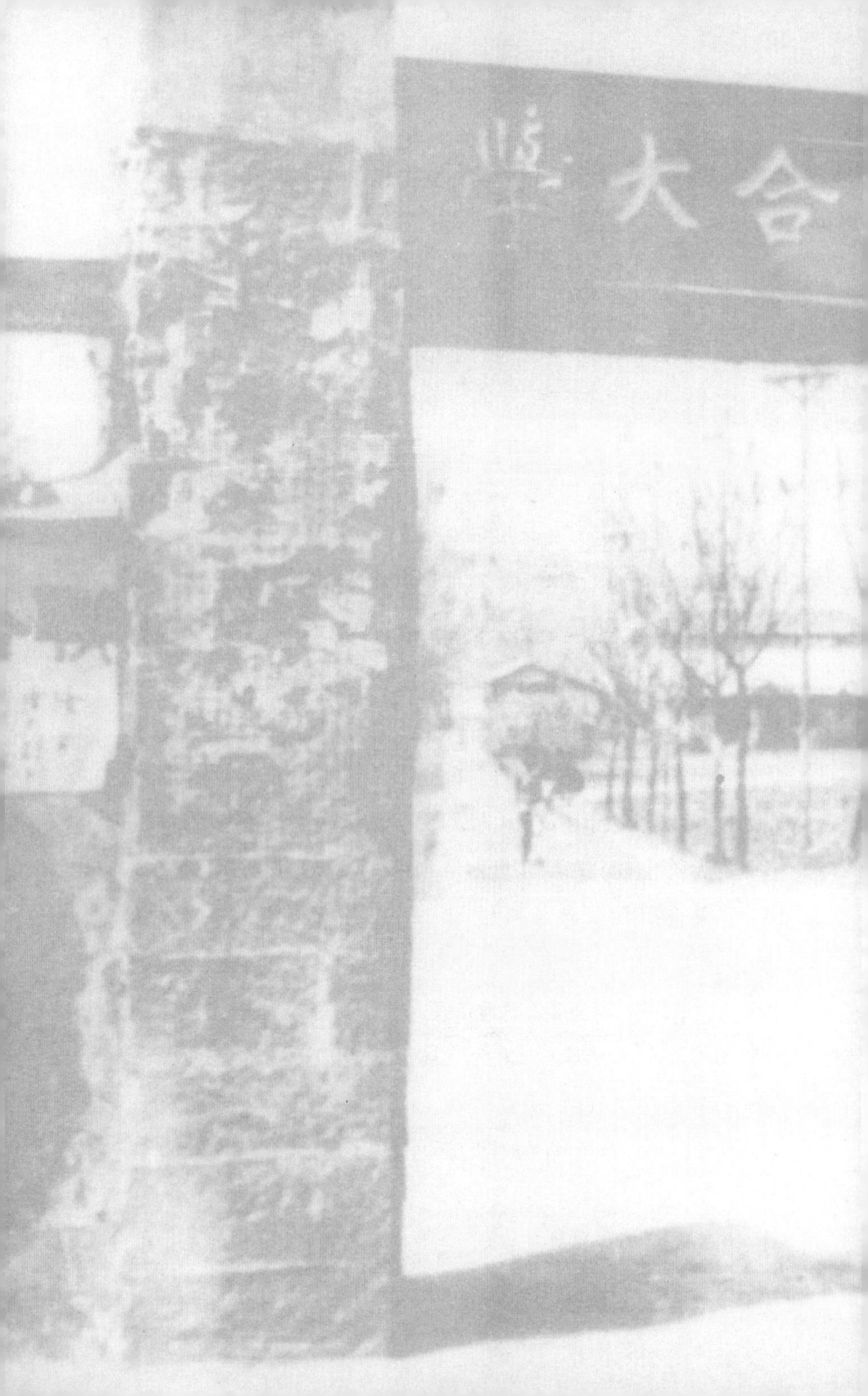
合大学

第二篇 流变指要

从文艺复兴到启蒙运动的西方文学四讲

1937—1946

1937—1946

1916—1995

王佐良：英国文艺复兴时期文学总图景

本文要讨论的题目是 1500—1660 年间的英国文学，简单说就是英国文艺复兴时期文学。

文艺复兴是一个席卷欧洲的文化潮流，首先出现于意大利，时间在 14 世纪，然后波及法国和西班牙，抵达英国则是 15 世纪以后的事了。

过去人们对于文艺复兴一词的理解为：重生与新生。重生的是希腊罗马的古典学问，新生的是西欧各国的民族文化。现在看来，这一理解大体还是对的，只不过事物是复杂的，有许多情况不是一两个名词所能包括。

文艺复兴的对立面是中世纪。中世纪曾被看成是一个非常野蛮落后的时期，其实并不尽然，不少新事物是在那个时期萌芽的。中世纪何时告终，文艺复兴何时开始，也不是可以截然划定的。

然而另一方面，历史又绝不是混沌一片。对于历史分期虽然可以有各种不同看法，历史事件本身却是共同承认的事实，它们何时发生，在大多数情况下是有年代日期可考的。英国历史学家特里维廉曾说："日期所下的裁决是谁也不能改变的。"（G. M. 特里维廉：《英国社会史》，1942年；企鹅丛书本，1986年，第107页）

英国历史上，1500—1660年间发生了至少下列几件大事，它们的年代是：

1509年　亨利八世即位，都铎王朝巩固了政权；

1533年　亨利八世脱离罗马天主教会，自立为英国国教教主；

1558年　伊丽莎白女王即位；

1588年　英国战胜西班牙"无敌舰队"；

1603年　伊丽莎白女王去世，王位由詹姆斯一世继承；

1642年　内战开始；

1649年　查理一世受公审并被处死；

1653年　克伦威尔被国会立为护国公；

1660年　查理二世自法返英，王政复辟；

1662年　皇家学会获准正式成立。

以上大多是政治上的大事，只有1662年皇家学会的成立标志着科学研究的发展。此外还有经济上的大事——如不时发生的圈地，物价上涨，和整个时期都在进行的资本积累。同时，英国不是孤立的，在欧洲发生的几件大事也必须一提：

1436年①左右　德国人古腾堡发明了活字印刷术，接着1473年卡克斯顿印出了第一本英文书《特洛伊史》；

---

① 古腾堡发明活字印刷术的时间为1450年左右。——编者注

1492年　哥伦布发现新大陆；

1517年　马丁·路德在维登堡揭发教会积弊，从此开始了宗教改革运动。

总的说起来，16世纪在英国是一个开放的、生长的时期，海上发现新天地，人们追求新知识，国力开始向外扩张；17世纪则英国国内矛盾激化，打了一场大内战，革命政权立而又倒，但从中孕化出近代英国的许多东西来。另外，在整个文艺复兴时期，英语正经历着一个发展高潮：新词汇大量增加，语法上更现代化，表达力更强劲又更细致，具有了民族标准语的自信心和自豪感。

在这样的物质环境和心智气候里英国文学又处于一个什么情况？

16世纪之始，英国文学在形式和精神上仍是中世纪的。但是随着世纪的进展，重新发现了希腊、罗马古代经典，人文主义抬头；从意大利和法国传来了新的诗歌；从德国和瑞士传来了新的神学；新的哲学和科学思想也在流传开来。在这些影响下，到世纪的最后二三十年新文学脱颖而出。这就是以锡德尼、斯宾塞、马洛、莎士比亚、胡克为代表的伊丽莎白朝文学。

具体地说，这个文学包括至少下列新的因素：

人文主义者的著作；

用新格律写的新诗歌；

用白体诗写的新戏剧；

各体新散文；

几部《圣经》新译本,大量古典与大陆作品的英译。

直到 1600 年前后,这个文学的发展大体是顺利的,虽然从头起它内部就有矛盾。1603 年伊丽莎白女王去世,伊丽莎白朝文学告终,继起的詹姆斯朝文学在情调上起了变化,国会与王权的斗争使得文学的内部矛盾也激化、表面化,于是在 1640 年左右出现了这样一种局面:

论战性文章(宗教的与政治的)大量涌现;

诗歌界出现不同政治色彩的派别;

清教徒主持的国会于 1642 年关闭了戏院,用白体诗写的诗剧从此衰落。

1660 年王政复辟,文坛上仿法成风,然而一位大诗人起而为革命作了最后一击,其具体表现即是:

1667 年《失乐园》出版。

这部史诗既继承了人文主义的古典文学传统,又表现了清教主义的激情,亦即把希腊罗马文化的重兴与基督教的宗教改革两者结合了起来,形成英国文艺复兴最后的灿烂时刻。

(原载王佐良、何其莘:《英国文艺复兴时期文学史》第 5 卷,外语教学与研究出版社 1996 年版)

1907—2002

柳无忌：莎士比亚时代的抒情诗（节选）

一

英国的抒情诗在十六七世纪有个兴盛的时代。此后，在浪漫运动勃起的19世纪初叶，虽也有拜伦（Byron），雪莱（Shelley），济慈（Keats）几个天才诗人，贡献不少的抒情杰作，然而那时的诗尚没有莎士比亚时代抒情诗那样的灿烂炫目，那样的像春花怒放，那样的普遍风尚。

我们可把1579年《牧人日历》（*Shepherd's Calendar*）出版后到1625年佛莱琦（John Fletcher）死去的五十余年，划分为伊丽莎白朝抒情诗的时期；此后的七十五年，属于17世纪的范围内。伊丽莎白朝在英国历史上是一个荣誉的朝廷，空前而绝后，差可与之比拟者，只有19世纪的维多利亚时期。这是个长久的安定与太平，在国内人民既得安居乐业，在国外又战胜了称霸海上的西班牙军舰，激励起不少的爱国热忱。在文学方面讲，这是英国戏剧全盛的时期。莎士比亚的作品已超过年代而永生了。其他一群才子，如马罗（Marlowe）、韦勃斯特（Webster）、鲍芒（Beaumont）、佛莱琦等，也都扬名剧史，更不用说当时文坛上的权威者本·琼生（Ben Jonson），他的戏剧、诗歌与文学批评，肇始了英国的古典主义。从前被教士从礼拜堂内赶出来的戏剧，现在竟能得到王后的宠顾；散在伦敦各处的戏院，亦时患客满。就在那些戏剧里面，许多短的抒情诗歌，如宝石般一颗颗地在里边闪耀着。

当这位崇信新教的女王初即位时，因为许多反对派的朝臣都纷纷退隐或被逐，朝廷上的风雅颇有衰微的象征。但是，不久文风又勃兴起来，在女王朝代全盛的时期，管弦丝竹，粉饰太平。伊丽莎白女王自己曾用十四行体写过诗，连在宫内的妇女，也都满口的"优菲体"（Euphuism），文质彬彬地用华丽的辞藻来谈话。一代的文人如李雷（Lyly）、庇尔（Peele）等，都被优养在宫中；当牛津、剑桥两大学演剧的时候，女王还亲自去参观。在她统治下的五十年中，英国的文化，尤其是文学，渐渐地从荒芜中开花结实，开始了以后数百年的荣华。

二

在1557年，英国诗史上一个重要的纪念日，出版了英国第一部诗选《陶特尔诗丛》（*Tottel's Miscellany*），里边搜集了英国初期抒情诗的收获。这些作者，不是王公大臣，也是伯爵子爵，以及投在他们门下的一些文人。这就是说，在伊丽莎白朝以前作诗的人大部分是贵族或朝臣，于无聊时闲弄着笔墨的一班"宫廷作者"。所以，这时抒情诗的起源，不在民间，而在朝上；不在本国，而在一些朝臣贵族所景仰的意大利与法国。

在伊丽莎白朝初年，这种趋势依旧存在着。可是到了后来，渐渐地英国人也知道应用本国的文化，把英国固有的精神和色彩灌入文学里去。"宫廷作者"固然继续写作，但同时另一批从"民间"起来的文人，却正在努力创造更伟大的文学。除了席德奈（Sir Philip Sidney）与鲍芒外，当时大部分的作家都是平民出身。他们有的献身宫阙宦籍，如李雷及斯宾塞（Spenser）等；有的卒业大学后，靠卖文以糊口，如马罗与纳喜（Nashe）等，过着浪漫堕落的文人生活；有的家境穷困，没有受过高等教育，但经过了长期的挣扎与努力，也能蜚声文坛，成为伟大的作家，如莎士比亚与本·琼生。莎士比亚的祖父是个农夫，本·琼生的继父是个瓦匠，岱干（Dekker）流落在伦敦，穷得不能还债，被拘禁在监狱内多时。这种种例子，证明英国的文学，从伊丽莎白朝起，经过了一个重要的转机，已不是贵族朝臣的专利品，而渐趋于普遍及民众化了。

三

现在我们提出几点，说明五十年中抒情诗的大概趋势。自从1579年斯宾塞的《牧人日历》出版后，一时诗风所趋，此后的十年充满了叙述牧人田舍生活的作品。庇尔与李雷的剧本中都有几首抒情诗，歌唱牧人的生活；席德奈的《阿开狄亚》（*Arcadia*）是部浪漫的田舍小说，在当时影响极大；马罗的那首《热情的牧童赠爱人歌》更是脍炙人口。我们可以讲，自1580年至1590年的十年中，是牧诗的全盛时代，席德奈的诗有真诚的情感，斯宾塞的诗有崇美的庄严，可作那派诗的代表。

此后的十年，一直到 17 世纪初，要算十四行诗（一称商籁体 sonnet）最流行的时期了。这诗体从意大利及法国传来，在《陶特尔诗丛》里，就有几首十四行体的作品。但是第一个写作十四行诗组（sonnet cycle）的，要推《阿斯罗夫尔与斯泰拉》(*Astrophel and Stella*) 的作者席德奈。这部作品在 1591 年问世，出版后誉满诗坛，成为十四行诗组的滥觞。此后最有名的作品有莎士比亚的《商籁体集》，斯宾塞的《爱情的纪念》(*Amoretti*)，丹尼尔（Daniel）的《狄利亚》(*Delia*)，多恩（Donne）的《神圣的商籁体》。莎翁的一百五十四首十四行诗，经过不少学者的研究推敲，仍不能断定它们所歌颂的对象是女人还是男子，但这无损于诗的本身的美丽。席德奈把他的情人斯泰拉歌唱得不朽；斯泰拉是个假名字，有"星"的意义，但据说确有其人，而且是个已婚的贵妇，但是我们何必去穷究诗人的私生活呢？《爱情的纪念》是斯宾塞的情诗一束，除了独有的韵脚外，尚有与别的十四行体一点不同的地方，这部诗是献给他新婚的夫人的。在上面讲的几部十四行诗内，多少有点恋爱故事的痕迹在里边。另有一派诗人，专门赞叹女人的美丽和她们的铁石心肠；诗人因为得不到一些温柔的安慰，害得痛哭流涕，一泣一唱了！这派作品可把丹尼尔的《狄利亚》与德莱登（Drayton）的《意念的鉴镜》(*Idea's Mirrour*) 作为代表。除了歌咏爱情的诗外，还有所谓宗教商籁体。作者不写爱情，而写神圣的宗教观念，如多恩的《神圣的商籁体》；但宗教诗后来就不甚流行了。当时的十四行诗组确是多得可以车载斗量，可是大多数都是些情诗或无病呻吟的歌唱，它们的题材与思想范围极狭小，后来亦不再有人去读了。

伊丽莎白女王卒于1603年，她的朝代结束，可是当时的诗风却继续流传下去。在她死前的数年，英国文坛上出现不少诗选，尤其是短的抒情诗选。大约因为那时的诗风很盛，爱读诗的人较多，于是以前的手抄本一变而为印刷物，广为流传，《陶特尔诗丛》代表亨利八世（King Henry Ⅷ）朝的诗人作品；后期出版的几部诗选，如1600年的《英国的赫利康》（*England's Helicon*），1602年的《诗丛》，都是代表伊丽莎白朝的诗歌。这种诗选一方面表示读者对于诗的兴趣已增加，一方面又给那些穷途潦倒的文人一个糊口的机会。

在17世纪的最初十年中，有一个新颖的趋向值得注意，那就是乐谱的流行。当时的人爱好歌唱，作为一种交际的技能和高尚的家庭娱乐。有许多诗因此谱成音乐，备读者歌咏。这样渐渐地诗与音乐相互混合，使作者于推敲字句的意义外，又要留心音调方面的和谐，使读者非但于文字方面感到诗的美丽，并可在耳中辨出诗的节奏。此种要求增进作者音调方面的努力，而同时也借了音乐的助力使诗更为民众化。当时乐师中最有名的是坎品（Campion），便是音乐家又是诗人，他的歌曲既有温柔的情感，复有和谐的节奏。

其他许多有名的歌曲，可在戏剧中找出，如上面已述及的。剧作家如李雷、庇尔、岱干、韦勃斯特、佛莱琦、本·琼生，尤其是莎士比亚，都在剧中插入美妙的短歌，在上演时由伶人唱出。如李雷的《爱神和我的女郎》，莎士比亚的《在绿荫的树底》、《号鸣，朔风呀号鸣》、《这是情郎呀伴着情女》，等等；本·琼生的《赠西丽亚》诸歌，都是从剧中取出的一些最好的抒情诗。

文学史上的年月本来只是一个标记，把1625年定作伊丽莎白时代抒情诗的末年，也不过作为一个阶段的结束而已。在那年，17世纪恰好过去了四分之一，前代的文风渐渐地沦于消沉，一般的文人名士，都已风流云散。当时的抒情诗歌，也可告一段落，直至下一时期的海瑞克与赫伯特（Herbert）诸人出来，歌唱着他们的轻松或虔诚的歌曲，才造成所谓17世纪的抒情诗。

四

多恩可说是一位介于伊丽莎白朝与17世纪中间的诗人。从他的年岁来说，他是本·琼生的同时代者，比莎士比亚仅小八岁，十足是个伊丽莎白时代的作家。但是就诗体及诗的内容而论，他却是属于后一个时代。17世纪的英国诗人，除了最伟大的弥尔顿（Milton）自成一家外，可以分作三派。第一派的首领就是多恩，他领导着所谓玄学诗派（Metaphysical School），这派作品的内容，或有抽象的哲学意味，或有浓重的宗教气息。多恩自己在晚年就是个有名的教士，圣保罗大礼拜堂的副教长（Dean of St. Paul's Cathedral），以说道名重于一时。他的后继者如赫伯特、克勒肖（Crashaw）等，都是宗教的虔诚信徒。赫伯特是英国教堂的一个忠实诗人，他写出神圣的赞美歌，他的诗集《庙宇》（*Temple*）富有道德的严肃性。相反的，克勒肖却是一个道地的天主教信徒，他把人们对于男女间的私情移为宗教的爱情，歌唱一些极富于天主教热忱的诗歌。这派作家还有一个特点，他们好用奇怪僻异的字，或夸张的比喻，往往为一字的推敲煞费苦心。他们不免犯着过于矫揉造作的毛病，以致所作诗往往意义隐晦，不易理会，更因此失去了抒情的成分。但他们用字有时亦甚巧妙，如多恩的《黎明的一刻》。此外赫伯特的《德行》一诗，亦不失为美好的名作。

斯宾塞派诗人的成就比较最不彰著。除了勃朗（Browne）与威瑟（Wither）以外，尚有佛莱琦兄弟（Giles Fletcher 及 Phineas Fletcher）二人，亦为斯宾塞的模仿者。他们都曾写作牧歌，讽喻诗，并且采用斯宾塞在《仙后》（*Faerie Queene*）中发明的诗节写叙事诗。《牧人日历》与《阿开狄亚》重复在这些诗人的作品中获得了回忆。

以纯粹的抒情诗而论，这时期的第三个诗派，可称之为琼生诗派，流传下来最丰富的遗产。这派诗人自命为"琼生的儿子"，当他们年轻的时候，都曾用惊奇与尊崇的心情在伦敦酒店内聆听着这位文学权威者的谈吐。海瑞克（Herrick）是琼生派的最重要诗人，除了弥尔顿以外，他与多恩可以说是 17 世纪诗人中最杰出的两位了。他是在英国南部狄丰州（Devonshire）的一个牧师，但是这位牧师在讲道外，也好写作诗歌。他的诗集分二部，后部是宗教诗歌，而前部（**比宗教诗多五倍**）却是世俗的诗，歌咏男女爱情、自然景物与乡村的风俗习惯。他的人生观不全是基督教的，却带着一些古希腊的乐天派色彩,相等于"有花堪折直须折,莫待无花空折枝"的观念。他有一诗写给年轻的姑娘,劝她们及时行乐,诗的首句是"趁今日且采玫瑰蕊",这代表了他的人生哲学。有人曾把海瑞克比作李白,也因为他们的诗都绮艳轻盈,缥缈若仙,令人百读不厌。与海瑞克同属于琼生诗派的是一些保王党诗人(Cavalier Poets):凯瑞(Carew)、萨克令(Suckling)与劳芙莱斯(Lovelace),他们都是贵族或廷臣,以吟诗为娱乐,消磨他们的时间。他们像琼生一样,写作时刻意求工,侧重辞藻与形式,所吟小诗尤其精练纯熟,完善优美。那些诗人所缺乏的是一种热烈与真挚的情感。他们度着欢愉的生活,享受尘世的娱乐,并写作好诗。

五.

超然于这三个诗派之外,巍然自成一代大师,与伊丽莎白时期的莎士比亚和斯宾塞并尊为英国最伟大的诗家的,是弥尔顿。他是英国史诗唯一的重要作者,他的《失乐园》(*Paradise Lost*)可以说是但丁的《神曲》以后一部最有名的史诗杰作。弥尔顿也曾写诗剧与长篇抒情诗。在短的诗歌方面,他的作品不多,只遗下几首十四行诗,这些诗在量的方面虽甚薄弱,却有着崇高的品质。弥尔顿的十四行诗,与席德奈的一样,是意大利体。但是诗中的内容与席德奈的不同,更与伊丽莎白时代的十四行诗组不同。弥尔顿打破这类诗的传统,不再歌咏爱情与美女,而是以一些日常的题材充实诗的内容。像华兹华斯(Wordsworth)所说的,在弥尔顿的手中十四行诗变成了一声号角,从那里吹出了鼓舞灵魂的音调。一种严肃的气氛缠绕着弥尔顿的十四行诗,使它们成为崇巍的文学作品。

另一个清教诗人是马维尔(Marvell),弥尔顿的好友。他爱好在自然的神秘典籍中学习着。他对于自然景物的欣赏与思维,为后代浪漫时期的湖畔诗人开辟了一条途径。他有爱国的热忱,表现在他的诗内。有时他也写情诗,使读者想到了海瑞克,正如他早年的诗有玄学派的气息,又把他与多恩连贯起来。但是,在后人记忆中永久留住的,他是克伦威尔(Cromwell)时代一个拉丁文秘书的助手,而那个拉丁文秘书就是弥尔顿。

六

在其他各方面,尤其在散文、史诗、喜剧方面,17世纪的文学显然与上一时代的文学不同。但是就抒情诗而说,则当时的诗歌传统依旧是承接着伊丽莎白时代而来的。琼生与斯宾塞在17世纪诗坛上的影响极大,许多诗人接受了他们的衣钵,标树旗帜,颇为盛极一时。所以把17世纪抒情诗归并在莎士比亚时代抒情诗之内,并不是过分牵强。这两个时期的小诗有着连贯与融会的地方。

但是它们也并不完全相似。正如它们有时交错衔接,有时亦各趋殊途,各有显著的特点与互异的精神。简单地说来,伊丽莎白朝抒情诗的灵感是天然的,自发的,由内心涌现而出。那是诗歌最繁茂的时期,充溢着饱满的生动力,造成一个新鲜的世界。因此在女王统治下的英国被称为"歌唱的巢窝"。到了17世纪,这种生动丰溢的灵感渐渐地趋于枯涸，人们已不再如上一个时代那样地纯朴天真，内战以及政治宗教的斗争在社会上罩盖着一层黑暗的阴影，使人们失去了自然的生活乐趣，沾染着更深的世故。一般人的心境变得严肃了、偏狭了；而同时更袭来一个坚强的反动，或则造成一种颓废的尽情娱乐的心理，或者用抽象与玄学的观点来体会人生。这样，17世纪的诗歌失去了伊丽莎白时代的那种灿烂的光荣与洋溢的泉源。

这并不是说，17世纪的抒情诗并没有优点与脍炙人口的作品。且不提弥尔顿的十四行诗是一些经典的诗歌，就是海瑞克、多恩、赫伯特与凯瑞等人的几篇名诗，也都在英国诗坛上放着异彩，如一颗颗晶莹的珍珠。他们试着写作新体的诗，产生变化无穷、各式各样的抒情短诗。海瑞克的《赠紫兰花》与《水仙吟》清新纤巧得可爱。考莱（Cowley）写作的颂歌（ode），回复到古希腊的诗体，为后代诗人创出一个新的园地；他又模拟希腊诗人阿那克里昂体（Anacreontics）作诗，如那首有名的《乐天者之歌》。他与海瑞克以及多恩，对于新诗体的尝试方面都有着不小的贡献。

（原载莎士比亚：《莎士比亚时代的抒情诗》，
柳无忌译，大时代书局1944年版）

1894—1978

吴宓：福禄特尔[①] 与法国文学

按，并世各国各族之中，以法兰西人为最明于辨理，工于运思。故近世各种新学术、新思想、新潮流，靡不发轫于法国。由此导源，而后流传于他邦，法兰西人诚智慧之先驱者也。唯然，故欲研究近世学术思想变迁之迹者，首当于法国文学中求之。约而论之，欧洲新旧之争，实始于17世纪之末，而终于18世纪之末。此百年中，实为最重要之关键。其间旧者日衰，新者渐兴。旧者卒以式微，而新者取而代之，遂有今日之世局。所谓旧者，即欧西古来之旧文明。其中有二元素：一为希腊罗马之学术文艺，属于人文之范围；二为耶稣教，属于宗教之范围。所谓新者，即是时发生之新思想、新学说。其中亦有二元素：一为科学，即自然科学，如物理化学天文学之类；二为感情的浪漫主义，以卢梭为始祖、为代表。二者皆属于物性（或曰自然）之范围。故今日者，实科学与感情的浪漫主义并立称霸，而物性大张、人欲横流之时代。彼宗教与人文，仅存一线之生机，不绝如缕。而欧西之旧文明，将归澌灭，抑有复兴之象，则皆冥冥之数，而非今人所能预断者矣。

---

① 福禄特尔（Voltaire），今译伏尔泰。——编者注

上所言17、18世纪新旧之争，又可简释之为从古相传之礼俗教化（tradition）与进步（progress）之新说之争。百年中此兴彼衰、此起彼伏之陈迹，有如一结构完整之戏剧，其步骤、其线索、其因果，历历分明。就法国论之，则以所谓古文派与今文派之争（la querelle des anciens et des modernes，共分三段，其中段即最主要之一段，始于1687年）为开场之第一幕，而以法国大革命（1789年）为结局之大变，前后适为百年。原夫17世纪之末，当路易十四之时代，为法国文治武功最盛之时，国运方隆，雄霸全欧。自文物制度以至衣饰陈设之微，靡不为各国所效法。又人才荟萃，为法国文学大成时代（Classical Age）。乃适于此时，变端遽起，所谓盛极必衰者非耶？自古文派与今文派相争，所号为新党者，大都以攻击旧社会、旧制度、旧礼俗、旧学说为事业，而尤集矢于君主政治与法国天主教会。此二者之势力既为1789年之大革命所摧灭，而所谓旧社会、旧制度、旧礼俗、旧学说，均随之俱去矣。

今更略究百年中新陈代谢之迹之见于文学者，简括述之，则如下：（一）古今文派之争，其中最要之点，厥为彼今文派信进步之说，谓路易十四时代法国之文豪，如拉辛（Racine）、毛里哀（Molière）、巴鲁（Biileau）等，其所著作，较之古希腊罗马之荷马、苏封克里、桓吉儿等，绝无逊色，或且凌驾其上。文章如此，艺术科学亦然，可见后来之居上矣。（二）巴黎城中有所谓salons者，为学士文人、名媛贵妇会集之地。而是时相聚，则文学以外，多谈朝政，议国是，并改革之道，俨然成一势力。而各种新说，即由是制造宣传焉。

（三）朝廷虽于攻击君上、破灭礼教之新书，认为邪说，禁止出版，不许流布，严刑峻法，防范周密。然实成为具文，虚应故事。甚至以身居此职之命官，而亦暗为新党之奥援，时馈巨金，于是新说得以流行无阻云。（四）白勒（Pierre Bayle，1647—1706年）著成《历史批评大字典》(*Dictionnarie historique et critique*)一部，1697年出版，于宗教颇致怀疑，而力主宽容（tolerance）之说。（五）圣爱勿芒（St. Evremond，1610—1703年）于其论文论学之著作中，力主无定标准之说。谓凡文艺以及法律制度等，皆不外随境设施，因事制宜，异时异地，各有其所适用者，故其中无绝对之优劣短长，断不能谓古人必胜于今人也。Historical Relativity 由是则文艺以及法律制度等，无定标准之可言，而当随时改革变更，以求适用。（六）孟德斯鸠（Montesquieu，1689—1755年）继之，其《法意》(*L'Esprit des Lois*，1748年出版)一书。三权分立而外，尤盛言法律制度皆环境之产物，以适于国情民性为至善，只能比较言之，而无虚空绝对之标准。亦即圣爱勿芒之意也。孟德斯鸠又于1721年，著《波斯人之书札》(*Lettres Persanes*)一书。设为波斯国二士人，游欧居巴黎者，致其国人之书札，以讥评法国政治社会、风俗制度之缺点，托词以明己意耳。[前乎此者，有英人 Sir Thomas More 所著之《乌托邦》(*Utopia*)小说（1516年）。后乎此者，有英人戈斯密（Oliver Goldsmith）所作之《世界公民之书札》(*Letters from a Citizen of the World to his Friend in the East*，1760—1761年)，该游客乃中国人侨居伦敦者。近年又有英人狄克生（G. Lowes Dickinson）所作之《中国贵官之书札》(*Letters from a Chinese Official*)。凡此皆托为外国人士冷眼旁观之论，实则自行讥评本国之现状。其宗旨其方法前后如出一辙也。]（七）其时所谓感情主义（sentimentalism）者大盛，即凡喜怒哀乐之来，均张大其意，加重其量。于是纵感情而蔑理智，重悲悯之怀，而轻礼法之守。如 Vanvenagues（1715—1747 年）于其所著书中，谓人性本善，故宜纵欲任情，顺天性之所适。此感情派之道德也。如 Marivauz（1688—1763 年）著 *Vie de Marianne* 及 *Le Pay san parvenu* 等书。如 Abbé Prévost（1697—1763 年）译英人李查生之小说。又撰《漫郎摄实戈》(*Manon Lescaut*)等书，则感情派之小说也。如 La Chaussée（1691—1754 年）作 *Préjugé à la mode* 及 *Melanide* 等，所谓流涕之谐剧 *La Comédie Larmoyante*，则感情派之戏剧也。（八）福禄特尔出，以明显犀利之笔，嬉笑怒骂之文，投间抵隙，冷嘲热讽，其破坏攻击之力至伟。迨福禄特尔等身之著作既成，而法兰西之礼俗制度法律纪纲，亦已体无完肤，而天主教会基础倾圮，不能自存矣（详后）。（九）已而狄德罗（Denis Diderot，1713—1784 年）与 D'Alembert 编撰《百科全书》，以二十余年之力，成书二十巨帙。主理性之批判，而破宗教之观念；主科学之实验，而破本质之旧说；主仿行英国之宪法及民权，以破法国之专制政体；主公益事业及缓刑保商，以破严法重税之苦民者。此《百科全书》之大旨也。当时襄助狄德罗等任编撰之役，或互通声气，结为朋友者，有 D'Holbach, Condillac, Helvetius, Condorcet, Grimm, Marmontel 等人，皆一时名士，孟德斯鸠与卢梭亦在其列。

此诸人大率皆崇信物质科学，主理性宰割一切，而攻击宗教最力，兼及君主政治，提倡改革群治。在当时势力极大，世称之为百科全书派云。（十）卢梭虽曾与《百科全书》编撰之役，然实自树一帜。盖百科全书派诸人皆主理性，而卢梭则专重感情，故其势力与影响为尤大云。（十一）同时继卢梭而起者，有 Bernardin de Saint-Pierre（1737—1814 年）其人，著 *Etudes de la Nature*（1784 年）等书，及 *Paul et Virginie*（1787 年）小说，力宣自然之美及少年男女真挚之爱情，纯朴勤俭之生活。攻击社会习俗及礼教之弊，几欲灭绝文明而崇尚野蛮，与卢梭互为倡和云。（十二）先是 Le Sage（1668—1747 年）之小说（*Gil Bla.*），Marivaux 之戏剧（*Le Jeu de l'amour et du hasard*）已写社会之珠玉其外、败絮其中之实情，及出生微贱者之聪明才力，超轶贵族豪富，略施小术，即可玩弄在上位者于股掌，而自弋获名利，致身通显，取而代之，诚极易事也。及 1784 年，Beaumarchais（1732—1799 年）所获撰之 *Mariage de Figaro* 一剧，当众排演，欢声雷动。剧中叙一贵族之仆人，不唯才智卓越，善为主谋，抑且品德高尚，志行芳洁。既受屈枉，竟慷慨陈词，指教社会之罪恶，谓殷鉴之不远。其言至足动众，而当时法王及后，率朝廷之人，均临场观剧，不知局势之危、人心之变。故说者谓孱王路易十六不能禁此剧之排演，有识之士皆知祸在眉睫，而法国大革命为不可免矣。果也，越五年而此亘古之奇变遂起。以上略述百年中思想变迁之大势，及新陈代谢交争之迹。其所以推移至此，无论向善向恶，为祸为福，综而论之，半出天运，半出人力。而人力之最巨者，厥推福禄特尔及卢梭二人。故此二人之生平及其著述，有至足研究之价值。本志此期登载二人图像及关于其人之文章各一篇，亦本此重视之意也。

福禄特尔生平事迹，略述如下。"福禄特尔"（Voltaire），乃其人之别号。其真姓名为 François-Marie Arouet（le jeune），然以别号传。（以其姓 Arouet 之六字母，再加 le jeune 之首字 l 及 j 共得八字母；又变 u 为 v，变 j 为 i，将此八字母倒乱次序，另行排列，即得 Voltaire 之别号。）于 1694 年 11 月 21 日，生于法国巴黎。幼即丧母，父为律师。1704 年，入耶稣会，入所设之路易大王学校。（路易大王指法王路易十四，时方在位。）以早慧称，为师所钟爱。福禄特尔拉丁古文学及文章格律之工夫，即得力于此时。出校后，颇负才名。常与新教中之信教不笃，而与言行狂放、肆无忌惮者往还。其父忧之，遣赴荷兰。福禄特尔在彼识法国某女郎，即堕情网。归后，充某律师书记，作拉丁文诗，曰《幼主》（*Puero Regnante*）。又其时有无名氏，作诗曰《吾已见》（其首句云：吾年未及二十，已见种种弊端），讥刺朝政。或亦指为福禄特尔之作，以此触摄政王之怒（1715 年路易十四崩，其孙路易十五继立，年仅五岁，故其叔 Philip, Duke of Orléans 摄政。其人有才而喜为恶云），下之于巴士的狱。此 1717 年事也。福禄特尔在狱中作国史诗一篇，曰 *La Ligue*，后改为 *La Henriade*，叙法王亨利第四之勋业。又完成其 *Oedipe* 一剧，次年排演，大受欢赏。福禄特尔之文名，由是大起。1725 年，与 Rohan 公爵因事争持。公爵雇流氓六七人，要之于途而痛殴之。福禄特尔赴愬，欲与决斗。不唯不得直，且以此被捕，复下巴士的狱。次年，释出，然不许居国内。福禄特尔乃走至英国，居三年，尽交其国枢府要人及文坛知名之士，并研究英国宪法政术及文艺，获益至钜。1729年返国，仍居巴黎，力行谨慎。1731年，著《瑞典王查里斯十二史》。1732年，其所撰之剧 *Zaire* 排演，极受欢迎。1734年，其所作之《英吉利书札》又曰《哲理书札》者出版，中述其在英国之闻见，极道英国宪政及风俗之善，而实即所以讥刺法国之君主政治。又称述英人洛克之实验派哲学及牛顿之物理天文之学，而实即可以摧陷天主旧教之基础。故其书立为当道所严禁。搜得之本，悉以焚毁。福禄特尔惧祸，潜走之 Lorraine 之 Cirey 地方，依 De Châtelet 侯爵夫人以居。夫人固博学多能，互相爱悦。居此十五年，备承夫人照拂调护，得以专力文章，故著述极多。1736年，其庄剧 *Alzire* 始行排演。1738年，著《牛顿之哲学发凡》。1743年，所撰之 *Merope* 一剧，初次排演，亦极受欢迎。又从事于《路易十四时代史》及《历代风俗史》（*Essai sur les moeurs*）之著作。福禄特尔文名既大著，又得大力者缓颊，且因与路易十五之宠姬 Madame de Pompadour 之交谊，遂得朝廷豁免其罪。1745年，且授职为国史纂修，续迁他职。次年又被选为法兰西学会（Académie française，该会于1635年成立，会员人数以四十人为限，被选者视为殊荣）会员。然福禄特尔无意仕进。朝中之虔奉宗教者，乘间逸毁，亦有忌其文名而中伤之者。而1749年，De Châtelet 侯爵夫人又死，福禄特尔乃决受普鲁士王弗烈得力大王之礼聘，往就之。1750 年 7 月 10 日，抵柏林。次年，其所著之《路易十四时代史》在柏林印行。弗烈得力大王为其时欧洲第一英主，文治武功，悉极可称。又以文人自命，礼贤下士，招纳延揽。于福禄特尔之来也，授显职给厚俸，且面谀甚至。然终不能相安，福禄特尔行事诸多不检，骄慢自恣，且面斥王御制诗文之缺谬。王怫然，遂失和。1753 年 3 月 26 日，福禄特尔不别而行，且挟王御制诗稿一卷以俱去。王命骑追及之于 Frankfort，搜得御制诗稿以归。福禄特尔走居于瑞士之日内瓦。1758 年，购得法国国境内与瑞士交界之处之丰奈田庄。次年，遂奠居于是，前后几二十年。方其初至，该地一荒凉小村耳。而福禄特尔出其资财，锐意整顿。兴水利，奖农功，营居室，起苑囿，辟市场，造戏园。不数年间，居人群集，竟成一繁华之都市。而福禄特尔俨然为其地之国王，故世称之为"丰奈之族长"（Le Patriarche de Ferney）。是福禄特尔为全欧洲文艺学术思想界之领袖。以一平民，而各国王后卿相，悉与常通函，敌体为友，且多遣使馈遗。故其声势之大，谓为王者，亦非虚语，实古今来文人稀有之殊荣之奇遇也。是时狄德罗等编纂《百科全书》，福禄特尔亦分任撰著之事。1759 年，著小说 Candide。次年，以设立戏园事，与卢梭失和，以文互诋。1762 年 3 月，Toulouse 议会，诬耶稣教徒克拉（Calas）以杀子之罪，斩之，并籍其家。福禄特尔怜其屈枉，大愤，悉力营救争持。卒得于 1765 年 3 月御前上控于巴黎之时，法庭明其冤抑，判为无罪，给还其产。福禄特尔所为矜恤弱小，助人急难，代鸣不平之事，类此者尚多，而此其最著者耳。福禄特尔终身体弱多病，然勤奋过人，故经营筹谋，成事极多，而著作之富，尤为可惊云。1764年，重行刊印大戏剧家康奈（Corneille）全集，并为作序，得资以赡康奈后裔之贫乏冻馁者。1776年，作书致法兰西学会，力诋莎士比亚，盖为自保声名计，有类出尔反尔矣。路易十五既于1774年崩，福禄特尔无所顾忌，遂于1778年2月复至巴黎，备受欢迎。时法兰西戏园排演其所撰之 *Irène* 一剧，福禄特尔亦临观。剧毕，于台上置福禄特尔半身石像，加以桂冠，尊礼之为诗人。殊荣盛典，昔所未有也。时福禄特尔年已八十有四，惊喜逾分，且连日酬接劳倦，遂得疾，即于1778年5月30日之夜，溘然长逝。其生时攻击宗教无所不用其极，故至是巴黎之天主教会不许葬以教礼。卒以其侄之力，葬于 Champagne 之寺园中。及大革命起，福禄特尔之功大成，其名益著。法国之人追念先烈，尊为元勋。乃于1791年7月11日举行国葬，迎取福禄特尔骸骨，改葬于巴黎城中之先贤祠 Pantheon。以一寒微书生而能致此，无论功罪相较如何，要其影响之大，成功之巨，不可埋没，而至足惊诧者已。

福禄特尔著作极富，全集多至七十卷。仅尺牍一类，已有一万余通。其最关重要之著作，除上文就其生平事迹中所已举者外，于诗，则有《世中人》(*Le Mondain*，1736年)、《可怜人》(*Le Pauvre diable*，1758年)、*A Boileau*（1769年）、*A Horace*（1772年）、《论人七篇》(*Sept Discours en vers sur l'homme*，1738年）等。于哲理，则有《宽容论》(*Traité sur la Tolérance*，1763年)、《哲学字典》(*Dictionnaire*

Philosophique，1764年）等，其他不胜枚举。福禄特尔又作一诗，题曰《拟上中国皇帝书皇帝有御制诗集付梓印行》。又作一剧曰《中国之孤儿》(L'Orphelin de la Chine)，所用者即今京戏中《搜孤救孤》事，而略有不同。该剧在巴黎演唱后，复转至伦敦演唱，亦受欢迎。戈斯密仿效之，作为英文戏剧一种，载戈斯密文集中。此又福禄特尔与吾国有关之处也。

　　福禄特尔所著各书之内容，今不及逐一评述。总而论之，其人与其文章，影响均极大。葛德与圣伯甫皆谓福禄特尔为最能代表法兰西人者，而福禄特尔亦最足代表18世纪者也。其人重理性，富常识。信物质科学，乏想象，绝感情，无热烈真诚之信仰。对于宗教，及旧日之礼俗制度、学说思想，均出以怀疑而厉行攻击。虽提倡社会改良，增进人群幸福，然其立足点不高，故持论常流于肤浅及刻薄。其观察人生也，精明透彻，而忠厚之意不足。又虽力主宽容，欲祛除彼拘墟顽固之旧见prejudice，而实则己所持者，常不免褊狭而陷于一偏，故破坏有余而建设不足。虽于政俗种种肆行抨击，而除旧之后，所布之新，应为如何，其精密实施之办法，并未细心筹划，但自为其所为而已。以上乃18世纪之通病，而福禄特尔亦固如是也。福禄特尔之思想言论，所可见于其著作者，至不一致，纷纭淆杂，常自矛盾冲突。然概括言之，则皆破坏之工夫，攻击摧陷旧宗教、旧礼俗、旧制度、旧学术、旧思想之利器耳。此可为福禄特尔最终之评断，而确切不易者也。唯然，故福禄特尔著作之最要者，在今日观之，非其长篇巨制之历史，精心结撰之史诗，而为其出之偶然、最不矜意之短篇小说。盖福禄特尔文章之魔力及其破坏之大功，全恃其善用讥刺之法，冷嘲侧讽，寥寥数语，寻常琐事，而写来异常有力，极刻峭，极辛辣，极狠毒，而又极明显，极自然，极合理。此外或但用描叙之法，而加重其词，渲染过度，使读者一见，即觉旧制度、旧礼俗等之不近人情，不合天理，而当去之矣。即如今所译之《记阮讷与柯兰事》（*Jeannot et Colin*，作于1764年）全篇大旨，在写法国贵族之金玉其外、败絮其中之情况，人皆钦羡，而实则毫无聪明才力，且专务骄奢淫逸，游乐狎玩。其覆亡也，固理宜而势顺矣。欲明此意，则但写彼假贵族为子延师，凡百皆不必学，皆不可学，而终乃决学跳舞，而唾弃之意，已在言外矣。且以柯兰为平民之代表，不唯勤俭治生，抑且多情多义。二者相形之下，孰愚孰贤？孰可贬？孰可褒？业已明白。而平民将兴，其势已成，行见取贵族君主而代之，读书者自能推想及此也。又如篇首写柯兰之父生活状况，谓彼纳税后岁终已无余积，但胪列各类杂税之名目。而当时繁征苛敛、民不聊生之情形，已透过纸背，旁敲隐喻，一字千钧，举重若轻，不待词费。而其尤为难能者，即作者命意如此苛刻，如此深重，而始终以诙谐出之，语言滑稽，饶有趣味。读者苟不具深心，则将视为消遣谈笑之资，而乐此不疲。噫嘻！此所谓"高卢人之精神"（l'esprit gaulois）。此乃为法国之文学名著，此亦足见福禄特尔之天才也。

福禄特尔常自相矛盾，上文已曾言及。其著作之内容，虽主改革，主进步，然于著作之外形，即文辞格律，则专趋保守。彼虽攻击旧有之礼俗制度等，力倡维新与破坏，然于文学，则主张遵依前人之成法与定程，且悬格极高，而取予唯严。又重模仿，重凝练，重修琢。此盖由其幼年在学从师时，于拉丁古文学曾下切实功夫，故遵从古学派，而异于其时勃兴之浪漫文人也。福禄特尔之文章，能如是之简洁明净，凝练峭拔，其亦以是欤？唯17、18世纪中之所号为古学派者，大都非真正之古学派，而为后起模仿之古学派（Neo-Classicism），或为鱼目混珠之伪古学派（Pseudo-Classism）。福禄特尔之议论见解，虽有合于真正之古学派之处，而常近于伪古学派。如其论文学之赏鉴 le goût（taste），则谓此事有如饮食口味之赏鉴，然可意会而不可言传。可与知者道，而难与俗人言。其标准极有定，不能丝毫假借，故宁失毋滥，宁严毋宽。此文学批评之要义也。又作《赏鉴祠》（le temple du goût）一篇，以譬喻之法，专论之曰：此祠中所居者，仅古今有数之人，确能赏鉴者。祠以外，夜以继日，常有大群之蛮族，围而攻之，咆哮示威，欲闯入祠中。而文学批评家，则严扃祠门，不令启闭。又守御围墙，与蛮人苦斗，拒之使不得入。意谓学为文者多，而能工者少；论文者众，而真能赏鉴者则寡也。福禄特尔又曰：宇宙之大，几于无处非野蛮。全世界之中，有文学赏鉴之资格者，不过三四千人。而此三四千人，皆居于巴黎城中及其四周，此外皆不可与论文矣。福禄特尔又极重诗之格律及雕琢工夫，曰：艺术之可贵者，以其难于作成耳。如不难，则读之无复乐趣。又曰：法国之诗，可比之为马戏中之美女，在悬空之长绳上，跳舞回旋，极难极险，所以成其美也。福禄特尔斥但丁之《神曲》为鬼怪不成形之呐喊；詈莎士比亚为野蛮；谓弥尔顿之诗瑜不掩瑕；其持论之刻酷失当，有如此者。其于古今文人，极少称许。故福禄特尔虽自具真知灼见，然常流于伪古学派矫揉造作之恶习，专以雕琢为工者。且真正之古学派，目的必高尚，精神必庄严，格调必雅正。岂若福禄特尔之痛攻礼教，矢口谩骂，时入以媟亵淫秽之词者。故福禄特尔在当时虽以力保文学之旧格律自任，而终成其为伪古学派而已。

福禄特尔与卢梭为法国大革命最有力之二人，其地位之重要，可以互相颉颃。吾国人闻福禄特尔与卢梭之名，亦均近三十年。然卢梭之《民约论》早经译出，为吾国昔年之革命家所甚称道。其《爱米尔》一书，近数年新文化家之言教育者，亦靳靳言之。独福禄特尔之著述，从无片词只字译成中文。而福禄特尔之生平及其为人，吾国人犹鲜知之者。故今特由陈君径译此篇，以示鳞爪。又以 *Zadig* 及 *Candide* 篇幅甚长，故舍彼而取此。本志介绍法国文学，以此期为初次。而福禄特尔、卢梭、圣伯甫，固皆法国文学史中极重要之作者也。编者识。

（本文系吴宓为陈钧译《福禄特尔记阮讷与柯兰事》所撰之编者识语。原载《学衡》杂志第 18 期，1923 年 6 月。标题为编者所加）

1905—1993

冯至：启蒙运动第一阶段的德国文学

在 18 世纪的德国，诸侯的专制主义更为发展，三百个左右的小国各自扩张自己的权力。他们贪图自己的利益，丝毫不顾及人民的要求。农民必须担负诸侯们荒淫无耻的生活和他们的庞大的军队的各项开支。他们的各种暴政，是罄竹难书的。

这时，在过去从斯拉夫人抢夺来的土地上，渐渐兴起了一个国家：普鲁士军国。这个国家，原来叫作布兰登堡公国，从 1648 年以后，法国就利用它来抵抗哈布斯堡皇朝的皇帝。它的统治者是非常狡猾的，时而与法国勾结反对皇帝，时而与皇帝勾结反对法国，从中取利，以扩大自己的军队。在 1701 年，它成为普鲁士王国。到了 1740 年，从人口数目来看，它在欧洲居第十三位，从领土来看居第十位，但是从军队来看却居第四位，普鲁士全国就是一个大兵营。

弗利特利希二世（Friedrich Ⅱ）从 1740 年到 1786 年是普鲁士的国王，他发动的战争没有一次是为了德国民族的利益，相反地，是牺牲了德国民族的利益以加强他自己的权力。从 1756 年到 1763

年的七年战争实际上是当时的两个强权国家英国和法国的斗争。弗利特利希二世成为"英国在大陆上最好的将军",他从英国那里取得金钱,他在德国土地上取得的胜利帮助了英国的海上势力和殖民地的发展。

农奴制继续存在着,报纸上甚至公开登载买卖人口的广告。容克地主统治着普鲁士,他们霸占了所有的军事上和政治上的职位。普鲁士军队被"棍子"管理着,一切都强调盲目的服从。弗利特利希二世说过:"一个士兵怕他的排长的棍子要甚于怕敌人的子弹。"又说:"如果我的士兵开始思想,就将会没有一个留在队伍里。"

这样的弗利特利希二世,竟被过去一些沙文主义的文学史家尊为启蒙运动的代表者,德国文学的培养人,岂不是一件荒谬的事!事实上普鲁士一向对开明人士进行着迫害,莱辛在1769年给他的朋友的信里曾经说过:"普鲁士是欧洲奴性最强的国家。"此外,弗利特利希二世是蔑视人民的,他甚至蔑视自己祖国的语言,他说法国话,用法语写作,他和具有民族意识的启蒙运动是没有共同之点的。

什么是启蒙运动呢?启蒙运动是18世纪欧洲的一个普遍的思想运动。它可以说是文艺复兴运动的继续发展。它主要的任务是要使人摆脱中世纪神学和宗教教条的羁绊,破除过去的迷信和偏见,要教育人运用批判的理智,能勇敢地独立思考。所以它带有反封建反宗教的特点。当时哲学上和科学上的一些伟大的发明和成就给予人们一种乐观的对于进步的信心。

恩格斯在《反杜林论》的"引论"里谈到法国的启蒙家的伟大和局限性。他说："在法国为行将到来的革命而开导人们头脑的那些大人物，本身也是非常革命的。他们不承认任何种类的外界权威。宗教、自然观、社会、国家制度等一切都受到最无情的批判；一切都要站到理性的审判台面前来，或者辩明自身存在的理由，或者放弃自己的存在。思维的理性成了衡量一切现成事物的唯一的尺度……所有以前的社会形式和国家形式，一切传统的观点，都被当作是不合理的东西，而抛到垃圾箱里去了；直到如今，世界只是被成见所支配；已往的一切，只值得怜悯和鄙视。现在呢，曙光第一次出现了，'理性的王国'来临了……"但是恩格斯紧接着说："我们现在知道，这个理性的王国，不是别的，正是资产阶级理想化的王国；永恒的正义，正实现于资产阶级司法之中；而平等则归结为公民在法律面前的平等；并且资产阶级的所有权被宣布为最根本的人权之一。理性的国家，卢梭的《社会公约》在实践上已经成为、并且只能成为资产阶级的民主共和国。十八世纪的伟大思想家们也与其先驱者一样，总不能超越他们本身时代所形成的界限。"（恩格斯:《反杜林论》，人民出版社1956年版，第13—14页。）

恩格斯在这里指的是那些法国的启蒙者，例如狄德罗（Diderot，1713—1784年），伏尔泰（Voltaire, 1694—1778年）、卢梭（Rousseau, 1712—1778年）这些人。

当时德国的情况是远远赶不上法国的。在英国和法国的影响下，处在德国鄙陋状态中的资产阶级渐渐觉醒，它对于这种状态的斗争决定了德国启蒙运动的本质。德国启蒙运动在开始时是极其可怜的,它表现了德国资产阶级的胆小和懦弱。当时那些小国的诸侯们对他们的臣民实行警察管制,不容人有言论自由。讽刺家拉本纳(Rabener,1714—1771年)说过:"德国不是一个讽刺敢于自由地抬起头来的国家,在德国我不敢向一个乡村教师说出一个伦敦大主教都不能不听的真理。"

启蒙运动者真正发挥了他们勇敢的批判精神,还是在启蒙运动的第二阶段。

所以,启蒙时代前期的文学,只是在他们推崇理智、要求思想的明确上是合乎启蒙运动的精神的。至于在革命精神方面,则不能与法国的启蒙者相提并论。

在德国启蒙运动第一阶段文学里,最主要的人物是约翰·克利斯朵夫·高特舍特(Johann Christoph Gottsched,1700—1766年)。在他以前,有一个诗人和一个小说家值得提一下。

诗人约翰·克里斯提安·巩特尔(Johann Christian Günther,1695—1723年)于1695年生在西利西亚地方一个医生的家庭里。从少年时代开始,他就表现出对于文学的热爱。1715年在威登贝尔格学医。这时,他的生活就依靠写一些即兴诗来维持。1718年,在莱比锡大学学习。他想从事文学创作的愿望和他的父亲要他学医的意图是相违背的,父子之间长期发生冲突。此后他一直过着一种不安定的流浪诗人的生活,最后他贫病交迫地死在耶那(Jena)。

巩特尔写了许多带有反抗性的抒情诗。他的名诗《欧根王子颂歌》(*Ode an den Prinzen Eugen*)以土耳其人入侵欧洲的事件为题，歌颂了英雄人物。当时很受到人们的欢迎。

在其他一些诗中，巩特尔对当时的许多诗人依赖贵族而生活提出了批评，他充分表现了对宫廷生活的厌恶。但是德国鄙陋的现实情况是不可能满足诗人崇高的理想的。

巩特尔还以自己亲身的经历写过许多抒情诗，表达爱情的欢乐和痛苦，使读者受到深深的感动。他的诗歌的纯朴和情感的自然流露，在歌德之前可以说没有人能和他相比。

他也写过一些宗教诗，对上帝表示怀疑，对教会、僧侣表示厌弃，而给以嘲讽。

歌德曾称赞巩特尔，认为他的诗都来自活生生的现实生活；他把他的快乐、他的痛苦都转变为诗歌的图画。这种创作方法也就使巩特尔的诗更为生动和情感真实。

但是，德国的社会环境在客观上给了诗人很大的限制，诗人不幸的遭遇正是当时德国的鄙陋情况所造成的；巩特尔的早死使他没有能得到更大的发展。

小说家约翰·高特夫里特·史纳伯（Johann Gottfried Schnabel，1692—1752年）是《弗尔孙堡孤岛》(*Insel Felsenburg*)的作者。

1719年英国出版了笛福的小说《鲁滨孙漂流记》，不久，这本小说便流传到欧洲各地，在德国发生了特别巨大的影响，并且纷纷模仿写这种鲁滨孙式的小说。这类小说的特点是带有冒险故事的色彩，异国情调和乌托邦的思想。其中不少是以启蒙运动的精神对读者在道德上和政治上进行教育。

这类小说中最成功的要算是史纳伯的《弗尔孙堡孤岛》了。当这本小说在 1731 年第一次出版时，就引起人们很大的注意，从 1731 年到 1772 年，翻印不下二十六次之多，这足以说明这本书流传的广泛。但是，当时却很少人问到它的作者，关于史纳伯的生平，确实记载不多。他生于 1692 年，年轻时曾到各处旅行过。1724 年在斯托贝尔格（Stolberg）伯爵的宫廷里供职和当医生。约从 1731 年到 1738 年间出版过一种报纸，后来写小说，以笔名发表。1741 年之后就没有他的消息了，以他 1750 年出版的一本小说推算起来，史纳伯约死于 1752 年。

《弗尔孙堡孤岛》揭露了封建统治阶级的腐败，在资产阶级道德的基础上建立乌托邦。作者用现实主义的手法写这部小说，许多情节都与作者的亲身经历有关，但《弗尔孙堡孤岛》与笛福的《鲁滨孙漂流记》有着显著的不同。《鲁滨孙漂流记》反映了上升的资产阶级征服周围世界的魄力，鲁滨孙虽然被困在一个孤岛上，但是他充满信心，用不倦的劳动，利用一切条件，战胜了困难，最后回到本国；全书毫无伤感的情绪。但是《弗尔孙堡孤岛》的主人公在一次船沉之后，就退避到荒岛上去，要在那里建立他理想的世界。这两部小说的不同也就反映了当时英国和德国现实情况的不同：在英国资产阶级是富有进取精神的；在德国资产阶级却是逃避现实，采取了消极的态度，这和《西木卜里其西木斯》结尾有类似的地方。

在 18 世纪前半期，约翰·克利斯朵夫·高特舍特是德国文学界的权威人物。

高特舍特生于 1700 年，在柯尼希贝尔格（Königberg）大学学习神学、哲学和文学。1724 年因为逃避普鲁士的兵役，到了莱比锡，开始在莱比锡大学讲授文学、逻辑学和形而上学。

当时德国受英国的影响，到处出版一类刊物：《道德周刊》。这类刊物起源于英国，宣传启蒙运动的精神，里面谈论日常生活中各种各样的问题。在德国 18 世纪内，据说这类刊物有五百种之多，它对于文学的发展和普及起了一定的作用。高特舍特也是从创办这类的刊物开始他的文学活动的。他最主要的著作是《给德国人写的批判诗学试论》（*Versuch einer kritischen Dichtkunst vor die Deutschen*，1730 年），高特舍特在这本书里建立了他的文艺理论，它在 1751 年以前重版了四次，也就是在这二十年内他成为德国文学界的权威。但在 1750 年之后，他的声誉就低落了。后来甚至成为被人嘲笑的对象。1766 年他死于莱比锡。

高特舍特的《批判诗学试论》分为两部分：第一部分论诗的一般原理，第二部分论文学的种类，尤其论史诗和戏剧。他在第一部分的理论里提出文学的两大原则是模仿和教育意义，他认为一切都要合乎理性，因此他特别推崇寓言。第二部分可以说是"文学做法入门"，高特舍特在这里订出了许多规律，认为通过这些形式的规律就可以从事创作。他提出以法国的古典主义文学作为德国文学的典范，拉辛和高乃依的戏剧应该是德国文学努力的方向。

高特舍特是法国古典主义文学理论家布瓦洛（Boileau，1636—1711年）在德国的代言人。在布瓦洛时代，法国是专制主义发达的国家，反映这个时代的文学是以古典文学为规范的古典主义，在哲学的基础上是理性主义。布瓦洛极其详尽地规定了古典主义的理论，他要求诗人实地观察自然形象，并写出其心理的真实，他又劝告诗人不但要研究上流社会的生活，也要研究市民的生活，这在当时是有极大的进步意义的。可是由于他方法上的理性主义，要求诗的创作服从抽象的"理性规则"，所以主张文学形式、体裁、语言等的严格规范化；他还认为古代诗学上的典则是万古长存的金科玉律。

高特舍特继承了布瓦洛学说，更强调推崇理性，忽视诗人的创造性，给文学制定一些死板的规律，限制了创作上的自由，使文学中应有的丰富的想象和形象化的美都遭到排斥。他片面地把法国的古典主义作为德国文学的唯一典范，忽视了德国文学的民族传统，所以到了18世纪中叶就受到新兴的作家如莱辛等尖锐的批判，把他的理论视为德国文学发展的障碍。

那么为什么在1750年之前，高特舍特是有权威的呢？那是由于他在当时起了一定的进步作用。在18世纪初期，德国文学的情况是十分混乱的，由于割据状态，一般诗人大都局限在他们所服务的诸侯宫廷的范围以内，高特舍特则为了创造全德国的文学而努力。当时的语言也是庞杂的，一些诗人矫揉造作，爱使用奇怪的表达方法和离奇的譬喻，高特舍特则为了纯洁语言、能够明确地表达思想而努力。当时德国一般的思想还掺杂着许多迷信和神秘，高特舍特则推崇理智，发扬了启蒙运动的精神。为了这些目的，他不得不把法国文学上的成就作为自己的榜样。尤其是在戏剧方面，虽然在 17 世纪时奥皮茨和格吕菲乌斯曾作了一些努力，但德国的戏剧还是十分幼稚的，那时流行的戏剧是所谓的"历史大戏"，形式和内容都是很粗糙无聊的，而且常常把无理取闹的丑角作为主要的角色。剧院被正统的路德教派视为"魔鬼的讲坛"，剧团也是受人轻视的。高特舍特为了纠正德国戏剧的这种混乱状态，把法国古典主义优秀的剧本介绍过来，这对于德国的戏剧也是有意义的。他也经常帮助和整顿当时的剧团，鼓励他的朋友参加剧团的工作，这是一个不小的贡献。他主张戏剧应该坚持"三一律"，也是针对"历史大戏"杂乱无章的现象而发的。因此当时的一些作家，如讽刺家里斯柯（Liscow，1701—1760 年）、拉本纳、诗人格勒特（Gellert，1715—1769 年）以及戏剧家埃利阿斯·史雷格尔（Elias Schlegel，1719—1749 年）都是在他的影响下从事创作的。

所以，高特舍特的主要功绩在于对德国戏剧的改革和戏剧理论的建设上边。他自己的剧作《濒死的卡托》（*Der sterbende Cato*）在内容方面虽然比较枯燥，但其中反抗暴力受到赞美，热爱自由受到歌颂，今天，大家已经不再读他的作品了，但是他剧本的选材和思想内容在当时却是有意义的。

高特舍特不是一个诗人，是一个学者。他没有认识到社会条件改变了，文学也需要新的东西。所以到了 18 世纪中叶以后，他在文学上制定的那些规律都成了新文艺的障碍，他对于一个更为伟大的诗人莎士比亚是不能理解的。当1741年莎士比亚的剧本《凯撒》在德国上演的时候，他竟说："看到这样违反规律的剧本，没有人不作呕。"

高特舍特越来越顽固地反对文学创作中新的理论，他对于文学中的"想象"的看法越来越狭隘，认为它有损于戏剧的完美，就在这一点上，他和一些其他的作者开始了论争。

首先和高特舍特进行论争的是瑞士屈黎西的两个教授兼诗人波特玛（Bodmer，1698—1783年）和布莱丁格（Breitinger）。这两个人最初和高特舍特并没有什么不同，他们同样出版过《道德周刊》，也曾经以高特舍特为榜样编著过《批判诗学》，也同样地教导人们怎样按照一定的规律写诗。他们在本质上都是具有很大的局限性的"启蒙者"。可是到了1741年，他们和高特舍特爆发了激烈的论争。论争的焦点是要以哪一种外国文学作为写作的榜样。高特舍特把法国的高乃依和拉辛当作唯一应该模仿的对象，而波特玛和布莱丁格则提出要以英国诗人弥尔敦（Milton，1608—1674年）为榜样。波特玛把弥尔敦的《失乐园》译成德文，高特舍特对于《失乐园》中丰富的想象和奔放的热情是无法理解的。波特玛认为在诗里应该容许诗人想象力的发展，应该直接模仿自然，并且容许合乎情理的"奇迹"的存在。这些主张，高特舍特是不能同意的。

他们的论争影响了整个德国的文学界。从表面上说，双方的主张好像没有什么区别：波特玛模仿英国文学，而高特舍特则模仿法国,两方面都缺乏新鲜的创造力。但是从实质上看,这种文学理论的论争是和当时的社会进展的情况分不开的。德国资本主义逐渐发展,必然使资产阶级的文学脱离封建的典范而转向资产阶级的典范。当时英国的文学是更多地代表着资产阶级,而高特舍特从法国古典文学那里取来的一些死板的规律则阻碍了年青的资产阶级文学的发展,这是波特玛获得广大群众的拥护、高特舍特渐渐被群众离弃的社会原因。最后一个青年诗人克罗卜史托克(Klopstock)在弥尔敦的影响下,于1748年写出了著名的史诗《救世主》(Messias),他用创作实践战胜了高特舍特。

此外,应该提到波特玛在德国文学史中的另一个功绩,就是他是第一个重新发掘德国中古文学的人,他把一些久已被人遗忘的13世纪伟大的史诗又重新出版,其中包括《巴尔其伐尔》和《尼伯龙根之歌》。

18世纪40年代,高特舍特越来越成为人们反对的对象,有一些与他对立的学生在1744年出版了一种刊物。因为这个杂志在布莱门(Bremen)地方出版,所以参与杂志工作的人一律被称为"布莱门杂志同人"。他们没有什么很高的文学目的,他们的文学创作并不像后来莱辛那样以革命的姿态出现,相反地,在德国启蒙运动发展中,他们还表现出一定的胆怯和小市民性格;但是,总的方面还是可以说,这本杂志的出现是带有进步性的。

在创办杂志的一些人中,最重要的一个作家是克利斯提安·腓希德高特·格勒特(Christian Fürchtegott Gellert,1715—1769年)。

格勒特出身于一个牧师家庭，年青时在莱比锡大学学神学，与高特舍特结识。1744 年开始在莱比锡大学任教，同年在《布莱门杂志》（*Bremer Beiträge*）上发表他的第一批寓言和短篇小说。

格勒特的《寓言故事集》（*Fabeln und Erzählungen*）在 1746 到 1748 年间发表，这种生动的文学形式在 18 世纪的资产阶级文学中引起了普遍的注意，成为诗人与人民联系的纽带。格勒特通过寓言以启蒙运动的精神教育广大群众；由于他语言的通俗简单，很快就受到人们的欢迎。他寓言的思想内容在当时还是进步的，例如在《拉车的马》（*Das Kutschpferd*）中，他站在受压迫的劳动人民的立场上说话，痛斥"大人物"的卑鄙与傲慢。在《英雄与马夫》（*Der Held und der Reitknecht*）中，他反对普鲁士的封建掠夺战争。另一方面，格勒特虽然爱人民，了解人民的疾苦，但是，他在寓言中常常贯串一种宗教的道德说教，这是他狭隘的一面。

格勒特写过一些喜剧，现在都已被人忘记了。但是在当时，它们还具有一定的积极意义。

格勒特和高特舍特关系密切，但是他们在一些文艺问题的意见上是不同的：高特舍特曾经认为悲剧只能演皇帝及英雄人物，不是贵族就不可能有深刻的感情、高贵的思想和事迹，而市民阶级则只能在喜剧里出现，作为被人取乐嘲笑的对象。这种理论正表明了当时德国贵族专横的统治以及资产阶级的软弱无力。而格勒特的喜剧虽然有许多道德说教，但是他力求市民的喜剧成为反封建的新型喜剧，他不再像高特舍特那样，以法国古典戏剧为榜样，却是把喜剧引到现实主义的民族戏剧的道路上去。莱辛曾经说过："毫无疑问，在我们的喜剧作家当中，格勒特先生的作品是完全德国化的，它们都像一幅家庭的图画，人们对它们一下子就熟悉了。"

《布莱门杂志》的另一个重要的参加者是约翰·埃利阿斯·史雷格尔（Johann Elias Schlegel），在启蒙运动时代，他是莱辛之前颇有才能的一个戏剧家兼理论家。

他生于1719年，1739年在莱比锡大学学法律，后来研究古代的语言和文学。1743年，他担任萨克森公使的私人秘书，到了丹麦。1749年去世。

在大学时期，他和高特舍特很接近，并且也接受了他的以法国古典戏剧为典范的戏剧理论，但后来史雷格尔开始研究英国文学，也渐渐成了高特舍特的反对者。

史雷格尔在1747年写了《对丹麦剧院改革的一些看法》，这是莱辛之前德国最好的一篇有关戏剧的论著，它是对高特舍特及法国悲剧的宣战书。其中除了反对高特舍特的法国立场之外，并提出向英国人学习。某些论点和莱辛是一致的。

史雷格尔是重视民族形式的，他认为，戏剧要受人欢迎，必须具有民族的特性和气质。但是，在他追求新的资产阶级文学内容的时候，总不能摆脱旧日高特舍特的理论对他的影响。

他的剧本有悲剧《赫尔曼》（*Hermann*，1743年）、《卡努特》（*Canut*，1746年）、未完成的诗剧《狮王亨利希》（*Heinrich der Löwe*，1742年），以及取材于北方故事的《哥特立卡》（*Gothrika*），它只是一篇散文的草稿。以上的剧本都用亚历山大诗体写成，但是史雷格尔语言的流畅，对话的生动，并不使人感到这种韵律上的束缚。

由于史雷格尔把作者和观众之间的关系常常看成是道学先生和学生的关系，他的剧本中有太多的道德说教，使他剧本的内容冗长枯燥，妨碍了他创造真正的现实主义的形象。

在18世纪前半期还有一些所谓的"阿那克利翁派诗人"（Anakreontiker），他们脱离现实，沉醉在享乐里，歌颂饮酒、接吻和玫瑰，他们多半是宫廷里豢养的一些寄生诗人，就不足称道了。

歌德曾深刻地评述过这个时代的文学情况，他很中肯地说道："我们仔细观察，德国诗里缺乏什么，那就是缺乏一种内容，一种民族的内容。"

真正具有民族内容的文学作品的产生，则在18世纪的下半期。

（原载冯至:《德国文学简史》，
人民文学出版社1958年版。标题为编者所加）

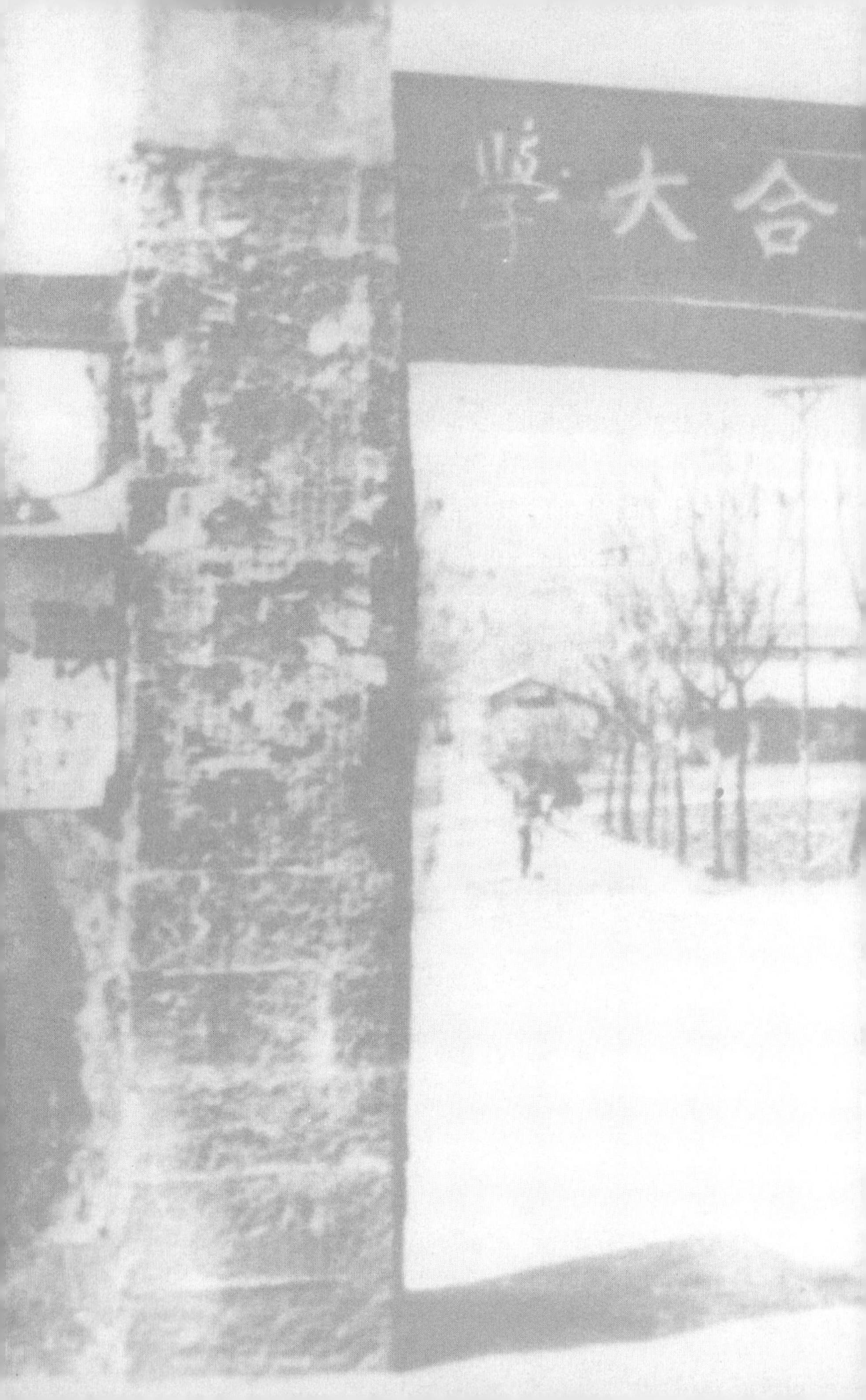
合大學

第三篇 诗苑揽胜
西方近现代诗歌四讲

1937—1946

1894—1978

吴宓：英文诗话

天理人情，一定而不变。古今东西，曾无少异。唯疆界部落、政教风俗、衣冠文物，种种外象末节，则息息迁改，绝无全同之时。此不可不辨之明审，唯其本质之相同也。故若论诗之本旨、诗之妙用、美恶工拙如何分辨、作诗必讲韵律等事，则中西各国之诗皆同。西儒自亚里士多德以下，其论诗论文，悉与吾国先贤名家之说，节节吻合，或互相发明。苟博读细思，必知其然，而唯其外形之有异也。故韵律文字，各国不同。又诗中材料，多系本国之历史国情，及当时之事迹、群众之习尚、作者之境遇；凡此，非熟知之，详解之，则不能领悟诗之妙义。例如未读唐史者，决不能了解杜诗。未悉西洋历史及17、18世纪英国情况者，决不能判断蒲伯（Pope）与华次华斯（Wordsworth）之高下。且诗之所述，无非喜怒哀乐之情而已，此情为人所同具。而诗之妙处，正在其形式，即韵律格调之工。若去韵律格调而不讲，则所余之糟粕，人人心目中有之，何必于诗中求之。韵律格调，属于文字之本体，不能以他国文字表出。故诗决不能翻译，强译之亦必不佳也。

杜诗云："美人细意熨帖平，裁缝灭尽针线迹。"凡诗文佳构，看来最自然者，其作出也必最费力。盖惨淡经营、锻炼炉锤之后，方能斟酌尽善。去芜词，除鄙想。他人读之，以为神来之笔，而不知其匠心久运也。他人以为纯出天籁，而不知其有意模仿也。英文诗中，以彭士（Robert Burns）之诗，最为自然。多言田野风物，里巷琐事，及农家之苦乐、儿女之隐情。不事雕镂，一本天真。故其诗成后，老妪都解。或尝疑此公之诗，必非推敲而成。乃据晚近学者之考据，始知彭士之诗，亦系按步循规，苦心经营，久久始脱稿者。又如美国阿伦波（Edgar Allan Poe）狂荡不羁，有仙才之誉。其所作《乌鸦》（Raven）一诗（按，此诗后由顾谦吉君译出，为离骚体，题曰《鹏鸟吟》。载登《学衡》杂志第45期），悲戚缠绵，情深语重。读者必谓其人确抱鼓盆之戚，身受心感，乃能言之如此。而其实竟不然，阿伦波作《文章原理》（Philosophy of Composition）一文，自述作此诗之情形，则固未尝有悼亡之事。只欲作一篇佳诗，沉思至再。以为诗必哀而后工，今如何而能哀乎？天下唯夫妇之情最深，而美人夭折，其事尤可伤。故即以悼亡定为题旨，而设为亡妻美艳绝伦，死当妙龄，以重其哀思。既复思之，表哀之音，以"呜—呜—"为最妙，盖其音愁痛而有绵延不尽之意。"呜—呜—"之声，在英文必以 ore 表之，遂翻检字典，将末尾有 ore 之字，如 evermore 及 nevermore 等，悉另纸录出备用。察其中有 nevermore 一字，译言"不能再矣"，其义其音，均表哀思。阿伦波大悦，遂决用此字为韵脚。既再思之，悼亡之情，唯深夜三更，孤坐书斋，不能成寐，处此情景，最难排遣，故决以此为诗中之情景。但如何而能嵌入 nevermore 之韵字乎？深夜既孤坐，所可为伴者，唯禽兽。夜间有何禽兽乎？忽思得乌鸦，且其声呜呜，遂决以鸦入诗。又情深之极，必思魂魄之来见。然此乃必无之事，故宜但写其人迷离惝悦之心理，而却无人鬼叙谈之事。既决此层，又欲将鸦插入，乃得最后之结果。设为寒鸦敲门，而斋中人疑为鬼至，更将其情景步骤，逐一分析，得以下之数层。始闻声，其声息。已而又作，开门视之，不见一物。归室中，则一鸦已飞入，栖止案头。因对鸦述哀，鸦但作异声。初不解，已而悟其意为"不能再矣"，则益哀。久之，鸦去，魂魄终不来。天将曙，斋中人但低徊感泣而已。层次既定，因拟作诗若干首。每首写其一层曲折，以 nevermore 一字，用于每首之末。以与此字同韵之字，用于句末。先将韵字及意思排定，然后乃作句以嵌合之。全诗作成，更悉心斧削。而其诗一出，洛阳纸贵。金谓非身历者不能道，而不知作者实无悼亡之事，全局情节，皆故意造作，但求文之工致耳。

文非静心不能作。喜怒哀乐，情大动于中，此际神思昏乱，言不成章，必不能成诗。唯事过境迁，消闲之中，回思往事，方可吟咏出之。故华次华斯谓诗为"静中回思前情"之所得（Overflow of powerful emotions recollected in tranquillity）。祭文必非易箦时所可作出，必经久始成篇。与人涉讼，必用他人代为状词，或延请律师，亦缘本人为感情所激，不能言之成章也。狄德罗（Diderot）云，凡优伶善表情者，专模拟局中人感情发动时之形于外者，如面容手脚之姿态位置等，而优伶之内心，则冰冷如铁石，毫无悲悯愤怒等意。使其内心亦真感动，则必动作失据，不能做戏矣。此虽言之甚奇,而实理之至确者。语云,旁观者清,当局者迷。做戏作诗,实同一理。即初学者,苟自行体验,必可知之也。

绚烂之极,归于平淡。故文章雕琢过甚,则必有作者出,一洗故套,返于清新。此在中西文学史上,常见不鲜,毫不足为异。如齐梁之后,至唐初王杨卢骆当时体盛行,于是有陈子昂之高亢。其后杜工部别开天地,集其大成。又如六朝之文,骈俪是尚。韩文公起八代之衰,蔚兴古文。夫"革命"二字,乃推翻政府、以武力取而代之之义。"文学革命"本不成语(譬如吃饭座椅、今日"吃椅",可乎),即暂予通假,而究其实事,则所宜尊为文学革命之元勋者,当为杜工部、韩文公之流,应如何顶礼而崇祀之。反是则为倒行逆施,矛盾甚矣。大率诗文体制之变也,率由二因。其一,则每一大作者,其精神必有独到之处。后人共欣赏之而竞仿效之,然又无其才,只能效其皮毛而遗其精神,如东施作颦,满涂脂粉。又凡多则生厌,文体之卑,乃后人之过。而昔日大作者,其光焰万丈,固未为之稍减也。其二,文体之变,必由杰才出世。其智德学识,天资人工,均属第一流。其所作诗文,自足宝贵。于是群俗乃自然趋效之,非仅攘臂号呼,即可成事。若乃毁瓦画墁,指鹿为马,盲从以取利者,则有之。文章只受其害,是特破灭之、摧残之而已。变革云乎哉?

西国文体之变迁,例甚多。其中根本之因果,亦与中文相类似。如英国当18世纪,文治武功,一时称盛。诗人以蒲伯(Pope)首屈一指。蒲伯之诗,多言朝廷及都市事,然其诗曲尽人情之变,能以极凝练简短之句，达复折难显之情。此种才力，为英国至今诗人中第一。其后学之者过多，而奇才罕见。至18与19世纪之间，华次华斯出，乃终变诗体。华次华斯生长田间，性冲淡，不亲世事，盖陶渊明、孟东野之流也。华次华斯之诗，纯取清新，以矫当时之弊。华次华斯天生诗才，故其诗极为名贵。迨后倡为自然之说，则大误。盖生于山者言乎山，生于水者喻于水。各人循其本分，不假虚伪，是谓自然。狮效驴鸣，即不自然。天下之人，不皆田夫，不皆村女。今于凡作诗者，悉令模仿田夫村女之词意，是实专制之尤者。华次华斯诚误矣！后之论者，谓华次华斯只善作诗而不能谈诗。其所作之诗，确是极佳，而所谈则左。其后自作《诗集序》（*Preface to the Second Edition of Lyrical Ballads*）畅言作诗之道，其中瑕瑜互见。其挚友辜律己（Coleridge）当时即于《文学传记》（*Biographia Literaria*）书中，纠正其误。且曰，此公一生所作诗，可分二类：其中佳篇，悉与己所言作诗之条理相反悖；其按照此等条理，勉强作出者，皆属下品。后之论者，皆以辜律己之评，为不可易。盖知华次华斯之深，而爱华次华斯之切者，莫辜律己若也。

华次华斯以当时诗体甚卑，满纸陈言，毫无新意；韵律虽协，而精彩甚乏，亦犹中国诗以红香绿玉等字堆砌成章者。华次华斯思矫正之，作诗乃务为简洁，又多言农氓疾苦，有类白香山秦中乐府。其诗既经人传诵之后，华次华斯乃作诗序，自言其为诗之法则。中有曰"吾欲以生人实用之言语入诗"。推华次华斯之意，似欲直抒胸臆，不假藻饰。又客套语、酬应语、文人相与谈论之词，前人入诗者已多，渠今则欲以率直纯朴之农民，其天伦至情之事，取作诗中材料，止此而已，非谓照抄农民口中之言也。特其用字浑含，后人将有误解之忧，故辜律己即指正其非，且曰：俗语断不可入诗。华次华斯所生所居之乡（The Cumberland and Westmoreland Counties），本皆民风淳厚之地。居人久受宗教之陶熔，感化开通，故其所言尚多和雅之致。华次华斯间取其一二语入诗，故不为病。若谓凡俗语皆可入诗，则他处之流氓匪徒，诅咒詈骂之词，直抄以示众。吾知华次华斯决不为此，后之读者，其幸勿以词害意而妄从之也云云。按华次华斯生平受卢梭之影响，其言亦多由感于时势而发，兹不具论。但其采用俗语入诗，亦系甄陶融化过来者。更以天生诗才，运用其间，故尚不为病。若后之人，欲作诗作文尽以白话，则实为华次华斯所梦想未及者。作俑之讥，固不任受也。

（原载《留美学生季报》第 7 卷第 3 号，1920 年 10 月）

1905—1993

冯至：海涅的讽刺诗

海涅逝世，到今年整整一百年了，他在他的祖国和全世界一向受着两种完全不同的待遇。广大的人民对他是爱戴的，许多为人类进步事业奋斗的战士对他是尊敬的；但另一方面，所有的反动势力对他是憎恨的，在法西斯统治德国的时代，海涅成为纳粹匪徒们不共戴天的敌人。他受着这两种完全不同的待遇，主要是由于他敌我分明，同时也由于他在他的讽刺诗中对人民的敌人进行了辛辣的嘲讽和无情的抨击。

1835年德意志联邦会议决议，禁止海涅和"青年德意志派"作家们的著作出版和流通。后来海涅这样说："不是为了青年德意志派所宣传的危险思想，而是为了用以传播这些思想的为大众所欢迎的形式，人们对于这些'坏种'，尤其是对他们的魁首，语言大师，宣布了破门之罪，人们迫害他，不是把他当作思想家，而只是当作文体家来迫害。我的朋友亨利希·劳伯曾经把这个文体叫作文学的火药。这的确是一个好的发明，没有发明这种火药的下一代，至少会善于用这种火药来射击了。"海涅在这里并不是把思想内容和形式割裂，而是指出，若是没有好的"火药"，无论有多么坚强的、"危险的"思想，也难以引起敌人的恐惧。敌人畏惧这些作家，迫害他们，禁止他们的著作流通，正因为他们有这种每发必中敌人要害的"火药"。海涅的讽刺诗就是一种"文学的火药"。

海涅是在德国消极浪漫主义文学的影响下开始写作的。他开始写作时，正是维也纳会议结束不久，德国的封建统治又趋于巩固的时代。德国全国分裂成三十六个大大小小的邦，各邦的公侯仰仗奥地利首相梅特涅的支持，镇压人民，迫害进步力量，钳制言论自由。而当时的文艺界，弥漫着浅薄的消极浪漫主义气氛，逃避现实，缅怀过去，美化中古的封建制度，成为反动势力的代表人。海涅在少年时代虽然受了这种浪漫派文学的影响，但他很早地就对它表示不满，把浪漫派的文艺叫作"苍白的尼姑和夸耀门阀的骑士小姐"。他要求诗歌里有真实的情感、充实的内容和对生活的热爱。他用人民的语言、和谐的音调和鲜明的色彩写了许多活泼优美的抒情诗，这些诗里也显露了他独特的嘲讽的风格。这时他嘲讽的对象是小市民浪漫主义的非现实的梦幻。他常常郑重其事地描述那些梦幻，好像自己真是沉迷在梦幻里一般，但是写到最后几句，却出人意料地指出面前的现实，把那空中楼阁完全推翻。《海中幻影》一诗就是一个显著的例子。

这首诗写诗人坐在船边，望着深深的海底，海里先是雾霭一样地朦胧，随后渐渐色彩分明，海底呈现出一个古代的城市，里边有各种各样的人们在走动，最后在一座老屋的窗前发现一个女子，正是他长久失落了的爱人，他喜出望外，立即伸开两臂，要跳下去拥抱她。这种空洞的幻想，诗人写得非常认真，用了七十二行；但是当他正要跳入海水的时刻——

船长捉住我的脚,
把我从船边上拉回,
他喊着,又愤怒地发笑:
"博士呀,你可是中了魔?"

海涅在另一首题作《问题》的诗里,写一个青年在海边上对着浪涛发出疑问:"人有什么意义?他从哪里来?他向哪里去?谁住在天上边金黄的星星里?"诗人并且说,这些问题,从古埃及直到现在绞尽无数人的脑汁。这样看来,应该是很严肃的了,但最后的四句是:

浪涛喧腾着它们永久的喧声,
风在吹,云在奔驰,
星光闪闪,冷冷地漠不关心,
可是一个傻子等待着回答。

海涅在他早期的著作里很喜欢运用这样的手法,来挑破消极浪漫主义脱离现实的胰子泡一般的梦幻。恩格斯在《诗歌和散文中的德国社会主义》一文里说:"海涅把市民的梦幻故意拧转到高处,为的是随后同样故意地使那些梦幻跌落到现实里。"抬得高,跌得重,是足以致那些非现实的梦幻以死命的。

1830年法国的七月革命给海涅以极大的影响，致使他在1831年离开祖国，到了巴黎。他在巴黎更多地接触到当时欧洲各方面的进步势力，创作的态度和方法都有了转变，尤其是在1843年和马克思认识以后，他的政治见解起了很大的变化。此后他的诗歌里对于脱离现实的梦幻的嘲讽就转化为对于德国现实的尖锐的讽刺了——这种讽刺也就是最使敌人感到恐惧的"文学的火药"。事实上，这种讽刺在海涅早期的散文著作《游记》里已经是他的文体中的一个重要的因素了，但是他把它大量地在诗歌里运用，则是在30年代以后的《时代的诗》、《德国——一个冬天的童话》、《故事诗集》，以及一些晚年的诗里。

他在这些诗里讽刺的对象是德国专制君主的愚蠢和残暴、德国市民的麻木和怠惰、资产阶级急进派的狭隘性和妥协性。他的讽刺都具体生动，没有空洞的言辞。他讽刺的方法是多种多样的，大致可以分为两类：一类是素描式的，一类是漫画式的。

在他素描式的讽刺里，没有夸张，只是把他所要讽刺的事物如实地写出，很自然地便起了讽刺的作用，因为事物的本身就是讽刺。例如在《泪谷》一诗里，诗人描写一对饥寒交迫的男女，住在一家顶楼里，一夜寒风，断送了他们的性命。第二天早晨来了检查官，还带来了一个伪善的医生，医生给这两个尸体开了死亡证明书，最后——

他说，严寒的天气

结合着胃的空虚，
造成了这两人的死亡，
至少促进了死亡的速率。

他补充说，当寒潮来到，
毛毯保暖非常需要，
他还同样地推荐，
要有健康的养料。

这是资产阶级社会里实际的情况。看这为资产阶级服务的医生说的话是多么"真实"！诚然，这两个人是冻饿而死的；诚然，当寒潮来到，要穿得暖、吃得饱。这些话一点也不错，但是为什么会冻饿而死，怎样才能穿得暖、吃得饱，就无人追问了。而诗中这样的描写，却能很自然地引起读者的追问，同时我们会感到这正如古代昏庸的晋惠帝看到人民饿死，而说"何不食肉糜"一般，是一个大的讽刺。

又如他描写德国在 1848 年革命失败后的情况，是这样开始的：

强烈的风已经平息，
家乡又恢复了寂静，
日尔曼这个大孩子，
又为了圣诞树而高兴。

我们现在要享家庭幸福——
更高的想望就要遭殃——
和平的燕子已经回来,
它曾经结窠在我们房顶上。

树林与河流都舒适地休息,
月光笼罩它们是多么温柔;
只有时一声响——是枪声吗?——
也许是在枪杀一个朋友。

这是一首较长的诗的起始的三节,前十行写出德国革命失败后所呈现的一片"太平景象",但这景象是十分郁闷的。读到了第十一行,就使人感到,在这郁闷的太平景象后面,隐伏着多少阴惨而残酷的杀戮!

海涅的这种素描式的讽刺,是通过丝毫不加粉饰的真实的描写,来揭发反动社会的实质的。诗人对于诗的素材,只有选择,没有夸饰,如实写出,就具有很大的感人的力量。

但是,海涅也常常在漫画式的讽刺里,用夸张的手法抒写他对于丑恶事物的憎恨和愤怒。普鲁士政府是海涅深恶痛绝的,他认识到,军国主义的普鲁士的存在是德国人民的大不幸,它的势力的扩张完全是普鲁士王室狡狯地巧取豪夺的后果。德国民间传说里说,摇篮里的婴儿常常被妖魔偷去,调换一个丑陋的怪孩子。海涅说,普鲁士就是这样的一个调换来的怪孩子——

一个孩子有个大葫芦头,
浅黄的髭须,苍老的发辫,
蜘蛛般的长臂可是很强健,
有巨大的胃,肠子却又小又短——

这是一幅普鲁士的漫画:第一行写出普鲁士的愚蠢,第二行是它的顽固,第三行形容它的侵略,第四行写它的贪得无厌,正确地表达出普鲁士的特性。所以马克思在谈到普鲁士王室的罪行时说:"谁不知道海涅诗里的这个刻画呢?"海涅在这首诗的最后说:

我不用说出这怪物的名字——
你们都应该把他淹死或烧死!

海涅对于当时德国人民的麻木和他们的奴仆思想,感到极大的失望,他经常鞭策他们,他在《檀怀塞尔》里写一个骑士登上瑞士的高山,只听见——

……德意志鼾声如雷,
那里有三十六个君主,
它在他们温柔的监护下酣睡。

这三行诗完全表达出了德国的沉闷状态。

海涅在《1649—1793—？？？》一诗里说，1649 年英国人杀死英国国王查理一世，1793 年法国人杀死路易十六和他的妻子，行刑时都太粗鲁、太残忍，德国人不知将要在什么时候处理他们的国王。到那时候，德国人决不会像英国人、法国人那样残暴，因为德国人是懂得深情的，他们在切断他们国王的头颅时，还是要戴德感恩，毕恭毕敬。

在 19 世纪 40 年代，随着人民对于政府的不满与革命形势的发展，产生了一些小资产阶级出身的革命诗人。他们缺乏革命的实践，不是不着实际地"左"倾夸大，就是右倾妥协。海涅对这样的诗人也常常给以讽刺。例如海涅对史瓦本的"乐观的"革命诗人赫尔威这样说过——

因为你飞入高空，
你眼里就看不见
地上事物——只在你的诗中
存在着你歌唱的春天。

但是后来普王威廉四世召见了赫尔威，这个革命诗人竟对普王发生幻想，向他要求给人民自由，海涅便以夸张的口气来形容这一次的《谒见》：

国王说:"史瓦本人一向
爱他们祖国的国土——
告诉我说,是什么
把你从你的故乡赶走?"

"天天只有萝卜和酸菜",
史瓦本人又回答,
"妈妈若是给我炖肉吃,
我也许在那里留下。"

"说出你的请求!"国王说。
史瓦本人于是屈膝跪下,
他喊道:"啊,请您把自由
再还给人民,我的陛下!"

他于是向国王讲了一遍自由和人权的大道理,国王也深深地受了感动,史瓦本人用他的袖口擦去眼里的泪珠,但是——

国王最后说:"一个美梦!——
再见吧!你要更聪明一些,
我给你两个伴送人,
因为你是个梦游患者。

是两个可靠的宪兵,
他们把你护送到国境——
我已经听到鼓声在响,
再见吧!我必须出去阅兵。"

一个谒见,就这样结束了。赫尔威向国王要求自由,国王派了两个宪兵把他押解出境,这是一个滑稽的漫画式的场面。海涅用了一定的夸张手法,真实地写出了国王的和一个小资产阶级机会主义诗人的本色。

长诗《德国—— 一个冬天的童话》叙述了 1843 年海涅从巴黎到汉堡一路的见闻和感想,是一部诗体的旅行记。但这部旅行记与一般的旅行记不同,里面有直接的叙述,也有民间的传说和个人的幻想。无论是直接的叙述或是传说和幻想,都尖锐而深刻地讽刺了德国的现实。在这首诗里素描式的讽刺和漫画式的讽刺得到了美妙的结合。

海涅的讽刺诗决定了海涅作为一个革命的民主主义诗人在文学史里的崇高地位,它被称为"文学的火药",是一种有力的武器,它的每一射击都有助于人民解放的斗争。海涅也因此在光明的世界里得到广泛的尊崇,在黑暗的世界里遭到无耻的诬蔑。

(原载《文艺报》第 11 期,1956 年)

1918—1977

穆旦：漫谈《欧根·奥涅金》

普希金从二十四岁起，开始写作《欧根·奥涅金》，到三十一二岁写完了它。这正是诗人生命力最旺盛的时期。因此，读者一打开这部作品，首先得到的印象就是它那蓬勃的生命，仿佛是打开了一瓶香槟酒，泡沫奔腾，芬芳四溢。诗人尽量把自己解放出来，喜怒笑骂，沉思与低回，泼辣与忏悔，顽皮的诙谐和严肃的悲哀混在一起，简直让读者如入人间仙境，美不胜收。可以说，我们的感情在读任何作品时，都不像在这里似的，发挥得如此淋漓尽致。我们往往看了一段时间后，不自禁地赞叹一声，放下书本，看不下去了，因为我们的心灵从阅读中获得了如此丰富的感受，内部感到如此芜杂、拥塞，它不得不暂停一下，咀嚼一下已获得的东西。凡是读过一遍《欧根·奥涅金》的人，就像孩子尝过味道极浓的蜜糖一样，有谁不想再读两遍三遍的呢？这篇伟大作品的动人的魅力竟是如此！在世界古典名著中，尽有一些著作，伟大是伟大了，但读来令人疲倦，其显著者如但丁的《神曲》，就连密尔顿和荷马的史诗也不例外。但只有普希金的这部史诗，却令人爱不忍释。这是多么值得大书特书的一种艺术奥秘呵！这部诗体小说，据说是从拜伦的《唐璜》得到启发的，然而，拜伦的长诗，如今能从头到尾看它一遍的读者已经不多了，只就这一点而言，普希金的作品（在同是描述当代生活的范围内）在艺术上就高出了一筹。

　　打开《欧根·奥涅金》的第一章吧，这第一章是全书的冠冕，公认为是八章中最精彩的一章。在这里，幽默（或轻松的讽刺）成为主导成分，压过了严肃的口吻。从这里开始，随着故事的进展，我们仿佛看到诗人的生命也由青春的欢笑逐渐趋于沉静。第一章充满了最沸腾、最欢跃的生命，它以满是人情味的、幽默的态度，热烈赞美了奥涅金的（以及一般青年人可能有的）荒唐的青春的日子。我说是"赞美"——自然，普希金并没有采用直接的方式来这样作；甚至读者可以反问我：普希金不是以幽默或轻松的讽刺来描述奥涅金的吗，如何谈得到"赞美"？问题正在这里：我想打个比方。比如说，我们看见了一个天真的孩子在胡闹、嬉笑，而闹得跌了跤时又大哭一场，假如我们不是感到被干扰而发怒的话，只是作为旁观者，大概总会对这种可爱的天真景象微微一笑的吧？这微笑，一方面表现我们不同意儿童的荒唐和违反逻辑的举动，一方面又表现了：我们正是因此而对儿童有所喜爱。在普希金对奥涅金的叙述中，不是恰好表现出这种态度么？似乎是，奥涅金的青春越是荒唐，可笑，越显得可爱。怎么可能呢？这是因为普希金没有以道学家的态度来描述奥涅金，也没有以政治或社会的课题来要求他。在第一章里，奥涅金的生命只是青春的生命，他还没有进入道义生命的阶段和主体故事之中。普希金在这里只单纯地、突出地唱出了青春的赞歌，而这赞歌，不管它具有怎样时代的特征（及其局限性），直到今天还能深深打动我们的心，激起我们的欢乐感觉。我相信，它将如马克思所赞美的古代希腊艺术，会在未来的时代永远"施展出一种永恒的魅力"来的。

我几次提到《欧根·奥涅金》的艺术魅力；这下面，我想粗浅地、片面地探讨一下这魅力的部分根源。

我们知道，这篇诗体小说大致可以分为两部分材料：一是故事主体，一是抒情插话或旁白。故事是核心，它讲述达吉亚娜如何热爱奥涅金而被拒绝，以后又是奥涅金如何热爱达吉亚娜而被拒绝，中间穿插以连斯基的决斗和死亡。整个说来，是一个哀情的爱情故事，而围绕这个故事，诗人写出了很多旁白，在很多地方现身说法，议论、感慨、诙谐，有些诗节涉及故事，有些似乎与故事毫不相关。这一大部分的"题外话"，我们从别林斯基的文章可以看到，当时很受到人们指责，说是这使小说失去了"完整性"，成了诗句的"堆砌"和"胡扯"了。但是，事情真是这样的么？当然不是。恰恰相反，正如斯罗尼姆斯基所说："抒情的插话大大扩展了小说的轮廓，异常丰富了它的内容。"（见拙译《欧根·奥涅金》附录，第327页）因此，别林斯基赞誉这篇作品是"俄国生活的百科全书"。但这些话，只是陈述了现象，并没有试图说明这大部分抒情插话有无艺术上的需要，是否破坏了作品的完整性，以及是否一切作品都可以照这方式来搞一下。布罗茨基主编的《俄国文学史》上，只是说："至于那种抒情的叙述调子，则是由于被描写的人物同作者个人生活接近而引起的……作者在那些诗章里公开表现出自己个人的情绪与感受、自己的文学观点与思想、自己个人对于被描写的人物的态度。"（见蒋路、孙玮译《俄国文学史》，第363页）接着，该书就把这些材料分为八类，如：何者是自传性的材料，何者叙述了诗人自己的创作道路，何者表现了他的爱国主义热情，何者表现了诗人对于生活川流不息、季节更替的感慨等等。但这些，仍只是机械地罗列现象，没有说出在这篇作为完整性的作品《欧根·奥涅金》中，有无必要如此"庞杂地"离题叙述下去。在塞尔恰宁诺夫和波尔菲里多夫所著的《俄国文学史》上，有这样的解释："《欧根·奥涅金》的结构上的特点是：它是'自由体'的小说……这篇小说在结构上的自由和韧性，从它的很多脱离叙事线索的旁白中可以看出来。"这里，仿佛只规定它是属于"自由体"的小说就够了，因此就可以自由地结合其他部分了，也没有试图说明这样作是否有害，以及小说究竟有无完整性的问题。

在我看来，作为艺术大师的普希金，他所以要在《欧根·奥涅金》这个故事中放进很多"不相干"的材料而致使它成了"俄国生活的百科全书"，是有他的艺术上的必要的。确实，他在小说献词中自称它是一些"杂乱的篇章""任随我倏忽的意兴写成"等等，但这不过是自谦的托词而已。我们要问：他何以不在其他作品中都如此"自由"一下，而偏要在《欧根·奥涅金》中"自由"起来呢？他这样做，不仅有其创作发展中的必然性，而且有这篇特定作品在艺术完整上的必要性的。

我的解释可能不够圆满，愿意提出来请大家指正。

大家知道，普希金在写作《欧根·奥涅金》的整个期间，正经历着由浪漫主义过渡到现实主义的创作过程。《茨冈》（1823—1824年）是他的最后一篇浪漫主义作品。从此，他受到现实感的愈益深刻的浸润，以致后来当他翻阅自己早期作品《高加索的俘虏》的时候，他竟至"对那些忧伤的诗句笑了半天"。（引自拙译《高加索的俘虏》附录，第86页别林斯基的论文。）这一点，在研究《欧根·奥涅金》的艺术形式时是非常重要的。在这里，诗人明显地要叙述一个哀情的爱情故事；可是，要是照卡拉姆金的《可怜的丽莎》那种浪漫而哀伤的口吻来叙述它，他已经办不到了。诗人的内质如果原是浪漫主义的，现在却起了变化，这变化的实情，正如他在1823年所写的一首抒情诗《恶魔》中所说的：

那时候，一种高贵的感情：
自由，光荣，爱，艺术的灵感，
都那么有力地使血液沸腾；
我心里充满过希望和欢乐，
但是悒郁突然投下了暗影：
一个邪恶的精灵偷偷访问我。

这个精灵带来了"他的讥笑和他尖刻的语言"，使诗人不得不朝现实主义走去。这就部分地说明了：为什么在诗人的创作过程中，写到《欧根·奥涅金》这个哀情的故事时，突然出现了幽默、轻松的讽刺和——旁白。这是因为：诗人的现实感加强了，他对故事中的浪漫因素发生了抗拒的、否定的情绪了，而这就表现为他不能老实地、一本正经地叙述它，必然要另找门道和旁白等，来表现那个"邪恶的精灵"代表现实的嘲笑感了。

这是从一方面看。但从另一方面看，诗人内心的浪漫情绪还是很强烈的，它虽然碰到现实感觉，有所退缩，可是并不甘于现实的窒压，还时时要跳出来，哪怕是哀叹一声也好。这样，在叙完故事中某些现实性的材料（散文生活）以后，诗人自然忍不住要旁白一下，抒情一下，好让他内心的诗的情感得到某种发泄。所以，从两方面看，大量的抒情插话都是有必要的。

以上是从诗人的心灵状态的角度来看问题。就作品本身来说，同样，我们也可以看到，由于要表达两种相互冲激的东西，诗人是巧妙地、艺术地把故事和旁白结合起来了，把他的现实主义和浪漫主义结合起来了，其结果是一个奇异的融合，并不表现为效果杂沓、非驴非马，而是在我们的感情上促成了更高一级的和谐境界。

我想再深入说明这一点。我们都承认，这篇诗体小说"描写了典型环境中的典型性格，描写了从日常生活环境中，从形成他们的那个社会环境的氛围中抽取来的平常人物……这一切都带着严格的现实性的标记，带着俄罗斯社会发展上一个特定历史时期的标记"。（见布罗茨基《俄国文学史》，第348页）不错，《欧根·奥涅金》是现实主义的小说。但我不同意该书接下去的一句话："俄罗斯大自然的描绘与作者的抒情，也显出同样的现实主义性质。"关于大自然的描绘，以后再谈。先说"作者的抒情"，怎么能认为它是现实主义的呢？从理论上兜圈子，下定义，未免显得空泛，我们无妨从实例说话。我们都读过一些浪漫主义诗歌吧；依我看来，浪漫主义诗人们最喜爱的主题，莫过于爱情的感叹，死亡的哀悼，人世的变迁，时光和季节的流逝等等。请看，《欧根·奥涅金》不正是有很多这类的诗节么？例如，第一章的第三十一—三十四节，在奥涅金进入舞会后，诗人自己便出来感叹起自己过去的艳事如"女人的脚"以及"那媚人的眼，甜蜜的话语，和那双脚一样的飘忽不定"了。同一章的第四十七—四十九节，也是在歌咏已逝的爱情和爱情的憧憬。第二章的三十六—三十九节，从感叹拉林的死而过渡到连斯基的挽歌，这又引起诗人的"生命不过是一个泡沫，我对它从没有什么留恋"的咏叹等。悼亡和关于世事变迁、时光不再的诗节，在连斯基死前和死后出现得更多，分布在第六章后半（从二十二节起）和第七章的开头。至于达吉亚娜和奥涅金的两封长信，把爱情歌颂得至高无上，当然更是浪漫主义的杰作无疑。全书中，类似这些浪漫情调的诗行，可以说俯拾即是，不胜枚举；不过有长有短，往往是呈现在几行中，一闪即逝。由此看来，怎能说"作者的抒情也显出现实主义性质呢"？不，《欧根·奥涅金》所以能如此激动我们的心灵，这些浪漫主义的诗行是起着不小作用的，不该为我们所忽略。

可是，我也许有了语病。这里所谓的"浪漫主义"诗行，难道真是出自一个浪漫主义诗人的手笔吗？不能这么说。事情的微妙正在这里。普希金明明知道，他要是自始至终照浪漫派诗人来写这个哀情故事，一定不会如此引动人的，因为过分的悲哀和呻吟的堆砌，其结果是反而引人（也许二十岁以下的人除外）发笑了。如前所说，诗人已掌握了足够的现实感觉，这使他不能整个回到浪漫主义的方向去。因此，他写了一部基本上是现实主义的小说；其中，在他看来，写进了足够多的"散文"生活。可是，另一方面，他的诗人的心灵（也就是"那么有力地使血液沸腾"的"高贵的感情：自由，光荣，爱，艺术的灵感"）还是要从这"散文化"的现实主义小说的框架中迸发出来，于是就有了大量我们所谓的"浪漫主义"诗节和诗行。

这里所谓的"浪漫主义"，其实是受着现实主义（或现实感觉）的节制甚至渗透着的。因此，在我们看来，咏叹也好，哀歌也好，它总是恰到好处，适可而止，不过分得刺伤了我们的现实感，也从不流于肤浅空洞的泛滥。这里可以打个比喻：仿佛是，我们刚感到现实中的"散文"生活过于窒息时，诗人就给我们送来一阵神异的芬芳的空气；可是等我们再想多呼吸一下时，诗人又忽地把我们拉到现实的闷人气氛中来了。就这样，我们不断地在两个世界的气氛中反复穿行。这既非完全"散文"的生活，又非完全的"诗"境，因此，我说，它在我们的感情上促成了更高一级的和谐境界。

普希金自己说过："目前我正在写的并不是一部小说，而是一部诗体小说——这两者的差别多么大呵。"诗人曾把它看作俄罗斯文学史上的新型长篇小说。

小说的外在形式是诗体,这没有什么重大的意义可说。我想,普希金所重视的,恐怕该是这部小说的内在艺术形式吧。我们不是已经看得很清楚吗?它是"诗"的生活与"散文"生活的融会,浪漫主义与现实主义的融会;是在生活中揉进了美,而又并无美化生活的谎言;是在现实的土壤上对生活所可能达到的最美的认识;是"清醒"与"诗意"的结合。而这一切,是只能由所谓"自由体"的小说,由外在形式的"诗体小说"表达出来的。是这样"两重性"的内容,才有这样"两重性"的形式(既诗意而又散文化的小说)。这部小说的内容与形式的配合,由此看来,实在是密切无间的。普希金在提到"诗体小说"时,必然意味着把这个含义从形式贯穿到内容里来了,因此他才认为这一点有很重要的意义,也就毫不足怪了。

　　这,我想,也解决了《欧根·奥涅金》这部小说的结构问题。为何要在故事的叙述中,掺杂那么多"自由的"无论是诙谐或抒情的旁白,就完全可以理解了。正是这两部分交错和相互制约的材料,构成了作为这种特定形式的小说的完整性的。两者缺一,不可能成为普希金从内容上所意味着的"诗体小说"。

　　在认可这一点以后,我们还可以追问:是不是那些旁白摆得很随便,很"自由"呢?它们是不是仅仅"由于被描写的人物同作者个人生活接近而引起的"(见布罗茨基《俄国文学史》)呢?我看也不是这样。先拿一个典型例子来看。第一章第三十一—三十四节,在写浪荡子奥涅金热心地进入舞会以后,诗人接着想到了自己的过去，感叹着自己的已逝的爱情。表面看来，这几节抒情插曲正是由"被描写的人物"奥涅金的生活而引起的。可是，再往下看，第三十七和三十八节忽然写起奥涅金"他的感情早已僵冷"，"任女人顾盼，多情地叹息，他都懒懒地毫不注意"。由十节以前的浪荡子生活的描写，一下子过渡到这般境地，这是怎么回事呢？我们会觉得突然，会觉得奥涅金的变化不可解，要不是有第三十一—三十四这几节抒情插曲的话。这几节写的虽是诗人自己，但由于情境的逼似，就能使我们感到奥涅金在荒唐一阵、"乱搞恋爱"一阵以后，他心灵之中自然而然也会有同样的哀愁之感的。那么，从这种情绪再看到奥涅金"对于生活愈来愈冷淡"的描写，我们也就会毫不诧异了。把这几节旁白安插在这里，岂不正发挥了它应有的桥梁作用和艺术效果吗？能说它是随意带进来的吗？

再举一个例子。第三章，在达吉亚娜写完爱情的信后，从第二十二节起，诗人发起议论来了，大意是说：他看到尽是些虚情假意的"调情的姑娘"，在爱情的把戏上很成功，而达吉亚娜却要由于真情而倒霉。这种议论，我们不能说是偶然或顺便写进来的。不。普希金知道它在这儿会起什么作用，是计算好了才写的。因为，我们上面已读了很多诗节描述达吉亚娜如何陷入热恋，以至快要感到：是不是描写得过分了？正在这个时际，诗人提起上流社会的一些"高不可攀的女郎"，写写她们的"清白、冰冷"或"乖僻的妞儿"的狡狯伎俩来对照一下，这够多么巧妙呵！诗人一下子把我们从热情的苦海投到坚硬的现实土壤上来了。有了这一对照，达吉亚娜的似乎只在哀情小说中才能见到的真情反而成为真实的存在了；不然，我们也许觉得那只是诗人在呓语吧。

再举一个例子。第四章，在奥涅金对达吉亚娜的爱情表示拒绝以后，诗人立刻发了一顿感慨（自第十八节至二十二节），大意说：世态险恶，朋友和敌人、小人都一样不可靠，亲戚只会挑剔你，美人只会使你伤心云云。这无形中把达吉亚娜的个人感受，放在整个险恶世情的框架中来了。这使我们一方面感到：奥涅金的作法，正是他从这险恶的世情所染得的一份；另方面，自然，我们也要和诗人一样感到对"可爱的达吉亚娜放心不下"了吧。这几节刻绘出冷酷世情的议论，正是为了要加深我们对达吉亚娜的同情而放在这个适当的地方的。

由此看来，所谓"自由的"、任意的旁白，实则在每一处都相当适切于一个严密组织起来的艺术结构（或艺术效果）的需要。这中心的控制力是诗人所特具的那种高度的艺术感。凭着这种感觉，他知道在哪儿该慨叹；哪儿该机智和议论；哪儿该诙谐打趣，破坏一下严肃得快成为刻板的气氛；哪儿可以引申一下含义，使人由个别想到一般，从而加深小说的思想性；哪儿该由诗突然坠入散文，或者相反，使人恍惚把诗带进了现实，或者把现实带进了诗中。就是这种艺术感把《欧根·奥涅金》塑造成了一件晶莹的、斑斓多彩的艺术品。

我前面说过，在这部小说里，诗人的浪漫主义是受着现实主义的节制甚至渗透着的。他的抒情，有些地方是纯浪漫情调；但有些地方，也受着现实主义的熏染，或者"带有现实主义性质"。反过来看，他的现实主义又何尝没有浪漫主义的熏染呢？因此，例如，前面提到的关于俄罗斯大自然的描绘，我就觉得它并不纯粹具有"现实主义的性质"。当然，就其写出俄罗斯所特具的自然景色这一点而言，它是现实主义的，但同时，那种种的自然描绘又多么富于"诗"意、多么富于浪漫情调呵！看看第四章第四十节以后的冬季景色及生活的描写吧：人们说，普希金会把最平庸、最单调的东西写成诗，其实，用一句也许不太恰当的话来说，这不正是他的浪漫主义气氛把现实主义升华了吗？第七章公认为是现实主义诗歌的杰作，开头对春季大自然情景的描写是很卓越的。诗人像莎士比亚在他的抒情短歌里一样，号召人们到绿色的田野来享受迷人的春天。春季给人带来种种浪漫的情感，诗人也尽情地让它流露出来，可是，才唱了一半，突然他的脑子回到现实的意识上来了：

喂，来吧：善良的懒虫，

来吧，会享乐、会逍遥的哲人，

还有你们，淡漠的幸运儿，

还有你们，列夫申的门生，

乡间的普利姆，多情的夫人，

来吧，来吧，春天在招手……

庸俗的现实和清新的诗情结合到一起了：这正是我所谓浪漫主

义和现实主义互相渗透、彼此升华的一个很好的例子。

　　普希金的艺术感觉,似乎被我说得神秘一些了;其实,说破了,它的根源也许就在于诗人的深厚的人情味,在于他对生活的诗的悟彻。我们细细读一下《欧根·奥涅金》的每一节诗,都会感到它自成一种情绪、情调或意境的整体。每一节诗都能提供我们一个不同的优美感觉,一种特殊的浑圆味道,归根结底,这引导我们赞羡人生,热爱人生。诗人以他的感情陶冶了我们,使我们不自禁也具有了他对生活的人道主义的优美感。我深深感到,别林斯基一点也没有说错:普希金的诗是教育人(尤其是青年人)的最好的作品!

　　在结束这篇漫谈以前,我想应该指出,《欧根·奥涅金》的思想的美及其人物的真实性所含的魅力等等,也许是评论者首先应该注意到的。不过,因为这些在别林斯基的文章和《俄国文学史》都有论列,我就不在这里重述了。

(原载《文艺学习》第 7 期,1957 年)

1907—2002

柳无忌：二十世纪的灵魂

一

无疑义的，在今日，尤金·奥尼尔（Eugene O'Neill）已成为美国戏剧界的宠儿。他的剧本不但在纽约戏院中得到极高位，博得不少热烈的批评，就是好莱坞也炫耀于他的成功，不惜巨金，把他的作品演映于银幕上来；结果，我们已看过了《奇异的插曲》与《琼斯皇帝》。数年前，在他的戏剧自选集《奥尼尔的九部剧》出版后，他在文学上的地位如磐石般地稳固了。晚近他出版了一部戏剧，《无穷尽的日子》，这似乎在他的戏剧生涯中，又划分了一块界石。

奥尼尔生于1888年，纽约人，家中世代以演剧为业。他弱冠即离家远游，经过颠沛的生活，漂荡了足足有七年，方始再回到学校去念书，上哈佛大学戏剧系，从名师倍克（Baker）学习写剧一二年。从1914年起，他的作品起始问世。他在写剧的艺术方面做着种种试验，在剧本里包含着各种最新的学说与思想。他的创作新颖而有力，气魄雄伟，又熟练剧台上各种技巧，所以立刻就得到各方面深刻的注意，等到他的《琼斯皇帝》在1921年演出后，他已经扬名剧台了。

奥尼尔作品中最为世人所称道的，是在1928年演出的《奇异的插曲》。因为剧中疯狂心理的描述，新奇的人物表演，引起批评家很多的赞扬与反对。在《大神勃朗》剧中，奥尼尔曾用假面具插入剧本内；在《奇异的插曲》内，他道出剧中人物有声的思想，他们不只讲着要讲的话，他们把脑中想讲的话都全盘地说了出来。《无穷尽的日子》就是把这两种方法接合在一起而构成，在戏剧的技巧方面，又进到了一个新的阶段。

二

《无穷尽的日子》呈露给我们一个在狂风暴雨中挣扎的灵魂，经过了二三十年的漂泊、怀疑、失望的生活，终于皈依宗教的座下，得到了安慰与归宿。在戏剧开幕时，罗浮·约翰是个四十岁的中年人，他坐在办公室内，沉思着他拟写的一部小说的结构。这是1932年春，在纽约城中，正当美国经济恐慌达到极顶的时候；他的公司的商业一点也没有发展，无事时他写小说以自遣。从剧中的谈话与小说的结构——这部小说原是他的自传——我们知道他生于纽约，父母都是虔诚的教徒，宗教是他们唯一的信条。在这种浓厚的宗教环境内约翰生长着。他相信神圣的爱是生命的创造者；对于他，生命就是爱，爱就是快乐。他幻想他要做牧师，他爱到教堂里去，跪在十字架前祈祷着。可是，当他到了十五岁时，他整个的宗教信仰永久地被打破了，他的双亲在一年内都因传染肺炎而死了。他的父亲病重时，他曾充满了虔信，祷于上帝，为父请命。母亲疾时，他同样地祈求着上帝的仁慈，他希望能有奇迹会延长他母亲的性命。

但是,他终于被遗弃了,孤零零的一生,没有爱。这时他走入极端,在疯狂的悲哀中,他诅咒上帝,否认宗教的存在,把灵魂许给了魔鬼——长时期地他经过了一个可怕的内心冲突。他怕,他恨;他要爱,他要恕赦;但是这些他已长久地弃去了。有时他想自杀,他拿起了父亲的手枪,但是他怕死。在漆黑的失望中他吞咽着各种新书与新学说,他迟疑不决地从某种主义与哲理渡到别种的主义与哲理;他连续地崇信无神主义、社会主义、虚无主义、共产主义。他皈依东方宗教、希腊哲学。他为尼采的高足,为马克思的信徒,又从而拜倒于老子或菩萨的座下。他只有一个坚定的信仰,他是个反基督教者。这样他徘徊在生命的圈中,无所适从,直到最后他寻到了生命的真诠,在他从没有想到的地方,在两性的爱情里。他遇到他现在的妻子,伊丽莎。他的漂泊的生活终止,他结婚了。爱成了他最后的宗教,此后他安家立业,从事商务,过着似乎很稳定的生活。但是,人生的变幻有如浮云似的无穷,此剧中故事就在这里起始了。在剧中罗浮·约翰化身为二人,一个叫罗浮,一叫约翰;约翰是他的本身,罗浮是他的"恶身"。二人的身材与状貌都一样,不过罗浮面上戴了个假面具,讲的话比约翰为冷刻讥嘲,毫无人情。他总是跟着约翰一块儿走,行动怪诞,有如附身的魔鬼。第一幕中罗浮与约翰相对谈话,讨论着这部小说的结局。后来他的叔叔,一位虔信的姓斐的牧师,从西方来找他,他们谈起了很多关于约翰童年的事情,也就是这部小说的前半部故事。约翰约他的叔叔当天晚上到他家中吃晚饭,并去会见他的妻子。第三幕的背景是在约翰家中,伊丽莎先在那里，后来来了一位女客人萝西；她们的谈话渐渐地变成兴奋了，当萝西讲出她最近的经验，如何在一个娱乐会中，她曾引诱过一个男子与她发生关系。但是这个男子是谁呢？萝西却没有说出来。伊丽莎很高兴地述说她丈夫对她的忠心，他们的生活如何快活，也不去穷究这事情。这时约翰回来了，伊丽莎要到厨房去预备晚饭，于是约翰同萝西有一个短短的衷心的会谈。在戏剧的最后两幕这故事达到了焦点。就在那天晚上吃完晚饭后，伊丽莎，约翰，同他的叔叔斐牧师三个人在客厅里谈话；罗浮也在，依旧戴着他的假面具。外面在下大雨。约翰继续讲他的故事的结构。原来小说内的主人翁竟因日久生厌，对于爱起了一种憎恶的观念，不时想脱去他那假冒伪善的行为。当某次他的妻子离开他时，他一个人在家无聊，就应朋友之约，加入一个娱乐的集会，在那里他不知不觉地终于堕入了罪恶，与他朋友的女人发生了关系。事后，他懊悔无穷，要告诉他的妻子，要求恕赦，但是他怕失去她的爱。直至最后，她死了，从伤风得肺炎病死了。这个故事立刻使伊丽莎联想到萝西的经验，而且，这结局多么可玩味呀，因为她现在也正有点伤风。她觉得头昏眼晕，回到她的卧室；当约翰与叔叔到楼上书房讲话时，她就跑到外面去，只穿上大衣，伞也不带，在大雨如注中在街上乱跑着。她回来时已满身淋湿，手冷如冰，寒气侵袭她的全身。真的，她是故意去达到这故事内的结局。一星期后，她病倒了，从伤风得了肺炎，病势沉重，虽然约翰为她延医看护，仍归无效。而同时约翰自己，在悔恨悲怨交迫之中，也几乎发疯了。只有他的牧师叔叔用尽了种种方法，好意地耐心地去规劝这一对如着了魔的夫妇。最后，奇迹降临了。当约翰达到失望的极端，看到他的妻子卧在床上奄奄一息的时候，忽然灵光一现，他恢复了幼年对于上帝的信仰。他跑到礼拜堂去，跪在十字架前，祈祷着，求上帝的仁慈与宽恕。罗浮——他的"恶身"——设法阻止他，劝告他，拦住他，但是都没有用。约翰不顾一切，狂热地祷告着，他的声音喜悦地高响起来，他的眼睛凝视着被钉在十字架上的神像："你是道路、真理、复活与生命。谁相信你的爱，他的爱将永不会死！"听了这句话，罗浮就昏倒，他被降伏了；他在地上打滚，在十字架下他死去了。于是罗浮、约翰复合而为一人。正在这时，斐牧师轻轻进来，柔和地告诉他一个好消息，伊丽莎可以不死；她已经恕了他，也仍旧爱他。罗浮·约翰快乐地喊道："我知道的！爱永久生存着。死是死去！生命伴着上帝的爱同笑着！生命与爱同笑着！"幕徐徐闭下。

三

这部奥尼尔的新作，可以说是一部现代的奇迹剧。"奇迹剧"（Miracle Play）这个名称，在戏剧史上有它固定的意义。原来在中古时期，当英国戏剧正在萌芽的时候，"奇迹剧"就已出现了。它是一种宗教性质的戏剧，剧中所演出的故事，大多是基督教圣徒所做的奇迹，表示神力万能，用以感化听众，使皈依圣座。这种戏剧在 14、15 世纪最盛行于民间；但是在 16 世纪中叶，英国受到文艺复兴的影响，新起的剧本代替旧日的宗教剧，"奇迹剧"也就受到淘汰，被人们遗忘，只供文学史家的诵读与研究了。一直到20世纪的今日，"奇迹剧"又引起剧人的兴趣，在英国马尔文节（Malvern Festival），一部五百年前的旧剧《圣保罗的信教》，又被搬演在新式的剧坛上。在爱尔兰，有戏剧家用本国的材料写爱尔兰的奇迹剧。现在，奥尼尔又写成了他的《无穷尽的日子》。

可是这部现代的奇迹剧与中古世纪的作品完全不同。奥尼尔是个勇敢的试验者。故事末后的一段虽然也有奇迹在内，但是除此外，它的背景、内容与精神，都是新的、20世纪的。罗浮·约翰是一个现世纪有灵魂的美国中年人的代表。他生长在虔诚的宗教生活内，但在青年时，就一变而为激烈的怀疑者。他的痛苦是人们失去了信仰，失去了憧憬后的痛苦。这种对于人生的绝望，人生价值的怀疑，是一种普通的情感，笼罩着正在歧途内徘徊的青年人。就是这种对于生活的否认，酿成了维特的自杀，以及许多青年人同样的悲剧。罗浮·约翰没有勇气去生活，却也没有勇气去自杀，所以他只得苟延残喘，饮着生活的渣滓，直到他在爱情中寻到了人生的真义。在普通的小说或戏剧中，这里将是一部故事的结束；可是在奥尼尔的剧内，故事却正在这一点开始。因为，就是爱，也不免有波折的时候，在误会日深的当儿，甚至于会引起情感上的危机。《无穷尽的日子》就是把这危机编构成戏剧，由于作者运用幻想，便更深刻化、意义化。这冲突终于因了宗教的感动而变成喜剧。一方面的忏悔，一方面的宽恕——忏悔与宽恕是宗教的二大信条——合成一个有希望的美满的结局。

这里使我们发生一个问题。剧中有多少成分是作者的自白？批评家往往容易把一篇作品内的思想与故事视为作者自己的思想与故事。所以《无穷尽的日子》出版后，就有批评家以为罗浮即是奥尼尔自己的精神上的经验。他们更指出奥尼尔家庭内信教的热诚，奥尼尔长大时对于宗教怀疑的态度。于是他们进一步说，在写这剧本时，明明的奥尼尔也快要如罗浮·约翰一样，经过忏悔的阶段，而将重行皈依宗教的神座了。这样的解释，我们却不能赞同。因为，我们知道，戏剧原是一种最客观的文学作品。在现代剧内，除了萧伯纳及其信徒外，用作者主观的方法来写剧的尚不多见。奥尼尔自己并不是一个萧式的传教者，他也并不赞成文学上一种浪漫的信仰，以为文学即是自我的表现。他对于戏剧有他自己的见解：

现代的戏剧作家一定要寻出他所觉到的现代病症，掘去其病根——旧的上帝死去了，新的科学与物质又不能代替旧的信仰，满足人们遗传下来的原始的宗教本性，使找到生活的意义与慰藉死的恐怖。我以为现今的作家，如欲创造伟大作品，必须把这重大的问题，放在一切他的戏剧或小说内的小问题之前；不然，他只能涂写着事物的浮面，充其量，他的地位不过如一个说书者（原文 parlor entertainer，可直译为"客厅里的助兴者"，今改译为"说书者"）一样。

所以在他的作品内，他总是用各种不同的方法与故事，去表现人类的努力，人们如何在宗教堕落后想去找出生活意义。在《无穷尽的日子》之前，奥尼尔重要的作品大多是悲剧（只有《大地之春》是他后期作品内的一部喜剧）。这也许是因为他虽然已找到了现代的病症，但却没有找到好的医治方法，不能掘除病根，所以只好表现出这个伟大问题所引起的一些悲哀的结局。这在《奇异的插曲》与《哀兮厄勒克特拉》内都可证明。也因为这缘故，这部《无穷尽的日子》在奥氏的剧作内特别有意义，它指示着一个可能的新的趋向与转机。我们不相信它能代表奥氏自己的情感经验，但是我们以为，至少，奥氏在这剧里走了一条新的道路，他重为人生估定一个新的价值。那就是说，他又回到宗教，认它为医治现代病症的一剂良药。罗浮·约翰失去信仰后，他走过不少歧路，到处徘徊漂泊着，终于在人世的爱情中得到了灵魂的安息，又在神圣的宗教爱中肯定了人世的爱。

我知道的！爱永久生存着。死是死去！生命伴着上帝的爱同笑着！生命与爱同笑着！

20世纪的灵魂好像浪子般离开了上帝慈爱的怀抱，经过若干年的颠沛流离，又投入上帝之爱的怀抱，在那里得到了最后的归宿。

这所以《无穷尽的日子》，虽然在艺术及技巧方面，只是一种尝试（如用假面具及一人化为二身等），并无显著成就；但是在剧中的意义方面，它却有特殊的贡献。在奥尼尔的戏剧中，它无疑地是一部划时代的重要作品。我们抱着无穷尽的希望等待他未来的杰作。

（原载《文艺》第3卷第3期，1936年6月）

第四篇 戏苑风景
西方近现代戏剧四讲

1937—1946

潘家洵：十六世纪英国戏剧与中国旧戏

16世纪后半是英国各方面的一个极盛时代。那时女王伊利萨伯在位，雄才大志，英明机变，在内则统一全国，兼领政教；在外则大败西班牙于海上，歼其舰队，使英国声威远震，一跃而为欧洲大邦。就戏剧而论，更是彪炳显赫，照耀百世，因为莎士比亚正产生于这个时代。通常所谓伊利萨伯时代，实为英国文学史上最光荣的一页。按理说，戏剧史上所谓伊利萨伯戏剧，也应该是指这个时期戏剧的全部，莎士比亚当然也应包括在内。但是事实并不尽然。戏剧史上所称伊利萨伯时代，往往只包括与莎士比亚同时的戏剧作家，而把莎氏屏除在外。此中原因说破也甚简单。莎士比亚之于其同时作家，不啻北极之于众星，大海之于群潦，高不可攀，深不可测，表表独立，卓然成家。为讨论研究便利起见，莎氏也可使其自树一帜，不必杂在别人中间。

本文题目所标"十六世纪英国戏剧"实即"女王伊利萨伯时代之戏剧"之谓，并将莎氏包括在内。其次，本文所称"戏剧"，既非戏剧历史，亦非剧本内容，尤非戏剧概论，因为那些是够写几本大书的材料，绝非一篇短文可以讨论得了的。本文想做的事，只是要把伊利萨伯戏剧中间常用的几种方法，以及那时候戏院剧台之大概情形略说一说。还有，题目中所谓"中国旧戏"乃是个广泛的名词，不但是指皮黄，就连昆曲，秦腔都算在内。我现在以之与英剧并论，只因此二者间颇有相似之处，读者看了，不唯有趣，抑且有益。

开场先说"背躬"。一个角色在戏台上说话，观众可以听见，而台上其他角色却都假定不会听见，这一种戏词，或者这一种方法，叫作"背躬"。"背躬"是桩违背自然，不合情理的事情，因为一个人既然在那里讲话，所讲的字眼就不会没有声音；既然不会没有声音，近在咫尺之人，便不会充耳不闻。现在一个角色在台上说话，偏不许其他角色听见，那么，只有假定那人所说的话是一种"无声之言"，或者假定其他的人都是聋子，但是这两种假定，都不合情理。

现在试就中国旧戏举两个背躬的例子。先拿极普通的戏《武家坡》说。薛平贵离家一十八载，从西凉回来在武家坡前很巧的就碰见他的妻子王宝钏。因为年岁久远，投军别窑时候的薛平贵还是个结结实实的小伙子，现在他年纪大了，留了胡子，改了装束，王宝钏一时竟认不出这位有须佩剑的军爷，就是她自己的丈夫。平贵无赖，想要调戏宝钏，于是他就背转身去，说出几句话来。大意是，他要将宝钏试探戏耍一番，倘若这一十八年中间他妻子不曾失节，他便将她认下；否则就拔剑把她杀死，自己一马回到西凉和那后娶的公主同去度日。平贵说这一番话的时候宝钏只是静静的呆立在旁，做出不曾听见的模样（因为编戏的人不许她听见，所以她只能听不见）。

再举一例，薛仁贵投军之时其妻柳迎春身怀六甲。一十八年之后他征东得胜回来,其子丁山已是个快要长成的青年。仁贵不知此事,在妻子床下看见一双尺寸甚大之男鞋,因此起疑动怒;柳迎春想和她丈夫开个玩笑,就背转身躯,说道:"他如此冒失,好生可笑,待我暂不说破,先来气他一气。"(大意如此,与原文不尽符合,手头无戏考不能覆按。)说来有趣,这出《汾河湾》正好和《武家坡》相反,柳迎春这几句话的当口,薛仁贵虽然近在咫尺,可是也只能假装聋子。类似之例,几乎举不胜举。在常看皮黄的人,习焉不怪,视若当然。可是仔细想来,其实不合情理。

同样,伊利萨伯戏剧中间,"背躬"也是多得不可言状。随便举一例子。那时期有出颇为流行的戏,名叫《一个被厚待而死的女人》。剧中一位太太有天对她丈夫的朋友说道,她丈夫因事出门,临行之时,吩咐她好好款待这位朋友,他要什么便依他什么,不准违拗。这个朋友原来是个坏蛋,听了这番好话,转过脸去,说出一大段话大意是"朋友待我如此忠诚,而我包藏祸心,我这人实在太坏,坏得不亚于一个孤人之子,独人之父,夺人之妻的奸徒,世人简直可以呼我为奸徒,并且在我脸上印出恶人的标记"。他这样慷慨陈词,自供罪状的时候,那位忠厚太太无事可做,只得在一旁狠命装出一个字都听不见的样子!

上面那段"背躬"实在有点过火。不但此也,那时候有些剧本中间,甚至于有好几个角色同在台上,长篇大段的轮流吐泻心事,细诉衷肠,而各人都听不见别人的话儿。这种方法,便利确是便利,省事确是省事,不过情理欠通,并且足以使编剧者因得取巧而减少其技巧上之精心结撰,结果是贬损作品之价值。戏剧乃所以表现人生，其范围不容跳出人生与自然的圈子，戏台上扮演的情节不必为人世间必有之事，且必为可有之事，而不得为必不能有之事。伊利萨伯时代与中国旧式的戏台都是伸入观众，角色站在台口与观众距离甚近，转过身来，低声说话，观众可以听见，而假定台上其他的人不会听见，在当时也许是因势取便，没有计及人情物理。

"背躬"之外还有"独白"。"独白"是一个角色独自在戏台上自言自语。它与"背躬"不同之处是，"背躬"的时候旁边有人，"独白"的时候旁边无人，二者相较，"独白"之不合情理，不如"背躬"之甚，因为我们独居之时，有时确曾自言自语，在小孩，这是极普遍的现象。就是成人，有时亦不能免。英文中间有个名词，叫作"高声思想"，就是指这类事情。不过像在伊利萨伯戏剧与中国旧戏中间，独白既多且长，那就不能不说它是技巧上之缺点。

拿旧戏《四郎探母》说，一开场杨延辉独坐在驸马宫里，先是感叹身世，继而追叙历史，原原本本，慢条斯理。类此长篇大段的独白，除了戏台上之外，恐怕只有精神病院里可以听到，编剧者的责任应该是借着言语动作来发展故事，表现人物，这才能见出他的技巧。若是滥用"背躬"、"独白"一类的方法，以冀多生枝节，解决难题，那实在是不足为贵的。

现在再说"乔装"，"乔装"就是隐去自己本来面目，扮成另外一个人儿，例如男扮女，女扮男，丫鬟扮小姐，强盗扮书生，皇帝扮小兵等等。乔装在伊利萨伯戏剧中和中国旧戏中间，也是常用的方法之一，不过一般人却恐怕不曾注意，它在许多剧本故事发展之中占据如何重要的地位。伊利萨伯时代别人不提，就拿莎士比亚剧本来说，乔装之事也是屡见不鲜。例如，《威尼斯商人》中一个女子乔装律师，出庭辩论，无人识破，连她自己丈夫都瞠目不能相认。试问此岂人情之所易有？还有，《如愿》中间也有一个女子乔装男子，不但她的朋友认她不出，据说连她自己的父亲，竟也对她莫辨雌雄。中国旧戏像《辛安驿》、《花田错》、《木兰从军》或以女扮男，或以男扮女，也成为习见之举。上举各例，已虽他人必信，然而更有甚于此者。如16世纪英剧《寡妇泪》者是。中国戏有出《蝴蝶梦》，是说庄子想试试他太太对他的恩情如何。所以假装死去。临死之时嘱咐他太太如要再嫁，须待坟泥干后。他假死之后，太太急于再嫁，就天天扇风，促其速干。庄子后来却重复还阳。这出《寡妇泪》中的丈夫，也想试试他太太待他忠心之真假，出门不久之后，在外假传死耗，派人运回一具假的尸身，他太太抚柩守孝，十分伤感，过了不多几天，丈夫乔装回家，引诱他太太始而与之相恋，继而与之同居，而她竟不知道这新的情人便是死去的丈夫，后来经人说破，方才败露。不论这出戏的情节如何热闹，其他方面安排得如何巧妙，化装如何神奇，丈夫出门不过几天，乔装回家，和他太太同居起来，而她居然不能认出其为何人，这岂能不说是荒唐？假使现在我们编一剧本，里面有个重庆商人到桂林办货，出门之后，他自己故意放出谣言，说是路上汽车出事，坠崖而死，过了几天，他乔装回家，引诱妻子由求爱而同居，而她竟看不穿这套把戏。试问大家对此剧本作何感想？它能不能搬上戏台而不被观众轰下台来？

总之，"背躬"、"独白"、"乔装"，都不是技巧上的优点，就是莎士比亚也未能免俗，不过此公超凡出众，究竟比别人来得高明一点，没有过于可笑之处。同时也可以见出，无论如何伟大的人物，总不能完全超出时代与环境之影响。犹之做任何学问，总难完全离开前人的窠臼。

一个现代剧本，在每幕之前，必把本幕的地点与时间交代清楚。譬如说：地点是伦敦或是重庆的某街某巷，某人的客厅或卧室；时间是某年春天，某日上午，或者星期六下午的六点钟，或是夜半之后；第二幕与前一幕相隔一天，两天，或是几小时。伊利萨伯剧本却不如此，每幕每景的地点与时间，往往非常含糊，毫不确定，有时要使观众知道，那就非借角色嘴里叙述不可。那时候的剧本中间，常有长篇大段描叙景物的戏词，在我们看过现代戏剧的人认为是赘疣，不知在那时却是必要。从前传说，16世纪英国戏台上，在演戏的当口，通行贴出一张纸来，纸上写明这一场这一景是在罗马或是丹麦京城，或是某贵族的堡邸。近来有人考证据说并无此事，戏台上根本没有什么指示。中国旧戏也没有布景，所以想说明地点时间，也是全靠角色口头报告。我们说伊利萨伯戏剧与中国旧戏没有布景，是因为它们的布景简单到无以复加，衡以现代舞台的标准，只能算是没有。（不过这不但是受制于当时戏台构造及其他实际条件之必然结果，而且在艺术上并不能算是大的缺点。理由兹不详论。）

中国旧戏的布景十分简单，几乎可说仅是象征。譬如，椅子摆在桌上，人在椅上坐着或是站着，那就是登山眺望。把椅子搬在台中背朝观众，那就可以代表窗门或是牢门，桌上摆着黄布方包，算一颗印,那就是元帅升帐发令之处。桌上放把酒壶,旁设一二椅子,便成一家酒店。两扇画圆圈儿的黄旗把个女角夹在中间,这是坐车。手挥一鞭,即是骑马。至于开门关门,上楼下楼,进窑出窑,那更干脆了当,完全只用手脚表现出许多细腻曲折的姿态。一般中国人和有些外国人看见这种事情就说中国旧戏最是幼稚。殊不知他们膜拜的莎士比亚与同时期作家的戏剧中间,也用类似这样的布景。譬如说,台上中央设一宝座,便算是朝廷,木盆里插株小树,就算一个森林,看见推出一张床来,便知台上变了卧室。手里打着火把或是灯笼,虽在烈日之下也得算是夜晚,至于绕场一匝,此门出为彼门入,算是旅程告终,从甲地到了乙地,则更是中外之所同。

据我们看来,"背躬"、"独白"、"乔装",都不是必要的方法,而布景与道具之如此简单,却为当时戏场戏台实际情形之不得不然的结果,一个时代的剧本与它出演的场所,以及其他条件永远是密切联系,交相影响。若是知其一面不知其二,所得的结果,便不容易正确而完全。伊利萨伯时代的戏台与中国旧式的相似之处不止一端,英国那时候的戏台是一只平台,凸入戏场之中,左、右、前三面都围着看客,不像现代新式戏台仿佛一幅图画似的镶在台中间,只有前面对着观众。不唯戏台,戏院之构造,他们与我们也颇有相似之点。那时他们王室贵族家里唱戏,就用一间大厅作为戏场,厅之一端设一高台就是戏台。寻常百姓看戏的地方都是露天,十九是在客店院子里头。比起我们庙宇,会馆里的戏台,他们是在露天,我们是在屋内,比起我们乡间广场上,草坡下唱的"草台戏"来,他们四围都有楼厢,我们没有;不过他们也像我们一样,场内不设凳位。他们那些客店院子形状四四方方，空无所有，戏台则由唱戏的临时用木板搭成，潦草简单，不问可知。唱完之后随手拆去，以后再唱再搭，这种办法，久而久之，自会觉得不便不妥。所以到了 16 世纪后期，伦敦城外近郊（那时候戏院都不肯造在城内，自有特别原因，本文不去说它），就出现了几个比较讲究的固定戏院，可是却都仍是露天（除了一两家所谓私家戏院有屋顶，有灯光者外），日月星辰，风雨雪雾，概无禁忌，因为是在露天，并且那时尚无电灯煤气，所以只演日场，不唱夜戏，看客或据正中池内，或登四周楼厢，各任其便，戏场形式或圆或方，或为八角，楼厢环其四周，两层三层，各各不等，演戏之日，四民群集，贵贱不分，伊利萨伯时代的戏院的确是大众娱乐的场所，此与 17 世纪前期的戏院逐渐为贵族所盘踞而内容日趋腐败之情形大不相同。此一不同之点，影响他事甚大，研究英剧者不可不牢记在心。

上面已说过戏场，现在再略说戏台。戏台位置在场之中央，上有屋顶遮盖，台顶有柱支撑。台身向前凸出，台上无帷无幕，空无所有。池中看客靠近台边，密密挤聚，和台上的角色近得几乎可以呼息相闻。不但如此，有钱的阔佬，卖俏的纨绔，多花几文，还可以径坐到台上，这岂不很像当年梅兰芳初到上海，有人愿出重价在台上加凳看戏吗？

戏台后墙围后面，还有一间缩进的小屋，好像套房似的，有人称之为"后台"。这个所谓后台与中国旧戏院的后台并非一物。此乃表演剧情之所，观众可得而见。中国的后台乃演员休息化装之地，观众不可得见。这个英国后台用帐幔与前台隔开，用处甚大，可作卧房，可作店堂，可在中间表演若干戏情。表演之时把幔揭开，观众便可畅览无余。

除了上述前后两部之外，还有一个"上层台"，可资利用。本文前面曾经说过，那时英国戏院四周都有几层楼厢，团团围住，有如一环。经过戏台上面那一段头级楼厢用处最大：一部分与其他楼厢相同，供看客之用；一部分划给乐器场面；一部分可作表演戏情之所，即是本节开头所说的"上层台"。这个上层台有真的窗户，可启可闭，可作小姐闺阁，可作将军堞楼。把皮黄戏作比，王宝钏彩楼抛球，诸葛亮城头抚琴，再不就是长坂坡曹操观战，都正好利用这点地方。在我们看来最有趣的事情是，他们的戏台顶上有一小阁，阁顶有旗飘扬，便是正在演戏。开战之前有人在阁上吹号，对众宣告。

那时候的英国人无分贵贱大都酷好听戏。王室固然豢养着专为供奉内廷的优伶，贵族富户也各有自己的乐府；至于外间那些戏院，无论是谁都可进去，乃是真正的平民娱乐场所。可是唱戏的人，在一般人眼中只是"戏子"而已，并没有什么地位。那时有些戏班全是童伶，非常受人欢迎。女人却不准登台演戏，所以那时候戏中女角全是童伶扮演。1625年有法国女伶曾到伦敦表演，但不久便被轰走，可见戏中女角，由男子装扮，也并不是中国戏剧所独有的呢。

（原载《新中华》复刊号，1943年1月）

1907—2002

柳无忌：西洋戏剧发展的阶程

西洋戏剧与中国的话剧有密切关系，话剧可以说是西洋戏剧的后裔，它的形式、构造、作法与演出，差不多全从西洋移植过来。因此读者或者愿意知道，话剧的前身——西洋戏剧——究竟是哪一类的文学作品，它如何起源，如何构造，如何写出，它的目的是什么，种类有多少？最重要的，是如何从它的演进历程中，寻出其特征、作法、技巧，以为我们写作话剧时的参考与借镜。可是西洋戏剧的发达，自希腊罗马以降，已有二千多年的历史，中间虽曾有一个长期的断绝，但是即以近代戏剧而论，亦已连亘着有四个世纪之久，而且曾在英法德意各国有过一个灿烂的时代。我们的知识有限，篇幅亦不许，所以本文只能作一个鸟瞰式的概论，从大处浅处着手；而文中所引用作例证者，亦是一些普通的西洋剧本，尤其是近代英国剧本，这对于读者及作者实是两便。

一、戏剧的意义、起源与演进

我们研究西洋戏剧，先要知道戏剧二字的原来意义。推溯西文戏剧二字，乃源于希腊语，作"动作"解释。同时亚里士多德告诉我们，一切文学，尤其戏剧，即是模仿。这可以说，戏剧的艺术，就在用模仿的方法表现一个故事,而它最主要的条件乃是动作。戏剧不只如小说般描绘或叙述动作,它却是动作的本身:一人或数人在听众前扮演及谈话。它是一种综合的艺术,包括语言、诗歌、音乐及舞蹈。希腊的时候是这样,莎士比亚时的英国是这样;就是今日,虽然戏剧渐趋于散文化,但仍有不少作者在剧内插入歌曲及音乐,以增进舞台的娱乐效能。戏剧也可说是一种合作的艺术,它不像其他的文学,仅有作者及读者——有时诗人为自娱写诗,或发泄情感,并不希望有广大的读者;但是剧作家却不能闭户造剧,自作自演。由于戏剧即是动作,而在舞台上演时,它必需兼有作者、扮演者、导演或主演者,以及一般的听众。这多方面的关系综杂而密切,各有其重要性,缺一不可。一剧固然有作者,而主演者在经济方面的筹划,舞台监督在事务上的管理,剧人的扮演,导演者的指点,美术家的布景,灯匠的配光,以及化装服饰等专门技术,同样对于剧本的演出有极大影响。至于有戏而没有听众,那更不堪想象了。

所以,戏剧异于其他文学。它叙述故事,与小说及史诗同。小说是近代文学的产物,虽然在古时也有数种类似小说的作品,它的发达却近在18、19世纪。它是一种用散文写的长篇故事,蜕变于史诗;但史诗用自然节奏,叙述人类的伟大事迹与宗教的神圣传说,规范宏伟,内容庄严,不似小说可以旁及稗官野史和家常琐事。这两种文学与戏剧相比,则又显有鸿沟的区别。第一,像在上面所说的,戏剧即动作,模拟真实生活,而小说与史诗仅能描状动作，述说生活。第二，戏剧全部为对话，是其特点。第三，戏剧乃在舞台上表演，有声有色，不仅如小说能供默读，或诗歌可以朗诵。戏剧有其特殊的性质，特殊的技巧。它比小说及史诗短，因此在舞台上演出，免不了受到时间与空间的限制。舞台有一定大小，难以容纳过多的演者，因是剧中登场人物必有一定数目，不能随意摆布，如小说及史诗那样可以唤起成千成万的人马。演剧应有一定时间，一出戏不能整日整夜地演下去，即使演员不疲倦，听众亦无法支持。演剧时间最长者要推古代希腊的三部曲悲剧，不仅是剧中有连续故事，上演的时间亦自日出至日落，因为三部悲剧后还要加一部短的滑稽剧。可是，这只是一个极端的例子。最近打破演剧时间记录如奥尼尔的《奇异的插曲》，也不过连续演到五六个钟头，而且当它初次在纽约上演时，其中还有一度听众进晚餐的休息。普通五幕的西洋戏剧都在三四点钟内演完。无论如何，演剧的时间是有规定的。处在这时间与空间的双重限制中，写剧的技巧变得精妙难学，非有大匠工如莎士比亚、易卜生及萧伯纳等，不能把它锻炼得十分纯熟奇巧，可以自如地运用，随心随意地发挥。

戏剧有其久远的历史，它与史诗并为古代希腊文学的两大柱石。它的起源很早，发展最速。古代希腊人有祭祀 Dionysus 的习俗，Dionysus 即是酒神，罗马人称之为 Bacchus，教给人类酿葡萄为酒，并曾遗下一种宗教式的崇拜，在古希腊盛极一时，为当时及后代诗人所歌诵。酒能怡神，引起愉乐，激动情绪。在酒神的节日，雅典人群聚庆祝，由歌舞者在广场或公共集会所扮演并歌唱酒神事迹，悲哀的或欢乐的，于是有悲剧及喜剧的萌芽。渐渐，从这宗教的仪式戏剧变为民众的娱乐，终于演进为文学。在古代，戏剧即是诗，戏剧家亦是诗人，这从亚里士多德的名著《诗学》内可以获得明证。亚氏把诗分为多类，戏剧为其中最重要的部分。《诗学》谈到戏剧及其理论。经过希腊三大悲剧家埃斯库罗斯、索福克勒斯及欧里庇得斯，喜剧家阿里斯托芬的剧作，及亚里士多德的剧论，于是后代的戏剧家乃有所凭借，有所规范了。罗马剧上承希腊，下启近代，如泰伦斯及普劳图斯的喜剧，塞内加的悲剧，同为经典剧的正宗，给予后人远大的影响，为谈论近代戏剧时所不能不熟知的。

自罗马帝国覆亡以后，古代剧渐趋式微，竟至湮灭无闻。在中古世纪时教堂是罗马剧最严厉的反对者，它禁止演剧，驱逐伶人，但它自己却孕育了一种新的戏剧。在内容、形式、文字等多方面，中世纪戏剧与经典剧有显著的不同。二者有同样宗教的起源，但中世纪剧并不始自酒神的崇拜，而是基督教的仪式；内容亦充满教堂的气氛，以《圣经》为根据，可比诸古典剧以希腊神话为蓝本一样。至于形式与文字的互异处尤为显明，中古剧在各方面却赶不上古剧的严谨与宏伟。近代的西洋剧接受文艺复兴的洗礼，古希腊罗马文学的启示，各自在本土发扬光大，产生了莎士比亚、莫里哀、歌德，以及他们的许多前驱后继者，造成光荣的近代剧的历史，也是西洋戏剧的菁华。自此以后，又经过19世纪末年易卜生的一番革新，于是戏剧走上另一个新的阶段，是为现代戏剧。我们所讨论的，当以近代现代为主，兼及古代及中古剧，以为旁证。

二、作剧与读剧

（一）戏剧的形式。我们先谈作剧与读剧的问题，而以戏剧的形式为讨论的出发点。前面已经提过，戏剧有其固定的形式。普通一剧分为若干"幕"（act），一幕又可分为若干"场"（scene）。每场表示时间或场面的更换；在演出的时候，每场完后，幕徐徐下。每幕的结束亦这样，不过幕与幕的中间较多休息时候，听众累了，可以舒舒身，谈谈天，在莎士比亚时的剧院内还可以吃果子与核仁。现在的英美剧院内也仍有冰淇淋饼与巧克力糖来代替。不但听众可以乐一乐，在实际方面演员更需要一些憩息的时刻。几个重要角色差不多每场每幕都有他们的部分，他们不能连续地三四点钟演下去，没有片刻的休息。对于读者，分场分幕的好处只在读时醒目而已。其实，古代的剧本，在初版时尽有不分场幕的。希腊悲剧相当于五幕，但实际并无幕的分别，仅以歌队合唱分隔各段剧情。这些合唱使听众得到一种音乐的欣赏，而且帮助故事的进行；它们承前接后，或为上段的结局，或为下段的启示，或为动作的叙述与批评，乃是戏剧本身一部分，不只是几支歌曲随便唱唱而已。后代剧取消合唱，下帷以示幕终，于是幕的划分更加显明了。

普通一剧分为五幕，每幕的场面不等。自古代罗马剧起，经过英国伊丽莎白朝，法国 17 世纪，德国 18 世纪末叶的几个戏剧繁盛时期，以迄 19 世纪易卜生之前，都以五幕剧为典型。中间唯一的例外，是中古时期的场幕不分，长短不一的宗教剧。在现代，剧本的长短与场幕的数目起了变化，自易卜生始，为求剧本的经济，便将每剧缩短为三幕或四幕。英国王尔德的剧本亦是如此。自他们以后，于是有三幕以至一幕的剧本，后者即所谓独幕剧，与小说中的短篇一样。至于场的区别，亦渐渐取消，有好多剧本已不再分场面了。

（二）戏剧的构造。在构造方面，戏剧内的布景、舞台说明、故事结构、人物、对话或语言，都是作剧与读剧时所须注意的。布景在剧中并不占重要地位，它的用处在帮助剧本演出时的效能。从前的剧作家因为布景的粗陋，往往借文字以描状剧本的背景。譬如一个浪漫的场面：当恋人夜半私遇，月光点在树梢，银色荡漾，这是一幅多么动人的美景。但是伊丽莎白朝的剧院没有这种布景的设备，于是莎士比亚只得借罗密欧的口中述说着；

姑娘，我指着那幸福的月儿发誓，
它的银光点点，闪耀在果树梢头。

这不仅是爱人的信誓旦旦，美丽的文字，更可补充布景的不足，加增一种月夜做爱时的浪漫气氛。又如，举灯笼以代替月光，持灰石三合土以代城墙，人咆哮几声可以当作狮吼——我们在莎氏的《仲夏夜之梦》中曾读到这些雅典艺人的演剧方法。他自己的剧本在演出时虽不致如此草率，但亦不过略有进步而已。同时这也使我们联想到中国戏剧的演出，其中并不是没有仿佛相似之处，如能作一对照的研求，确是一件耐人寻味之事。到17世纪，剧院渐渐华丽，布景亦趋于精巧。直到近代，经过高敦·克瑞格诸人的研讨，于是布景之学成为专门技术，舞台的场面显得十分精致逼真，恰如现实。加以灯光的运用，举凡雷鸣电闪，日出月落，都可以在台上象征出来，不必再乞灵于文学的描写了。

剧中的场面、时间、人物，需要在剧前加以说明，使读者对于剧情可以得到明白的认识，演剧者可以在演出时有所凭借。这种演剧的说明在古代剧中甚为简略，只述说一二动作及剧场所在地，其他的一切在读时我们可全凭想象去猜测或构造。这是因为在以前剧作家为剧团一分子，他自己即是演员，剧中的各种情形在上演时他可以随时随地与他的同伴商量规定，不必有任何文字的说明。到了近代，剧作家渐与舞台分离，如萧伯纳，高尔斯华绥等自己都不能演剧，并无舞台经验。作者与演员的区别既分，于是作家不得不作详细的叙述，以为上演根据，庶几演员不致随意杜撰，失去原作者本意。并且，从前写剧只为上演，现在却要兼顾到剧本的出版与阅读者。因此，从前几个字的说明，在近代剧中却长至连篇累牍，凡一切故事的背景及发生的时间，场面的布置，人物的年龄、状貌、性格及关系，无不应有尽有地一一缕述了。

希腊剧评家亚里士多德曾把戏剧的构造分为六部分，即结构（故事）、人物、辞令、思想、布景、歌唱，而特着意于故事，以为全剧的灵魂。所以戏剧可称为故事的扮演。这种看法在古代确有其根据。由于近代剧的演进,我们已觉得亚氏的学说不免陈旧,但是故事在剧中所占的地位,无疑义地依然是重要的。莎士比亚的戏剧虽已以人物的描写著称,他的故事也是同样地情节动人,结构精密。即近代剧作者如萧伯纳,他的写作目的原在借剧坛以说教,却也不能不给听众或读者一个满意的故事。

在有时间及空间限制的戏剧内,不能不讲究故事的结构。小说内故事的叙述可以散漫断续:如史坦因的《特利斯川·项狄》,而仍不失为一部小说名著。就是在史诗内弥尔顿也可穿插入若干段旁节,而无碍于《失乐园》的进行。戏剧的结构却要相当严密。剧中的动作须有线索地、有因果地依次发展着。普通在一个五幕剧内,故事的进行略有规定的程序,列如下表:

第一幕　叙述背景,供给剧情。

第二幕　动作起始,故事发展,事态变为复杂。

第三、四幕　危机,奇情,以至顶点。为全剧最紧张亦最动人的部分。

第五幕　动作松弛,剧终幕下。

在三幕或四幕剧中,不过将此程序的经过加以紧缩,较为经济。直至独幕剧出,于是整个剧本的结构精密得无懈可击,无辞能废,不似在五幕剧中作者尚可雍容不迫,绰有余暇地来布置他的构局。

在评论古代剧时,常提到三一律,所谓三一律,即是时间律,空间律与动作律。全剧剧情须发生在二十四小时范围之内,是为时间律；剧情须发生在同一的地方，是为空间律；剧情须一致，仅包含一个最主要的故事，是为动作律。亚里士多德在研究当时的希腊剧后，起始发现这些作剧的原则；他特别提出动作一致的重要性，以为一剧必有始有终。但是所谓三一律，在亚氏原著《诗学》中并未有所规定，乃后代亚氏的信徒及评注者，始扩大此理论，加以阐述。于是，在文艺复兴时期，一般经典学者都以三一律为金科玉律，视为评剧及写剧的指南针。可是这种过于严谨的戏剧构造法，虽有其长处，而且曾在法国盛极一时，却不免太拘束，尤不能适合一般近代人的性格，满足听众的要求及施展作者的才能。在英国，曾有本·琼生为之捧场吹擂，终未被选为戏剧的正统作法。尤其在莎士比亚的历史剧内，完全脱离时间及空间：场与场，幕与幕之间，地域的变移可以自罗马到埃及，自英国到法国；年代的距离可以有数年以至十余年之久，三一律的效能丧失其三分之二。唯有动作律尚有其存在的价值，因为一剧不能不有一个主要的故事，为全剧中心，以引起听众特别的注意。三一律在近代剧评内已成为迂儒之谈，可是动作律仍隐约地支配着剧作者的脑筋，自然而然地被人遵守着。

所谓一剧仅能有一故事，并不是说一剧不能有两个或三个以上的故事结构。真的，普通的英国剧往往有一个主要的及一个次要的故事，因为在剧内除了某个中心的动作外，尚可以插入旁的枝节，辅助这主要动作，以为陪衬或对照，逗笑或引哀，于是剧情更显得曲折微妙，听众亦觉得津津有味了。这种结构的运用，可说是英国剧的特点，也是莎氏剧本的特点，而为法国严谨的剧作家所不取的。在莎氏剧内，除正结构外，有时有二三个副结构，如《威尼斯商人》《仲夏夜之梦》，每剧竟包括四个不同的故事，一正三副，而其巧妙处即在作者能把这些连贯得互成线索，巧合密符，有如天衣无缝，此所以在剧本的构造中，莎氏的作品可称独步无偶了。

有冲突始成戏剧。这是一则不易的名言。由冲突而妥协，圆满，这是喜剧的途径。在悲剧中，冲突的成分尤其明显，冲突而终归失败，乃酿成悲剧。这种戏剧的冲突可以有多方面，因剧作者的时代或环境而互有异同。最普通的是人们之间的争斗，或为个人与个人，或为某群人与另一群人，其结果大都好坏同归于尽。好人的死最值得悲悼，但恶人亦不得有善终，不然，穹苍之间将永无正义之气存在了。依照一般批评者，诗人或戏剧家原是替天行道，是以不能不主持诗的正义。就是亚里士多德也以为悲剧中的恶人不得有善死，不然太不公平，太令人憎厌，而悲剧将无从引起听众的怜悯与恐怖之念了。所以，在莎士比亚剧中，奥塞罗死，伊阿古亦死；提塔斯、安庄尼喀斯虽全家遭难，而塔摩拉及黑奴埃郎亦未能免于惩罚。有时此冲突的起源乃由于二种伟大的意志或理想的不同，如勃卢脱斯之杀其好友凯撒大将，而卒覆亡于安东尼的手下。在近代，阶级的区别既分，斗争亦烈，如高尔斯华绥的《斗争》，即为叙述劳资冲突的社会问题。同样的，在德国近代剧中有哈普曼的《织工》。有时，悲剧发生于人与命运的失和，结果人唯有被踏死于命运的铁蹄之下。最有名的例子是希腊神话中俄狄浦斯的惨剧。希腊的命运，穿上近代的衣服，乃变成社会或环境，许多有为的人们都因环境不良或社会压迫而自绝其生命——这也成为悲剧家的好材料。李尔王逃不了自己的愚笨与轻信所造成的命运；而青年福尔段则因一念之错，涂改银行支票，遂陷入无情的法律罗网，不能自拔，卒至丧生。此外尚有一种最微妙的人与自我的冲突。"生乎，死乎……此乃问题。"由于此内心的冲突与踌躇，哈姆雷特王子送掉了自己的性命，虽然仇人饮剑，父仇已报，但也连累了母亲及情人，闯下弥天大祸，只得于临终时将一切留给好友霍拉旭来弥补。所以冲突的情形虽各各不同，而其为戏剧，尤其是悲剧的重要因素，却是一样的。

前面曾经说过，戏剧即动作，亦即故事的扮演，这句话需要相当的补充。因为，在近代文学中，人物的重要已渐渐驾于故事之上。剧作者不仅需要构成一个动人的故事，他还得着重人物的写述。戏剧可以是一个重要角色的描绘，或几个不同的典型人物的分析。即在古代，英国剧坛上已有所谓"一人剧"，如马罗的《谭伯琳》几全部叙述剧中英雄的故事，自他以牧羊者起身，为勇将，为皇帝，以迄覆亡的事迹。降至17世纪下叶之所谓"英雄剧"，亦以男女主角为中心，其所遭遇之英伟事迹成为全剧的脉络。至于莎氏的名剧，更不乏跃跃欲生，惟妙惟肖的血肉人物，如好思维的理想者哈姆雷特，天真可爱殉情而死的少女朱丽叶，大腹洪饮的胖武士福尔斯塔夫，吝财苦命的犹太人夏洛克等等，其个性的刻画可谓淋漓尽善，不能增损一分一毫。这些例子，再加以莫里哀的各种形形式式的法国典型人物，可以证明远在三百余年前，人物已被剧作者视为剧本的重要部分，即如亚里士多德所说，亦不过亚于故事。到了近代，由于心理学的发达及其对于文学的普遍影响，心理分析成为写作的一种主要目标，与戏剧的关系亦深。旧日的作家以故事的进行为主，人物的描写为次；而现代的作家却故意着重人物的心理解剖，视为写剧的一大新的途径。于是，人物在剧本构造中占了更显著的地位，读易卜生的《海达·盖伯乐》，即可知此剧实为一现代女性心理的分析，用客观的冷静的笔法，描绘出女主角海达的全身肖像，轮廓分明，工笔细致，彩色浓华，可说是一部人物剧的绝构。

然则描状人物的写法有几？曰：有四。第一，作者可以从动作中显出人物的性格。由于其行事之善恶，我们可以判知他是善人或恶人。试从莎士比亚剧中举几个例子：提巴尔特勇于私斗，一语不合，即拔刀相向，他一定是个性子躁急，易于暴怒的人。夏洛克的女儿私奔，携走金银宝玉，他既愤恨女儿为基督徒拐走，却更伤心财富之被窃，狂呼不已，于是乃知他实是一个道地的守财奴。反之，如朱丽叶的那样娇妩温柔，安东尼亚的那样慷慨侠义，也都见诸她或他的行动中。第二，人物的性格可以从谈吐中流露出来。美叩休，福尔斯塔夫，鲍明尼斯，同为莎氏剧中滑稽人物，但各有不同的癖性，区别显然，而其互异不特在他们的一举一动，也在他们的言谈中。三人都好说话，从他们的谈话中我们认识了美叩休的好调侃他人；福尔斯塔夫的滑稽胡说，信口开河；鲍明尼斯的好教训儿女，他道貌岸然，自作聪明，却实是一个老糊涂。剧中虽不乏动作，但谈话实占全部，所以功用更大。而且，作者不仅可从某人自己的言论，而且可从旁人批评，表现其特殊性格。乳母的喃喃絮语，反衬出朱丽叶的天真烂漫，窈窕淑女。凯撒大将发言不多，但自勃卢脱斯及安东尼诸人的谈话中，我们可以略窥一些他的雄心大志，与其受部下的爱戴。这是人物描写的第三种方法。到了近代，又有一种新方法的尝试。人们谈话的时候比动作多，但思想的时候更多于谈话，一天到晚人的脑子在转着念头。倘使把这些不发之于言语的想念都全盘托出，那不是赤裸裸地把这人的灵魂都显露出来了吗？我们的思想比我们的言语为真实，有许多时候我们只想着不说出来，在谈话时亦然。正像衣服遮盖了身体，言语遮盖了思念。平时我们仅讲些客套话，冠冕堂皇之语；衷心的谈话很少有机会说出。一人最知己的朋友就是自己。所以剧作家往往利用个人的独白以诉说心事，表现思想及品格，如哈姆雷特王子的著名的独白。这类发于声的思想，到了现代美国戏剧家奥尼尔的手中就成为一种新创的技术，在他的《奇异的插曲》内，人物的谈话与思想同时写出。这是一种最完全的心理分析，描状人物的最新最精细的办法；但或许太不自然，太不近人情了。

剧中角色或有个性，或仅为典型。典型人物有刻板的性格，一定的模型，如本·琼生喜剧中的癖性人物，不免失之呆板；他有时还加上一些渲染，失去真实性，远不如有个性的人物，活跃如生。在这方面近代剧胜于古代的罗马戏剧。描写人物而能脱去千篇一律的弊病，创造出一个有声有色的人物，即已难得。如能更进一步，让人物的性格随着剧情发展，不老是固定，而圆满周到，有多方面的发展，恰如人生，那更可贵了。这在小说难得，在戏剧更不可多见。有之，试以《哈姆雷特》一剧为例。哈姆雷特王子本不是一个工愁的弱者，他有青年人的可爱的风度，受民众拥戴，友朋尊敬。但是他父亲的暴卒，母亲的再嫁，使他的性情罩上一层郁郁不乐的荫翳。等他会到了父亲的灵魂——他也不知这鬼魂是真是假——闻知其父被害的真相，于是心中更为烦闷，刺激太深，神经受了打击，遂不得不以真为假，以假为真，装作疯狂了。这引起国王的疑虑，而国王的疑虑及侦察更加深了哈姆雷特复仇之念。他所以踌躇不决者，一面固表现其性格之不刚强，一面亦可看出事态的重大，实在需要相当考虑，不能冒失从事。于是，剧情更向前发展，有鲍朗尼斯之被误杀，奥菲丽亚之溺死，国王之阴谋及其发现。终乃使哈姆雷特不得不断然决然地下这最后一手，事实迫得他唯有鼓此一口勇气，以斩除他的仇人。至此，他的全部的性格方始暴露，我们才深切地了解他的为人以及他的内心冲突的经过与结局。所以，一部完善的剧本像《哈姆雷特》那样的，应当融合故事与人物，使动作影响性格，而性格又影响动作，二者遥为呼应，互造因果，事态的发生及性情的发展各有其必然性，此乃最理想的戏剧创作。

在亚里士多德所划分的戏剧构造的六部分中，布景、结构与人物，前已论及。歌唱由于歌队合唱在近代剧中已被淘汰，仅剩下一些点缀品的舞蹈歌曲，不属于戏剧本身；而思想的问题太为复杂，只能留待论到戏剧目的时再加概括的讨论。所以最后我们提到辞令一项，用近代的文字来说，即是语言与对话。一部戏剧全用对话写成，我们不能想象到一出没有对话的剧本。剧中的对话，约略言之，可分别为三类：会话或对话、独白、背语。其中对话占最大部分，为两人或两人以上的谈话，从这里听众获得故事的背景与进展，剧情的转变，人物的刻画，以及思想的传达。独白是剧中某个角色在没有旁人时的自言自语，是衷心的表白，有声的思想。它的主要作用在表现一个角色的性格与思念，亦是行动的先声。背语或作宾白，是写剧的一个妙诀，英国伊丽莎白朝的剧作家好用之，但为易卜生斥为不近人情，见摈于现代剧中，仅奥尼尔在他的剧本中曾大规模采用着，则又走了另一极端。所谓背语者，即在数人谈话之时，某角色转而面对听众，旁说数语，而不为台上其他角色所听见。这好像是一种聚谈时的论解，或评判，夹在剧中正文内，当然引起不自然之感。在现代剧的写作与上演时，一切力求逼真与现实，无怪乎背语要受到排斥了。

高尔斯华绥曾说过："写作戏剧谈话的艺术，是一种严谨的艺术。"这说明对话的不易写作，不是草率可就的。现在中国的一般剧作家，其失败的原因甚多，但不懂得写作对话的艺术为最大原因。人们以为戏剧既已趋于写实，举凡一切日常琐语都可放入剧内，而不知对话的写作实是一种严肃的艺术，须有选择，应对于故事的进展与人物的描状有所贡献，更应适合于讲话者的性格、身份与地位。古剧之所以受人指摘，就是因为剧中的庸夫匹妇，亦出口成文，闭口成章。相反的，对话最忌平淡乏味，这是散文剧易犯的一个缺点，因此爱尔兰戏剧家沁孤主张对话要富于提示的效能，充满字句的乐趣。他说："一个好的戏剧，每一句谈话应如苹果或核仁，同样有着香味。"他自己作品的成功就因为这一点，他给了散文戏一种诗意的美感，而仍不失其人生的真实性。

在文字方面，西洋戏剧曾经过一个巨大的变迁。在古代，无论希腊罗马的古典剧、中古世纪的宗教剧，都是用有韵或无韵的诗体写作的。到了近代，英国的伊丽莎白朝剧，法国的路易士十四朝剧，也以诗体为戏剧的文字。法国的亚历山大诗句，英国的无韵诗句，盛行于戏剧的写作中，证实了戏剧亦即是诗的见解。当时的一般听众，对于莎士比亚、拉辛、歌德等大作家的诗剧，似乎并无不满意或费解的感觉，而且剧院人满的盛况，更表示普通的人民能充分地欣赏诗剧。不过在同一的时候，散文亦渐渐侵入戏剧的领域，莎士比亚的喜剧内杂有大量的散文，为下一世纪散文喜剧的前驱，当莱辛在德国创造国家戏剧时，他的重要剧本亦都以散文写成。最后，在19世纪下叶，散文终于代替了诗，成为普遍的写剧工具，在这方面易卜生的影响最大。他自己最初也曾写作诗剧，但后来在他的社会剧中却全以散文作剧，表示出散文如运用完善，亦能在悲剧中引起强烈的情绪，不必求助于诗的节奏。20世纪可以说是散文剧的世界，虽间有一二作者以诗体写作剧本，如叶芝等人，但仅是有意或无意的尝试，诗歌的辉煌已不复见于戏剧的领域内了。

（三）戏剧的目的。在某方面讲，戏剧与其他文学一样，包括两个写作目的：娱乐与教导。文学之所以异于其他学问，即在它有娱乐的功用，而戏剧在各种文学中，尤有娱乐的效能。戏院是一个公共的娱乐场所，在那里工作劳顿的人们可以得到几个钟头的舒适，让心情松弛，随着作者的想象去领会浪漫的或真实的人生，新奇的或现实的世界。这里有一个好的故事，酷肖的人物，紧张的情节，有时令人捧腹大笑，有时令人深刻感动——这些小说能做到，诗歌也能做到。可是，诗及小说都没有活跃的动作、新鲜的布景、和谐的音乐、文学的欣赏，普通以眼为工具，黑白的字为媒介，更从而转入想象的运用。诗歌虽可吟诵，但实际上近代已无行吟诗人，也得借助于眼及文字。唯独戏剧的欣赏有多方面的，它有颜色、声音、动作，直接感应着人的视觉及听觉。戏剧是文学中最通俗的，它是一般人的娱乐，但同时它也是想象的工具，智慧的表现。这把我们带到教导的问题，究竟戏剧的目的是否是训诲与启发人心？沁孤虽说戏剧像交响曲那样，并不教诲或证明任何事物，可是戏剧有其宗教的起源，与崇神的关系，亦不能不对于人生与人心漠不关怀，而只是一种娱乐物或艺术品。最广博真切的或者是莎士比亚的见解，他借着哈姆雷特王子的口中述出写剧的目的："在最初及现在，都是为自然鉴镜，给道德照见自身的相貌，给轻蔑照见自身的形象，也给时代的本身映出其状态与迹印。"这里所谓自然，可以解释为人生，道德是人生的善行，轻蔑是人生的丑行。依照莎士比亚，戏剧可说是人生与时代的反映或表现。他的作品是他的见解最有力的例证。从他的剧中我们可以看到整个人生的悲剧或喜剧，那些作品好像是一个映射镜，把生活的种种，一幕幕地表演在观众的面前。到了现在，因为戏剧有其普遍亲切的效能，作者更把它作为一种宣传的工具，如西风之对于诗人雪莱一样，有如一声号角，可以震撼人心。这种观念最初创于易卜生，他庄严地在戏剧中讨论人生的问题。他的方法是现实的，态度是客观的，思想是前进的，正如伟大的文学家及诗人都是先知。在英国高尔斯华绥继易卜生之后写作社会剧，他所讨论的范围包括法律、阶级斗争、社会的不平待遇、男女的关系、种族的歧视、战争、和平主义等等，几乎是全部的社会问题。到了萧伯纳，这种作风变为极端。他自己坦白地说着，为艺术本身他不愿意写作任何剧本。对于他，舞台是一个有效的良好的讲道坛，在那里他可以借演员来现身说法。换句话说——在萧伯纳看来，戏剧即是宣传；同时他并不忘却在戏剧内加入一个满意的故事与大量的滑稽成分，以引起观众的兴趣，使他的宣传能深入人心。萧伯纳是个思想家，他要广播他的思想，为人们给一些生活的福音。在他的手中，戏剧的训导的力量更为显著了。

三、戏剧的种类

若从西洋最古的，也是希腊的第一个戏剧家忒斯庇斯算起，戏剧已有二千五百年左右的历史。在每一个国家，无论古代或近代的，它都曾有一个灿烂的时期。在文学中它是古老的一门；在掌司文艺的女神中，悲剧与喜剧同为两个有名的姊妹。因为有这样久长的光荣的传统，戏剧的种类相当繁多。现在为方便起见，且从两方面概论戏剧的内容、形式与体裁，加以区别分类。在1623年出版的莎士比亚的第一部对开本全集中，莎氏的剧本分成三大类：（一）喜剧；（二）悲剧；（三）历史剧。在亚里士多德的《诗学》中，戏剧仅有悲喜两种，可见历史剧是近代的产物。希腊悲剧中尽有关于神话的历史的事迹，埃斯库罗斯甚至有一剧写述当代的波斯战争，但是历史剧的名称不见于古代的剧评文学。历史剧或称编年史剧，意即全剧是史迹的叙述，国王生活与朝廷大事的扮演。历史剧盛行于英国，在英国尤盛行于伊丽莎白朝，因为这时英国正击败西班牙的无敌舰队，民族国家的意识极盛，于是剧作者乃扮演历史以激励听众的爱国情绪。最有名的例子是莎士比亚的《亨利五世》一剧。历史剧也可探讨古代治乱的因果，战争与和平的互相循环更换，以为今人的殷鉴。此外，历朝君主的性情品格，伟大人物的勋功伟业，以及一些诸侯的争权夺位，宵小的阴谋诡计，都可在历史的舞台上重演出来。莎士比亚还在他的剧本中创造出一个绝世无俦的滑稽人物，胖武士福尔斯塔夫，使历史剧可以媲美于喜剧。实际上，历史剧并无悲喜的分别，其所以能独自成为戏剧一大门类者，乃因为它的主要的题旨是历史的扮演。在现代，历史剧改换服装，变化为传记剧。这二者微有不同，历史剧以叙述历代的国王与朝廷为主，而传记剧仅叙述伟大人物的生活，如美国的总统林肯，法国的女英雄贞德，苏格兰的女王玛利；一个女诗人（*勃朗宁夫人*）、一个哲学家（*苏格拉底*），也都成了传记剧的题材。在20世纪，这类新的剧本颇能风行一时。

悲剧是希腊文学的光荣，也是莎士比亚的伟大遗产，易卜生的杰作。顾名思义，悲剧表现悲哀的事迹，正如亚里士多德所说的，其目的乃在激发与净化人类的怜悯与恐怖心情。它是严肃的，阴沉的，叙述剧中主角的斗争，以及他在斗争中的失败。像前面已提及的，这种斗争是多方面的，或为人与人的冲突，或为人与命运的冲突，或为人与环境的冲突。冲突，挣扎，而终归失败，死亡，于是乃酿成悲惨的结局。在古代，悲剧的主角都是些伟大的英雄，如神仙、国王、大将，等等。索福克勒斯的《俄狄浦斯王》，莎士比亚的《尤利乌斯·凯撒》、《李尔王》、《哈姆雷特》等，都是著名的例子。不过到了 17 世纪以后，悲剧的英雄渐渐地降为贵族，或甚至为平民商人。于是有着所谓中产阶级的悲剧。这些在莎士比亚时期虽有人写作，但至 18 世纪始在文坛上渐露头角。莱辛把它自英国移植到德国，为德国戏剧开辟一条新的途径。后来在易卜生、哈普曼、高尔斯华绥、高尔基等人的悲剧中，往昔君王贵族式的英雄人物，已为一般市民所代替，其中不乏佣工商贩等"下层阶级"（借用高尔基剧名）的代表，悲剧于是亦平民化了，与古代剧大相径庭。如亚里士多德生在今日，必为之吃惊不已，而终至必需修改了他的悲剧的定义。悲剧最能感动人情，有时不免趋于极端，降为伤感的文学，流泪的戏剧。有时悲剧过度紧张，成为闹剧，这是一种通俗的戏剧，夸张失实，充满激烈骇人听闻的场面，疯狂、鬼魂与惊人的故事。但是这种戏剧经过了一番热闹动人的情节以后，可能有快活的归宿，所以它实在是介于悲喜二剧的界线上了。

喜剧自身可分为若干类别。概括而论，喜剧是遵循着二大目的，戏谑与讽刺，而同归于一个快乐的结局。它富于滑稽的谈话或状态，有浪漫的美丽，或现实的欢笑，但同时亦能指示人类的愚笨行为，矫正社会的罪恶。在这方面喜剧最大的成就要推法国的喜剧作家莫里哀与英国的萧伯纳，莎士比亚则代表浪漫的喜剧，让听众的想象流连忘返于一些青年男女的欢乐中，那里爱情是辉煌的、纯洁的、有诗意的。喜剧最重要的支派，是"礼貌剧"，这是英国王权复兴时期的特产，本·琼生派与莫里哀派喜剧的混合物。此后这种剧本在英国剧坛上不绝如缕，在 20 世纪初年尚有重要的作者如毛姆等。礼貌剧表现当代上层阶级的生活，一些贵族绅士、名媛淑女的社交来往，而尤着意于男女间私情的描写，把那时贵族社会的缺点与丑行暴露无遗；但其中亦不无一些有声有色、光怪陆离的人物故事，使现代读者为之心向神往。另一派戏剧与闹剧一样，亦是悲喜二者的产物，可称之为"悲喜剧"。这种英国特殊的作品，为法国正统派的剧作家所不齿的。它可说是一种较为严肃的喜剧，在一个浪漫的传奇式的环境内，混杂着滑稽与阴惨的成分，从好像是悲剧的情节转变到一个喜悦的结束。莎士比亚曾写作这类剧本，但它的创作者是两位在伊丽莎白朝与莎氏齐名的作家鲍芒与佛莱琦。假面剧也属于喜剧。这是浪漫的以牧野农村为背景的音乐剧，包括诗歌、舞蹈及神仙的故事。假面剧盛行于 16、17 世纪的英法，为宫廷内特殊的娱乐，非平民所能享受的。我们知道弥尔顿是个端庄严厉的清净教诗人，但他在青年时期也曾为宫廷写作过一个美丽的假面剧。至于英国作家在这方面最有成就的，或者要推本·琼生。最后，我们不能不提及一种最通俗的喜剧，或可直截称为"滑稽剧"，它是一种轻松的以趣味为主的下等喜剧。它的情节是不可能的，矫揉造作的，荒谬得令人发噱，夸张得使听众不绝地捧腹大笑。这种滑稽剧亦有数百年的历史，在各国剧院内随时随地受着大众的欢迎，在今日亦复如此。不过因为太俚俗，没有文学价值，只有几部比较上等的作品尚能留传后世，列于文学的领土内。它的影响却是相当大，在萧伯纳的作品内或者不无滑稽剧的痕迹吧。

上面把戏剧分为悲、喜、历史三部门。另外也可将戏剧依照着时代与文学派别分类，那就是经典时期的、中古世纪的与近代的。经典剧即古希腊罗马剧，为西洋戏剧的最古作品，那些是后代戏剧的模范，它们的作法曾被批评家视为写剧的规则，一致地遵守着。中世纪剧流行于14及15世纪，大多以宗教为题旨，《圣经》故事或圣徒行传为剧材，结构松弛，内容幼稚，不能比诸古代希腊的名剧。在这文学的黑暗时期，戏剧不能独放光彩。那些宗教剧的作者都是佚名的。他们最初用中世纪拉丁文写作，因为这时的拉丁文也是教堂的文字，全欧洲唯一的通用语言，不分国别，为牧师及学者普遍用着。近代戏剧的产生可说是承接着文艺复兴的曙光，从16世纪起始，以迄于今日。在古代唯希腊及罗马有其光华的文化，所以戏剧的活动也仅限于雅典及罗马二城，希腊与拉丁二民族。中古世纪一切学问及文化颇有国际性质，不分地域与言语，同样地受着罗马教堂与拉丁文的指导。近代文学则完全不同，文学从国际性的变为国家性的，于是在英、法、德、意、西等国家，陆续地竖起民族文学的旗帜。戏剧亦不能独自例外，乃有英、法、德、意、西等国的戏剧，各自在本土发展生长着，间亦融汇着外来的影响。

但是我们不拟以国别为戏剧分类；我们要依照着文学的派别把近代剧分成为三大支流，仿古典剧、浪漫剧与写实剧。仿古典剧是希腊罗马剧在近代的复兴。在题材与构造方面，它都以经典剧为依归，三一律支配了全部的写剧方法与理论。它的首领最有名的为英国的本·琼生与法国17世纪的三大作家高乃依、拉辛及莫里哀。浪漫剧则以莎士比亚为起古绝今的领袖，它也是英国戏剧的正统派别，一直到19世纪末年写实剧兴起后始趋式微。但是20世纪又带来了戏剧的新浪漫运动，作为对于写实主义的一种反抗。浪漫剧大部也是诗剧，表现浪漫的故事、想象的生活、高贵的角色、抒情的品质。新浪漫剧更加逃避现实，憧憬一切理想的，过去的，奇异的事物，探讨人的灵魂，用象征的笔法描述人生。这派的剧作家在法国有美德苓克，爱尔兰有叶芝，都曾遗留下成功的作品。写实剧无疑义地是近代剧的宠儿。写实的成分见于古代的希腊罗马喜剧，曾在本·琼生与莫里哀以及他们后继者的喜剧中光辉过，但是写实主义正式用于喜剧悲剧却在19世纪以后。这时候，法国的写实派及自然派小说开创风气于前，此风气又从小说传入戏剧，于是戏剧的内容与作法为之剧烈地改变。从易卜生起，德国有哈普曼，法国有白利安，英国有高尔斯华绥，俄国有契诃夫，都是此中的杰出作者。写实剧忠诚地表现人们的语言与动作，尤其是人世间一些不愉快的事实。高尔斯华绥说得好：戏剧作家应在黑暗中举起灯笼，照见每个角隅的事物。现代有写实的讽刺剧，让在社会罪恶与人类暴行中摸索的群众，能明白清楚地看到这些罪恶与愚行，并受到作者的讽刺而大为感动，从而改善改良之。因此，用客观方法述作的写实剧，比古典与浪漫剧更进一步地加深了文学与人生社会的关系。除了纯粹的娱乐外，戏剧又肩上教导的责任，与现实密切地接触，用它那宣传的力量为人类追求光明、真理与幸福。这无怪乎写实剧的历史虽短，它却已在文坛上占据重要的地位，成为西洋戏剧的一大主流了。

（原载柳无忌：《西洋文学研究》，中国友谊出版公司 1985 年版）

1916—1995

王佐良：十六、十七世纪的英国诗剧

　　16、17世纪英国诗剧本身就有其独特性。它既不同于古希腊诗歌，也不同于17、18世纪的法国诗剧。在英国本土，后来曾有不少作家尝试用韵文写剧，其中不乏诗才（艾迪生，柯勒律治，雪莱，丁尼生等人全试过），甚至不乏善于绘声绘形、模拟口吻的所谓戏剧性较强的诗才（如拜伦和白朗宁），但是谁也没有能够复兴英国诗剧；他们的剧本纵有短期获得上演的成功的，也只是昙花一现，没有一个在舞台上真正站稳了脚跟。

　　原因之一是：16、17世纪英国诗剧根本不是文人剧。有一系列的社会条件造成了它的独特性：它兴起在英国历史的一个关键时刻——欧洲西北角的岛国由于资本主义生产方式的逐渐发展而强大起来，1588年战胜西班牙后成为在当时最富于侵略性的殖民帝国；它衰落在英国资产阶级革命的前夕；它在几乎没有传统的情况下脱颖而出——尽管它身上有一点古罗马和中世纪拉丁剧的痕迹，它的根子却在民间；它的演员原来是背着背包在乡下到处走动，被官府看作"流氓"的一群；它的剧作家许多就是演员，也有几个不得志的秀才（即所谓"大学才子"），一开始没有一个社会上层人物；当时写诗、写传奇的人当中，有像斐力浦·锡德尼爵士那样的世家子弟，但是开创英国诗剧的作家当中却只有老演员、流浪汉、穷书生、泥水匠、皮匠的儿子等等来历不明、身世不清的人。

正是这些人，虎虎有生气，各显神通，相互之间有时也吵吵嚷嚷（因此而有所谓"戏院之间的战争"），但却常常几人合编一剧（因此而使后世的学者在作品谁属问题上大打笔墨官司），协力建立起来了一种辉煌的新戏剧。它敏锐地、生动地、强烈地表达了英国文艺复兴时代的精神，即使写的是古丹麦故事，也反映了当时英国的现实；它吸引了各阶层的观众，包括小商人、学徒、工匠等，他们是它的最热心的爱护者和最严厉的批评者，它在历史剧、喜剧、悲剧、传奇剧各方面都获得了巨大的成就；它在技巧上也是自创一套，打破了过去的惯例，即使着意拟古也是"以我为主"；它将浪漫情思和现实描述揉在一起，将悲剧和喜剧大胆混合；它是戏剧，又是诗，而且二者是结合的，其紧密程度在英国文学史上是前无古人后无来者。

但它又是粗糙的、芜杂的，而且在某些情形下是落后的。一种新兴艺术总不免粗糙、芜杂，只有到了它的衰落期才变得过分精致起来，这一点不必多说。落后又在哪里？不在它的简陋的舞台情况——舞台伸入观众之间，人们可以从三面看戏，台上没有布景，院子大部分没有遮盖，多数观众露天站着，任凭风吹雨打；在这样的情况下而能用剧情强烈地吸引他们，使他们觉得舞台上的人物深刻地表达了他们的思想感情，这只能说明当时剧作家的成功，说明这一种新兴艺术的力量。落后不在这里，而在混杂在它的文艺复兴时代精神里的中世纪思想的残余：基督教的宇宙观，封建地主的历史观，相信鬼神与征兆，害怕世界末日，再加上一系列反科学的相应论：人身上的四种气质相应宇宙里的四种元素，人的一生中的七个阶段相应地球周围的七座星球，人的小宇宙相应天地间的大宇宙，而在上帝、天使与草木岩石之间存在着一根生命的连锁，其最中的一环恰是半神半兽的人……

这些观念不可避免地影响了戏剧本身。就在莎士比亚笔下，哈姆雷特会见鬼魂，麦克白问计女巫，《皆大欢喜》里有杰奎斯关于"人生舞台上有七个时期"的妙论，《特洛伊罗斯与克瑞西达》里有俄底修斯关于必须维持严格的"等级、地位"的大段警告：

> 所有的天体，行星，这个地球中心
> 都遵守等级，次序，地位，
> 规则，航程，比例，时节，形式，
> 职务，惯例，一线相接，秩序井然；
> ……啊，等级
> 是一切壮举的阶梯，一旦受到震撼，
> 事业就染上重病。要是没有等级，
> 社会里的集团，大学里的学位，城市里的行帮，
> 大洋两岸之间的和平交往，
> 家庭里长子的权利和义务，

高龄、王冠、节杖、桂冠的特权，

又怎能保持确实的地位？

等级一旦抛弃，犹如琴弦失调，

好一片嘈音，物物相碰，

好一阵冲突！海里的浪潮

会猛涨高升，越过海洋，

将这个坚实的地球泡个稀烂！

强壮的青年会凌驾衰弱的老人，

不孝子会一拳打死老父亲；

强暴变成有理，有理与无理

都会失去意义，而处于有理与无理之间

听它们不断争吵的公平之神也就徒拥虚名。

这样凡事都只求权力，

权力变成欲望，欲望又成嗜好，

嗜好原是四野的豺狼，

如今又得到欲望和权力的撑腰，

更成为掠夺全世界的凶兽，

最后连自己也一口吞下。

但是像某些英美学者那样强调这个戏剧的浓厚的中世纪色彩却又错了。这些观念虽然零零碎碎加起来一大堆，却不是当时任何有成就的剧作家的思想中的主流；剧中人物在一定戏剧场合中的言论未必就是作者的意见，相信某一个别的说法也不等于全盘接受中世纪教会的整个思想体系；文艺复兴时期资产阶级文化革命是猛烈的，却又是不彻底的，资产阶级容忍中古思想的残余并为了共同对付劳动人民而与之妥协，加以利用，也是明显的历史事实；但是这个戏剧的主要精神却是世俗的，现实的，洋溢着新生力量的自信与乐观的。《哈姆雷特》中的鬼魂代表了一个旧本子的原有情节，而莎士比亚所歌颂的却是人的伟大；举一篇俄底修斯的"等级、地位"论，可以举出一百篇关于个性解放、无视传统的台词来与之抗衡，例如在一个年轻剧作家的笔下，出现一个天不怕地不怕的牧童，一上场就这样高呼：

让世界听着：不得以出身论人，
德行才给人真正的高贵，
最大的光荣！

这同"天生等级论"是完全针锋相对的。牧童又作了庄严宣告：

宇宙用来制造人的四种元素在我们身上打仗争霸，
告诉我们人人要树立雄心。

这两节诗来自马洛（1564—1593年）的《帖木儿》（1587年）

一剧；马洛是皮匠的儿子，虽然上过大学，却同一批离经叛道的无神论者往来，最后在一个酒店里被坏人用匕首刺死。他以"壮丽的诗句"出名，事实上是第一个成功地用英国五音步抑扬格白体诗写剧本——即第一个使英国诗歌同英国戏剧结合起来——的重要作家，虽然只活了二十九岁，却留下了许多诗和六个诗剧。在这些诗剧里，马洛歌颂了像帖木儿那样的帝国创始人，浮士德那样的追求无限知识和经验的无畏的魔法师，而对贪婪的犹太富商巴拉巴斯和优柔寡断的英王爱德华二世进行了批判。他笔下的英雄人物真有一种叱咤风云，使河山变色，使星河动摇的文艺复兴时期巨人的气概。他的毛病正在无限突出个人，完全无视人民群众的力量。上面所引的几行诗充分道出帖木儿的野心：马洛将他的个人扩张的欲望提到了宇宙元素的高度。"宇宙四元素说"是欧洲中世纪反科学的论点，然而马洛这个无神论者却用它来强调了中亚细亚草原上一个大帝国创始人的征服和扩张的欲望。同这个时期多数剧作家一样，他大胆地混杂古今，糅合东西，无视时间与空间的限制，其目的只在酣畅地表达新的时代精神。如果我们只凭四元素等字样就来断定马洛的中古性又将是如何谬误！

　　马洛是一个先驱者，一个奠基人。他引导英国诗剧进入了一个繁荣时期，但他自己却在大门前面倒下了。从帖木儿的"雄心"到俄底修斯的"等级"，大约过了十五年，这期间英国诗剧由少而长，涌现出一大批优秀的剧本——然而再下一步却是繁荣中露出衰相，一个巨大的危机逐渐形成了。

文学反映现实。在现实生活里，1600年左右，英国伊丽莎白朝已成强弩之末。在农村，由于不断的圈地运动，大片土地荒废，无数乡村杳无人烟，土地成为经济投机的对象，大面积田产从破落贵族转入强有力的商人手中；乞丐遍地，伊丽莎白女王某次巡游全国，曾经叹道："到处都是穷人！"1594—1597年间全国缺粮，许多地方发生贫民抢劫面包店事件（艾·利普生：《英国经济史》第三卷，伦敦，1943年，第303—305页），16世纪末的粮价高达15世纪末的三倍四倍，而熟练工匠的工资只增一倍（乔治·恩温：《商业与币制》，《莎士比亚的英国》第一卷，牛津，1917年，第331页）；经济危机不断出现，后来1620—1624年由于布匹出口猛跌而引起的大危机更是震动了全国（威·里·司各特：《英格兰·苏格兰·爱尔兰合股公司的组织与财务——至1720年》第一卷，第167页；转引自奈茨：《琼森时代的戏剧与社会》，伦敦，1937年，第135—136页）；国会与王室之间有关于专利权的激烈争论，女王将专利权赏赐宠臣，甚至日用必需品也归他们专利，物价大涨，引起民间激愤，国会不断反对，女王不得不在1601年允诺以后不再发出专利准许证，对已发的也要部分废止；统治阶级内部矛盾尖锐化，连女王的宠臣，侵略爱尔兰的英军统帅艾赛克斯也在1601年2月因内部权力之争而被斩首；从1602年12月至次年12月，伦敦大疫，死者三万八千人，为当时首都人口的四分之一，商业停顿达六个月，又引起一次经济危机（威·里·司各特：《英格兰·苏格兰·爱尔兰合股公司的组织与财务——至1720年》第一卷，第102页；转引自奈茨：《琼森时代的戏剧与社会》,伦敦,1937年,第134页,注三);在城乡各处,掺和着经济上的不满和宗教上的迷信,人心惶惶,以为宇宙末日将至;最后,灾难深重的农民终于忍无可忍,1607年在中部诸郡发动了一次大规模的武装起义……

在诗剧本身,1600年以后呈现这样的局势:莎士比亚在写《特洛伊罗斯与克瑞西达》之前已经完成《哈姆雷特》,之后又开始一系列悲剧和几个所谓"苦笑的喜剧"的创作;马斯登在《安东尼奥的复仇》(1602年)里除了写复仇,还写一个父亲为了阻止自己女儿与人恋爱而扬言当场抓住她与另一男人拥抱;查普曼用庄严瑰丽的文章写法国英雄堂勃华的死亡,他弟弟如何为他复仇,最后又怎样因为痛恨"这个邪恶的时代的各种恐怖行为"而自杀;顿纳在《复仇者的悲剧》(1607年)中让一个好色的公爵深夜走进里屋,去同一个上了毒药的骷髅接吻,又在死前目睹自己的夫人同自己的私生子通奸;顿纳的另一剧本《叛神者的悲剧》(1611年)和查普曼的"苦笑的喜剧"《寡妇的眼泪》(1612年)都异想天开地将埋葬死人的墓地当作男女幽会处;韦伯斯特在《白魔》(1612年)里写公爵毒死自己忠实的妻子,公爵的情妇又设法害死自己无能的丈夫;在波门和弗莱彻合写的《王也非王》(1611年上演)里,兄妹热恋的场面得到了强调;在他们合写的另一剧本《少女的悲剧》(1611年左右上演)里,新娘在新婚之夜将新郎赶出洞房,公然宣言她已成了国王的情妇!另一大剧作家密特尔顿也不甘落后,在《女人防范女人》(1612年上演)里着力写叔侄通奸!……

这些剧本都上演或出版在 1600—1612 年之间，亦即都在 17 世纪的第一个十年之内写成。它们共同的主题不是复仇，就是淫乱，而且多数是二者兼有。复仇的主题早在 16 世纪 80 年代就已在英国诗剧出现，基特所写的《西班牙悲剧》就是有名的例子。这个剧本在 1592 年上演时获得盛大成功，得到观众热烈的欢迎，剧中有凶杀、复仇、鬼魂、疯子，在复仇的过程中也有戏中戏，除了是父报子仇而不是子报父仇之外，同莎士比亚的《哈姆雷特》有许多相似之处。因此，英美学术界认为以复仇为主题的悲剧构成 16、17 世纪英国戏剧里的一个独特的传统，有的人还将这传统远溯到公元 1 世纪古罗马悲剧作家塞涅卡。然而问题是：为什么这个传统要在《西班牙悲剧》获得成功十年以后才突然兴盛起来？是什么东西使得一大批重要作家不约而同地在 17 世纪初年都写起这种"血与雷"的复仇剧来？

　　如果我们将《西班牙悲剧》与这个时期的复仇剧比较一下，又不难发现在后者之中，不仅死法杀法更怪更惨，而且加入了色情，原有的不健康的东西得到了恶性的发展，有一种世纪末的神经质的痉挛进入了这些诗剧。然而莎士比亚的《哈姆雷特》不属此列；虽然它有复仇剧的几乎一切成分，它却超越复仇与淫乱而成为全面体现文艺复兴时期精神的深刻的悲剧——这个正说明了莎士比亚的伟大。但就是莎士比亚也在这个时期的剧作里用了大量与病疫、腐烂、尸骨、野兽有关的形象，像是他在这个时期对某些社会问题感触特深，发奋要在他的悲剧里倾诉。至于其他的剧作家，那就不只是某些形象的问题了，而是全部剧本发出腐烂的臭味。也正是这种臭味吸引了以艾略特为首的英美现代主义派文人。他们盛赞这类诗剧中的"玄学式的机智",认为在《复仇者的悲剧》里,剧作者顿纳替"一种对于人生的恐惧,当时及以后任何时期都少见的,准确地寻到了恰当的字和恰当的韵律"(托·斯·艾略特:《论文选》,纽约,1932年,第169页),而写《白魔》和《马尔菲公爵夫人》的韦伯斯特更是"一个走向混乱的十分伟大的文学和戏剧上的天才"(托·斯·艾略特:《论文选》,纽约,1932年,第98页)。

顿纳的诗才,特别是韦伯斯特的诗才,确实给人深刻印象。但是他们却只用诗才来写半夜墓地的幽会和疯子成群的狂舞。两人当中,韦伯斯特(1580?—1635年?)的情况更加值得研究。在17世纪20年代后期中,亦即在莎士比亚搁笔之后,英国诗剧的悲剧作家之中,第一名要数这位据说做过裁缝或教堂小职员的怪才。他写剧不多,重要的只有两个:《白魔》(1612年)以气势胜,《马尔菲公爵夫人》(1623年)以感人见称。前者是一个以绝好诗才而写无意义的内容的典型例子,正是一种文学走向下坡路的征象。后者有一定的积极意义。马尔菲公爵夫人青年守寡,和自己的男管家偷偷爱上了,做公爵和主教的两位哥哥知道了此事,认为有辱门楣,派人将她在百般折磨之后,用绳子勒死。她敢于无视等级和地位的悬殊差别,采取主动,向自己的管家求婚,大胆之中又显出妩媚:

去,去夸口吧,
说你使我丢掉了心——我的心飞到了你的胸口,
但愿它在那里繁殖爱情!……怕什么!

有什么叫你不安的？这儿是个活生生的人，
再也不是那座跪在我前夫坟前的
冰冷的大理石雕像。清醒吧，清醒吧，
我这里撇开一切虚伪礼教，
只用一个年轻寡妇的身份
要你做她的丈夫，做寡妇的人
也就顾不得害臊了。

等到执刑人站在身前，死亡在即，这位年轻女子又表现出毫无畏惧：

勒吧，用力勒吧，
你们一用力就会将天堂勒到我的身上。

而且，就在这个时候，她还嘱咐她的侍女：

请你记得要给我那小儿子
吃糖浆治咳嗽，也别忘了告诉我那女孩
每晚临睡前要祷告。好，各位请吧，
要我怎么死法？

在这里，韦伯斯特成功地创造了一个勇敢、正直、善良的妇女形象。无怪不少批评家称他在某些方面仅次于莎士比亚。然而这一点积极意义却给全剧的疯狂、残虐的空气淹没了。马尔菲公爵夫人临死之前,给一群疯子围着,他们尖声怪叫,挽手乱舞;她的死法也在台上详细表演:行刑队抬着一口棺材、几股长绳和一只铜铃进来。主要的行刑人一边摆铃,一边对公爵夫人唱起死亡之歌:

蠢材们有什么值得紧抓不放?
他们在罪恶里孕育,在哭泣里诞生,
他们的生命是错误的大雾,
他们的死亡是恐怖的风暴……

不仅公爵夫人在观众眼前死去,她的侍女也被当场勒死,而且后来观众还看见公爵夫人的两个孩子也陈尸台上。然而剧作者并不满足,他又在下一幕里写公爵发疯,主教毒死自己情妇,最后公爵、主教、他们派去杀公爵夫人的凶手和同公爵夫人私下结婚的管家四个人一齐倒在血泊里,同归于尽。

在一种文学的生长期,往往是技巧赶不上内容的需要;在一种文学的衰微期,往往是内容猥琐而技巧过剩;只有在一种文学的壮年,才产生技巧与内容大体相当的情况。马洛洋溢着英国文艺复兴时期的新精神,歌颂人的伟大和生的快乐,然而他的戏剧艺术还是不够成熟。如今时隔二十五年,在韦伯斯特身上,我们却看到了出色的诗才浪费在不必要的死亡描写上,善于写动人场面的戏剧才能却用来制造恐怖,而且是为恐怖而恐怖,这就表明剧作家和观众都处在怎样严重的病态心理之中。英国诗剧的危机已经出现明显的迹象了!

然而这只是一个开始。诗剧还在继续堕落。韦勃斯特之后,一批剧作家更露骨地写凶杀戏、色情戏,舞台上出现坟墓裂开,死人穿着寿衣跳了出来;出现专门勾引青年男子的有地位的中年妇女;出现更奇怪的死法与更下流的拥抱。同时,这危机也是一个戏剧语言上的危机。韵文慢慢地显得不济事了。莎士比亚的诗才不见了,韦伯斯特的怪才也熄灭了。剩下的人当中,弗莱彻进一步迎合贵族趣味,在用油滑、轻浮、软绵绵的韵文写传奇剧,造成了一时的歪风;到了更晚的福特和修莱等人手里,韵文虽然仍旧写得圆熟,却只是无精打采的蹩脚韵文,而且韵文自韵文,戏剧自戏剧,二者距离日远,原来的紧密结合不见了,一个伟大的诗剧时期看来是到达终点了。

造成这危机的直接原因之一是:王室和贵族加强了对于戏剧的控制。15、16世纪时,英国戏剧活动主要见于民间——即使是所谓"奇迹剧"和"道德剧",虽然用寓言方式表演宗教题材,也是在同业公会的厅堂或旅店的开井里给城镇的市民演出的:宗教只是一层薄薄的掩盖,人们欣赏的是戏中人物的世俗的性格和风趣的谈吐。等到16世纪80年代,开始有了更齐全的戏班子,他们为了能上演不得不投身权贵门下,得到了王公大人甚至女王本人的"保护"。90年代出现两大班子并立争雄的局面,一个是"海军上将的仆人们",另一个是"王室总管大臣的仆人们",后者就是莎士比亚所属的班子,他们在1604年即詹姆士一世登基之后,又提高身价而变成"国王的仆人们"。这种"保护"是王室贵族插手戏剧的一种方式。此外又有剧本检查的制度：王室有典礼官专门检查剧本的内容，如有亵渎上帝、讥讽时政、涉及外交的都由他削改，或禁止上演及印行。控制班子和剧本之外，王室贵族又以他们的观赏趣味来影响戏剧。王室常召戏班入宫演出，在詹姆士一世时期更加频繁，1603—1616年间宫中共演戏三百多场，其中一百七十七场由莎士比亚所属班子演出（艾·克·钱勃斯：《莎士比亚》第一卷，牛津，1930年，第77页）。但是，显然莎士比亚的剧本不及别人的那样受宠：根据宫中记载，这个班子在1630年9月到1631年2月的半年当中共在宫中演出二十个剧，其中只有一个是莎士比亚所作，即《仲夏夜之梦》，而有十个出自善写传奇剧的波门和弗莱彻的手笔（裘·意·本特莱：《詹姆士朝与查理士朝舞台》第一卷，牛津，1941年，第27—28页）。从这里也就可见当时王室戏剧趣味之一斑。一般贵族原来有几处私人看戏的地方，但他们也常在公开营业的戏院出现，1621年有势力的西班牙驻英大使在"幸福"戏院看戏，到了1634年连王后也到"黑衣僧"戏院看麦生求所作剧本的上演（裘·意·本特莱：《詹姆士朝与查理士朝舞台》第一卷，牛津，1941年，第39页）。但不论院子公开不公开，演的班子还是同样几个，有时为了应付宫中堂会还联合演出的。这些都表明这些班子和它们的编剧人经常受到当时统治集团中贵族派的压力和影响。原来起自民间的艺术形式现在被他们拿了过来，变成反映轻佻、浮华、荒淫、无耻的贵族时尚的万花镜了。

然而在这戏剧内部，也有对这种时尚进行抵抗的势力。上述的危机，主要是悲剧的危机。当时也曾出现另一类悲剧，即以海伍特的《死于恩情的女人》（1607年）为代表的市民家庭悲剧，但是虽有这部力作，却并未造成一时风气。在喜剧方面，虽然所谓浪漫喜剧也在堕落，却在1600年以后出现了一类有力的新剧本，即以伦敦社会为描写对象、以针砭世态为目的的写实讽刺喜剧。

和悲剧与浪漫喜剧不同，讽刺喜剧只写当代题材。对于要了解17世纪初年的伦敦情况的人，它提供了真实、生动的风俗图。在悲剧日益堕落的时期，它呈现了新鲜活泼的生命力。在韵文逐渐失去它的戏剧作用的时候，它另觅途径，多用散文，以至只用散文。

讽刺喜剧也拥有众多作家，而且大多是兼写别类剧本的人。马斯登、密特尔顿、查普曼、海伍特、戴克、罗莱、麦生求等人都是此中能手，而他们的主帅则是本·琼森。

琼森（1572？—1637年）也写过出色的悲剧，他的主要贡献则在喜剧。他出身泥水匠家庭，自己也作过泥水匠，当过兵，演过戏，杀过人，因此而几乎被处绞刑；另一方面，他上过伦敦著名的威斯敏士特学校，加上后来努力自学，精通古典文学，变成当时剧作家中最有学问的人。他对于戏剧有一套理论，反对初期英国诗剧的跑野马，逗雄辩，不赞成写英国历史剧，也嘲笑马洛式的堂皇的悲剧，而主张：

永远保持勇气，蔑视任何恐惧，
将时代的病态解剖清楚，
深入到每根筋络和神经。

他认为好的戏剧应该有这样的形式和内容：

事情和语言都要真像常人，
人物要照喜剧去挑选，
喜剧是时代的形象，
它嘲弄人的愚蠢，而不是罪行。

第二段话出现在《每人合乎气质》的修订版的序曲里，写的时间大约是1612年（这是波西·辛卜孙的意见，见其与赫福特合编《本·琼森全集》第一卷，牛津，1925年，第333页），这正是我们在上文提到的复仇和色情剧流行的时候，琼森此话显然是有所指的。正是那些剧本用夸张的语言写奇怪的罪行，而且故事总是发生在意大利或者法国，成不了当时英国的形象！西方批评家们喜欢说琼森是个古典主义者，事实上他是作为一个现实主义者来对这些色情狂和虐杀狂提出批判的。

理论如此，那么他的实践又怎样呢？回答是：琼森的一系列的讽刺喜剧构成英国戏剧里坚实成就的一部分。

为了解剖时代的病态，琼森首先集中精力来写"气质"。所谓气质，即是存在于一个人身上的主要的精神状态，或贪婪，或自大，或淫荡，或伪善；换言之，剧作家对于气质的注意实是对于人物性格的集中注意。琼森的艺术是一种突出和放大的艺术，而他所突出和放大的都是富于社会意义的东西。在《伏尔蓬尼》（1607年）里他将属于贪婪"气质"的诸色人等放在一个抢夺遗产的中心处境之内，暴露他们某也狐狸，某也苍蝇，某也乌鸦，某也兀鹰——总之是一群野兽。在《炼金术士》（1612年）里，他同样是将贪婪的欲望放在强光灯下，不过场合变成了一个骗人的炼金场，它像吸引苍蝇似地引来了色鬼、赌棍、土财主、小书记，还有两个清教徒。清教徒的出现是值得注意的。他们也要发财，然而又要伪善地说只是为了有钱"能买通州官，使他们帮助我们的宗教"（第三幕，第一场）——换言之，要带着"良心"来做投机买卖。发财致富而又效劳上帝：这正是流行在当时信奉基督教新教的商人们之间的堂皇说法。

琼森究竟是从什么人的利益出发来攻击这种发财狂？有些英美学者爱说他和许多其他剧作家继承了中世纪教会对于高利盘剥的谴责态度——其实琼森在这里攻击的并不是高利贷（伏尔蓬尼本人就说："……我不动用公共银行的款子，也不私下高利盘剥。"），而是当时伦敦社会实际发生的为了发财致富而进行的各种投机和欺诈行为。同莎士比亚一样，他的思想里也有旧的成分，但是当他用十分讽刺的笔触来揭发老狐富翁、炼金术士和伪善的清教徒的时候，他是在宣泄当时英国穷苦人民对这些财迷所感到的愤怒。

观众在看琼森的戏的时候，不仅出了一口气，而且也得到很大的艺术享受。琼森在当时及以后一个时期内都是剧坛首席作家，莎士比亚的名气远远赶不上他。（关于这方面的事实，裘·意·本特莱曾作过调查，见其所著《琼森与莎士比亚》一书。）由于做过多年演员，他对于舞台艺术有精湛的素养，所写剧本结构谨严，人物性格的突出则如上述。不少的人以为他古典学问好，又有一套理论，一定写得枯燥乏味；这是把琼森看作书生了——而当时英国多数剧作家不是书生，而在民间混过，同社会生活有密切接触。琼森更是浑身浸透了伦敦生活的雨露，晒饱了泰晤士河两岸的阳光，在熙熙攘攘的人群里找朋友，寻新闻，张开两只耳朵听市井无赖的有趣、锋利的谈吐，搜寻新鲜的口头语和地道的英国妙词来充塞自己的剧本。他不可能真正地鄙视"这没头脑的、笨拙的群众"（虽然这话是他自己说的，有些学者也常引用作为他"不民主"的证据），因为他就是群众中的一员。他的剧本不但毫不枯燥，而是妙趣横生，众多的活跃人物几乎要跃出舞台；他的社会见解——他的讽刺——他的理论——恰好给了他一点纪律和约束。他的诗才别创一格，能够壮丽如马洛——任何人都不能不注意伏尔蓬尼上场时讲的一段有关财富的台词，事实上这个剧本的开端是英国全部戏剧里最有戏剧性的开端之一；他也能够温柔典雅——任何人只需一读他的小诗"请只用你的眼睛向我祝酒吧"便知究竟；但是更典型的却是那种挖苦的、豪放的、粗鲁的、能言善辩的诗体。在他的题材和他的诗体之中，莎士比亚未必胜得过他；而且，和莎士比亚不同，他还跳出韵文的范围，不仅在几个主要讽刺剧里用了大量的散文，而且完全用散文写了一个重要的喜剧《巴塞罗缪节集市》（1614 年）。在这里，伦敦中下层社会形形色色的人——仍然包括了伪善的清教徒——像走马灯似地来回转动，情节十分复杂，内容十分生动，剧作家笔酣墨饱，说起笑话来百无禁忌——然而却没有不健康的色情暗示。

琼森也有不少缺点。他对市民虽然挖苦得厉害，对于宫廷则在一度得罪之后，力求迎合，曾经浪费了巨大的精力写许多无意义的娱乐舞剧（masques）。他的优秀剧本只不过五六个，而就是它们也是热闹有余，深刻不足，看着读着也还有趣，却很少回味。

琼森死在1637年。他的讽刺喜剧传统还在继续，他用散文写剧的成功试验也有力地指向将来，但是在诗剧本身，情况却不堪闻问了，剩下了修莱、达符能等人在维持残局。王室仍然"保护"戏班子，但是被清教徒商人所控制的伦敦市政府和国会越来越激烈地反对演戏，理由是戏院伤风败俗，有碍治安，也容易传染时疫。他们既反对修莱等人的淫杀剧，也不能忍受琼森、麦生求等人剧中对清教徒的讽刺。他们向来是不允许戏院建在伦敦市区之内的，为此伦敦市长曾同王室争吵过多年。多年以来，清教徒当中的教士和文人也在不断写小册子攻击舞台，有人还因此而受到王室的刑罚，例如威廉·泼林就给割去双耳，并判处长期监禁。但是这个已经大部贵族化了的艺术形式早就为强大的资产阶级所不容了，1642年内战一起，清教徒所控制的国会不但释放泼林，而且在9月2日正式通过法令，封闭了所有戏院，禁止一切演剧活动。英国诗剧从民间崛起，经过一段异常光华灿烂的兴盛时期，终于落入贵族掌握，到此已经衰竭，国会的禁令只不过是最后送命的一刀罢了。

（原载《文学评论》第2期，1964年。标题为编者所加）

1905—1993

冯至：莱辛的戏剧创作与理论

德国 18 世纪资产阶级启蒙运动文学杰出的代表是莱辛，他是德国民族文学和现实主义戏剧理论的奠基人。马克思、恩格斯认为莱辛是资产阶级民主文学坚定的战士。19 世纪俄罗斯革命民主主义者对他也有很高的评价。别林斯基说他"完成了德国文学的转变"。车尔尼雪夫斯基写过《莱辛，他的时代、他的生活和他的著作》，他说："莱辛的人格是这样高贵、崇高，同时也这样和蔼而卓越，他的行动是这样无私和热情，他的影响是这样巨大，致使人们越钻研他的本质，就越坚强、越毫无保留地敬重他、爱他。"

高特荷德·埃夫拉姆·莱辛（Gotthold Ephraim Lessing）是一个牧师的儿子，1729 年生于萨克森的一个小城卡门茨（Kamenz）。他的家庭经济相当穷困。他少年时就学习了希腊、拉丁、希伯来等古代语言。他学习努力，求知欲极强，他的教师曾经说他是"一匹需要双份饲料的马"。在学校里时他已经开始作诗，并且计划着写喜剧《年轻的学者》（*Der junge Gelehrte*）。1746 年入莱比锡大学学神学。那时的莱比锡是德国文化、商业最发达的一个城市，这里的新鲜空气对于年轻的莱辛发生了很大的影响。1748 年，他到了柏林，起始在报纸上写批评文字，引起读者的注意；同时他也翻译英法哲学和历史的著作，扩大了自己的眼界。1751 至 1752 年在威登贝尔格大学举行博士考试后，仍然回到柏林，担任报纸的副刊编辑。1755 年完成市民悲剧《萨拉·萨姆逊小姐》（Miss Sara Sampson）。1756 年七年战争爆发，后来莱辛曾以这次战争后的一些情况为背景，写成他的名剧《明娜·封·巴尔赫姆》（Minna von Barnhelm），对普鲁士统治进行攻击。这时莱辛主要的工作是从事文艺批评，1759 到 1760 年出版了《关于当代文学的通讯》（Briefe, die neueste Literature betreffend），对高特舍特展开了激烈的斗争；并写了许多著名的寓言。1760 年他到布莱斯劳（Breslau）当一个普鲁士的将军的秘书，他在布莱斯劳的图书馆里从事于哲学和美学的研究；同时他也看到了普鲁士军官们奢侈放荡的生活。1765 年回到柏林，次年完成了他的美学名著《拉奥康，论绘画与诗的界限》（Laokoon, oder über die Grenzen der Malerei und Poesie）。

1766 年，有位汉堡作家雷文（Loewen），他认为必须用固定的剧院代替流浪剧团，改善演员的物质生活和社会地位，才能使演员们在艺术上真正有所成就。所以他在 1767 年 4 月与汉堡的十二个商人在汉堡成立了"民族剧院"，约请莱辛担任顾问和剧评家，但这剧院只成立了一年，就倒闭了。莱辛在这一年内，根据剧院的演出，写了《汉堡剧评》（Hamburgische Dramaturgie），批判了法国戏剧在德国的影响，建立了现实主义的戏剧理论，同时完成了喜剧《明娜·封·巴尔赫姆》。

长期以来，莱辛在经济上始终是穷困的。1770 年起，他到了沃尔芬比特尔（Wolfenbüttel）担任勃朗史维克（Braunschweig）公爵图书馆的管理员，1771年完成他著名的悲剧《爱米丽雅·迦洛蒂》（*Emilia Galotti*）。这期间他曾到柏林、德累斯顿、维也纳和意大利去旅行。这时，他和汉堡路德正统派的总牧师歌茨（Goeze）展开激烈的论争，1778年出版《反歌茨》，甚至遭到禁止。他们宗教上的论争使他在1779年写成他第三部名剧《智者纳旦》（*Nathan der Weise*），1781年莱辛死于勃朗史维克。他死时，是孤独而穷困的。

莱辛以他的理论和创作对当时德国的新文艺起了很大的作用，给它开拓了道路。他是德国古典文学时代的先驱。莱辛是诗人，也是学者，他从事的范围很广泛，最大的贡献是在戏剧的理论和创作方面。

前边已经提过，高特舍特对于德国的戏剧是有贡献的，他克服了当时戏剧混乱的状态，明确了悲剧和喜剧的意义，同时也清除了剧中"丑角"的打诨和恶作剧。但是德国戏剧的情况仍然是可怜的。当时的德国就缺乏一个具有近代意义、能够对群众进行教育的民族剧院；演戏的场所不是在宫廷里供贵族欣赏，就是在市场上临时搭起台子来供群众取乐。观众鉴赏的水平是很低的。上演的剧本，由于高特舍特的提倡，都是法国式的东西，和德国人民的生活没有联系，缺乏歌德所谓的"民族的内容"。这样，高特舍特所提倡的法国戏剧的榜样，不但不能够帮助德国戏剧的发展，反而成为德国戏剧发展的障碍。此外，也缺乏有科学根据的戏剧批评和戏剧理论。演员的社会地位也是很低微的。

莱辛就为了建立民族剧院、产生具有民族风格的剧本、建设科学的戏剧批评和理论、提高演员的社会地位和观众的水平而进行斗争。在《关于当代文学的通讯》里,其中最著名的第十七期是对于高特舍特的宣战书,同时也指出德国戏剧新的道路;他谴责高特舍特对法国戏剧的崇拜,连自己的剧作也是从那儿剽窃来的。莱辛写道:"高特舍特既不想改善我们古老的戏剧,也不想作为一种崭新的戏剧的创造者。他认为什么是崭新的呢?只是法国式的东西;也不去研究一下,这种法国式的戏剧,对德国的思想方式合适呢,还是不合适?"在第八十一期中,莱辛沉痛地说:"我们没有剧院,我们没有演员,我们没有观众。"

1767年的春天,莱辛担任了汉堡民族剧院的剧评工作。当时的汉堡是一个自由城市,也是西欧商业的交接点,一个比较自由而稳固的资产阶级正在发展,所以适应资产阶级意识的剧院也就在这里产生。莱辛为了实现他的戏剧理想,很热心地参加了汉堡的戏剧活动。他从1767年4月开始写《汉堡剧评》,全书评论了民族剧院五十二次的演出,一共写了一百零四篇,后来出版时分为两卷,上卷五十二篇,下卷五十二篇。这些评论都是零碎的文章,但是集成一书后,就成了德国戏剧理论的一部名著,它一方面反映出当时德国戏剧的情况,一方面发展了莱辛现实主义的戏剧理论。

首先,莱辛在《汉堡剧评》中指出德国戏剧界最大的缺点是没有民族剧本。就以民族剧院而论,上演的戏有三分之二是法国剧本，或是根据法国剧本改编的，其余的也是模仿法国的。其次，莱辛认识到剧院和观众密切的关系，剧院的演出可以教育观众，观众的意见也可以提高演出的水平。但是，德国观众的水平很低，他们到剧院里来，只是为了消遣取乐，他们对于民族剧院的远大理想是漠不关心的。再次，德国缺乏具有原则性的戏剧批评，批评家不从理论上来改良戏剧，只是教人模仿。最后，德国的剧作家不能独立生活，认不清他所担当的民族任务。莱辛一生为作家的独立生活而斗争，但是，在当时鄙陋的环境里，他自己也不免时而充作将军的秘书，时而充作公爵的图书馆员。

莱辛在《汉堡剧评》中探讨了许多戏剧理论方面原则性的问题。

莱辛认为剧情的发展必须是内在的必要的发展；人物的行动应该追随着心理的变化，合乎"真实性"的原则，这一点是莱辛在《剧评》的许多章节中都提到的。他认为只有从现实出发，来描绘现实生活，才能产生伟大的作品。他的创作的原则之一就是不应该违反客观世界的真实情况。戏剧中的人物绝对不应该与周围的现实世界隔绝，而应该从现实环境中产生。人物的性格、环境、行动必须构成不可分割的统一。所谓"奇迹"应该从舞台上排除出去。舞台上鬼的出现，并不是不允许，但是它必须与剧情的发展以及人物的心理相适应。例如在法国伏尔泰的戏剧中，鬼在大白天出现，这显然是不合适的，而在莎士比亚的《哈姆雷特》中，鬼在午夜时分出现，从当时剧情的发展、人物的心理来看，都是合适的。至于

"丑角",不应该是无理取闹,而应代表一个集体,代表一部分人的思想情感。同时莱辛也反对过多的激情,以免矫揉造作,反而丧失它感人的作用。

莱辛反对以法国古典悲剧作为德国戏剧的榜样,并不是由于狭隘的民族主义,而是由于资产阶级意识的觉醒。法国的古典悲剧是法国17世纪专制政体的反映,专制政体到了18世纪已经趋向反动;那些古典悲剧中的人物都是国王和公侯,他们认为只有统治阶级的贵族才能说出崇高的语言,演出壮烈的悲剧。至于市民只能在喜剧和笑剧里出现。莱辛主张写市民悲剧,在他看来,市民的命运比公侯帝王的命运更加激动人心,这是新兴的资产阶级在艺术领域中要求平等的表现。他在第十四篇里说:"公侯们和英雄们的名字能够给一个剧本以华丽和威严,但它们不能使人感动。周围环境和我们的环境里最接近的人的不幸,自然会最深地打动我们的灵魂,如果我们同情国王,那么我们不是把他当作国王,而是把他当作一个人来同情。"这是莱辛当时最有意义的论点之一。并且莱辛自己也写出了德国第一部市民悲剧《萨拉·萨姆逊小姐》和充分反映出新兴资产阶级反抗封建主义的悲剧《爱米丽雅·迦洛蒂》,用他的理论和创作实践摧毁了法国古典戏剧在德国的统治。

莱辛提倡单纯的、自然的语言。剧中人物的语言和行动应当互相配合。作为一个新兴阶级的代表,他对于那垂死的阶级所使用的枯干而累赘的语言必然要加以反对。所以莱辛提出,古代戏剧的语言不能成为资产阶级戏剧语言的榜样,由于时代的不同,语言也必须改变。在戏剧中,即使贵族说话,也应该力求自然,这与法国古典戏剧是完全背道而驰的。莱辛认为一个作家在宫廷里是无法懂得真实的生活的,这种对宫廷世界无情的抨击,已经使我们听到了后来狂飙突进时代年轻一代的作家们,反抗宫廷的腐朽与麻木不仁的声音。

莱辛在《剧评》里也阐发了亚里士多德《诗学》里关于悲剧是引起人悲悯和畏惧的原理。亚里士多德说:"悲剧是对于一桩严肃、完整、有相当广度的事件的摹拟;它的媒介是语言,具有各种藻饰,分别在剧的各部分使用;它的方式是用动作来表达,而不是用叙述,以期唤起悲悯与畏惧之情,使这类情感得到陶冶。"(根据罗念生译文,见《文艺理论译丛》第2册,1958年,第7页。)莱辛同意亚里士多德的论点,不同意高乃依的看法。高乃依认为在悲剧里不一定必要、也不一定可能同时唤起两种情感;或者说,在一个人物的身上唤起两种情感,不一定合适;此外,一个有德行的人,不应该完全无辜地陷入不幸,也许他会得救;如果为了引起观众的惧怕,一个坏人也可以当悲剧的英雄。莱辛则认为:"在真正的悲剧中往往同时具有悲悯和畏惧;悲剧的英雄既不应该是一个完全有德行的人,也不应该是一个完完全全的罪人,因为这两种都是不现实的,抽象的、夸张的形象不可能引起悲悯和畏惧。"

此外,莱辛也批判了法国戏剧对于"三一律"的误解。他认为"三一律"中行动的统一是最重要的;而时间地点的统一都必须服从于行动的统一。但作家不应该为了遵守这些死规条,而破坏人物性格的完美与统一。

最重要的，是莱辛在《剧评》中提到有关创作中模仿自然的问题。他认为诗人是为了教育的目的来模仿自然和人生。莱辛所谓的"自然"，就是指人类的现实社会，所谓"自然的生活"，就是指健康的理智的生活，与宫廷生活相对立的生活。诗的模仿并不是要诗人把对象所有的细节都再现出来，而是要使真理在作品里起决定性的作用。所以他在第七十篇中说，诗人要善于"区分"，不重要的、偶然的事物，只是分散人们的注意力，必须把它们和主要的事物区分开。作家必须抓住现象主要的方面，他不仅有义务来选择，也有权利来强调某些现象，虽然它们在现实生活中也许还表露得不十分明显；这样才可以把本质的、合乎规律的事物更纯洁、更清楚地表达出来。简而言之，也就是艺术家应该懂得自觉地来概括现实社会中的现象的本质。在第十九篇中，莱辛写道："在剧院里我们并不要去管这个或那个角色做了什么，而是具有一定性格的人在特定的环境里将要做些什么。"这就是说，作家必须从一个人生活的具体环境出发来塑造某个人特定的命运。这儿莱辛树立了他的美学理论的基本原则。这句话已经能够使人想到 1888 年 4 月恩格斯在给哈克纳斯信里给现实主义下的伟大的定义："照我看来，现实主义是除了细节的真实之外，还要正确地表现出典型环境中的典型性格。"（《马克思恩格斯列宁斯大林论文艺》，人民文学出版社 1953 年版，第 20 页。）

莱辛所提出的，当然没有恩格斯这样的深刻和明确，但是，比起三十多年前高特舍特的理论，却是一个显著的巨大的发展。莱辛在"模仿自然"的口号下，就接近于"典型"的意义了。这种"模仿自然"的要求，是年轻的资产阶级要求认识世界的表现，垂死的阶级是不会有这种要求的。莱辛所谓的"模仿自然"，并不是要当时的作家描述一切的现实，而首先要求描述新兴的资产阶级的现实。

有了这样的理论基础，德国文学才有可能进入它光辉的古典时代，而这些理论，对我们今天说来，仍然有它现实的意义。

到了1768年11月，汉堡的民族剧院倒闭了，在汉堡建立了一个德国的民族剧院的尝试也就宣告失败。莱辛创办民族剧院的美梦终于消逝了，但是，一年以来，戏剧界对于戏剧的表演方法积累了宝贵的经验，而莱辛关于戏剧的现实主义的理论，起了积极的作用。

（原载冯至：《德国文学简史》，人民文学出版社1958年版。标题为编者所加）

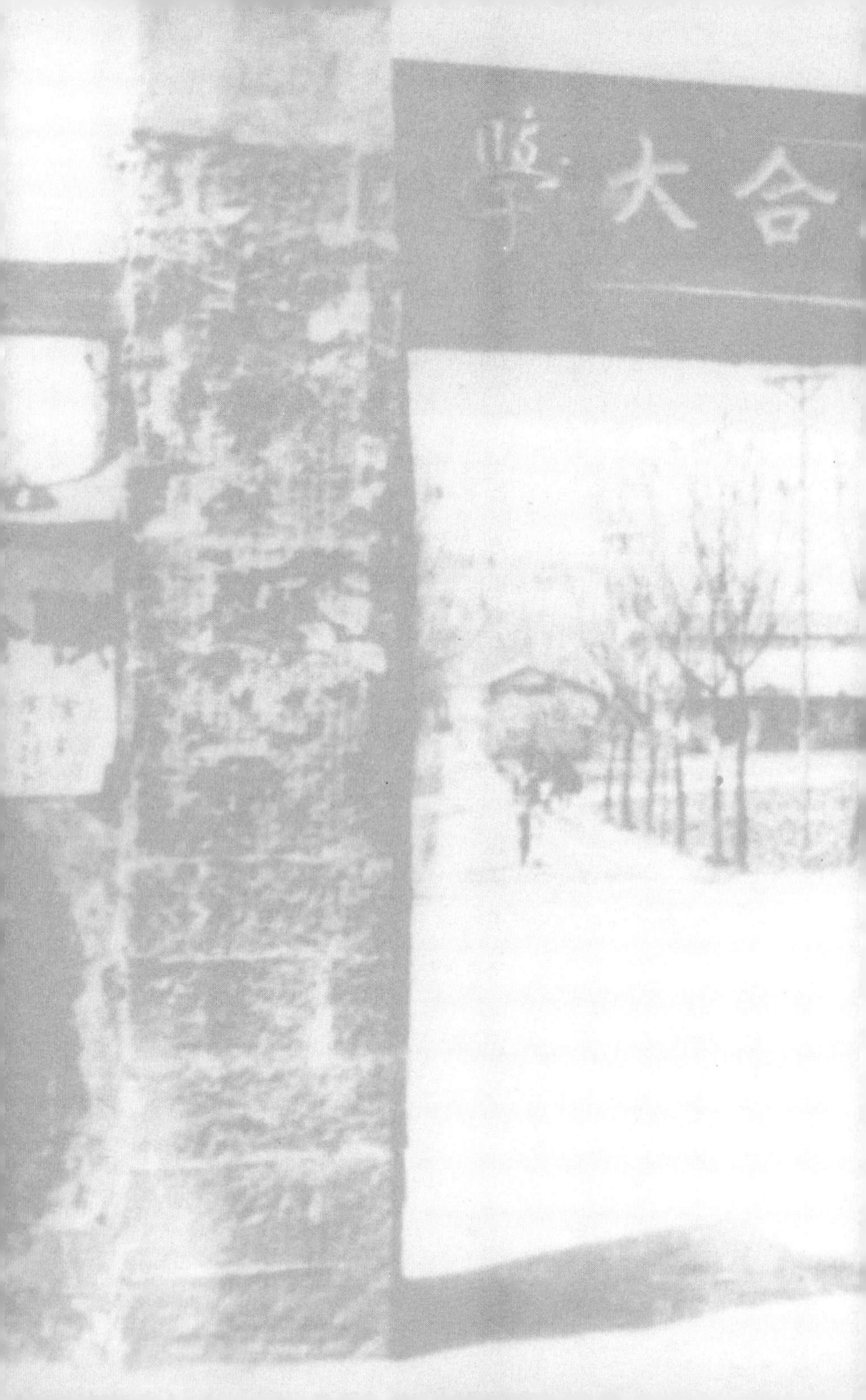

第五篇 小说天地
西方近现代小说四讲

1937—1946

1907—2002

柳无忌：近代英国小说的趋势

提起 20 世纪初期英国的小说，我们不能不追溯上一世纪伟大的维多利亚小说的传统。这种正统派的小说作法，在维多利亚名家的手中臻于完善的境界，但是却给二三流的作家弄得太为陈腐琐屑，因此曾引起近代作家激烈的反抗——这反抗俨然形成一股重要的潮流，推动了晚近数十年来英国小说的进行。不过，这种旧的传统在今日并非没有它的支持者，它是这样根深蒂固地潜入读者与作者的心灵中，就是最热烈的维多利亚叛徒，也不能把这份遗产全部抹杀。在此种动荡与嬗变的情形下，近代英国的小说滋长着、发展着、繁荣着。19 世纪是英国小说全盛的时代，前期有司各特与奥斯汀诸人，到了下半叶，在小说界内更是作家辈出，如狄更斯、萨克雷、艾略特、勃朗特等，都是一代宗匠，雕琢故事与描绘人物的名师。这些大作家所教给后代的：在故事方面，要有一个完善的结构，把全部材料，依照固定的图案形成着；在人物方面，每个男女都要刻画得十分精微，风趣潇然，能引起读者的兴味；一切无关结构或人物的枝节，都被全部摈弃，只撷取事物的精华以为创作对象。在写作方面，这是一种含有妥协性的写实主义，酷似而不尽如人生；因为这些作者都有严谨的感觉，使他们在运用现实材料时加以一番审慎的选择。同样地，在文体方面，他们也孜孜推敲，务求工整精美，写出绝妙的好文章。在大师们的手中，这些都做得十分完善，但是他们的模仿者却渐渐地使此种写作的技巧公式化，缺乏艺术家自然涌现的灵机，变成生硬而机械；又因为它一再地被低级的作家所呆板地运用着，更显得陈旧而烦腻。这种情形，在文学上也有前例。伟大的维多利亚传统遇到了同样的命运，它的笨拙的仿造者给它招来许多怨恨，它的权威的压力引起强烈的恶感，终于在20世纪的初年在文坛上爆发了革命——血气旺盛的青年高呼着要打倒上一代的偶像。首当其冲的在小说方面是狄更斯，正如在诗歌方面是丁尼生，于是就在这阵澎湃的怒潮中产生了近代的英国文学。

在维多利亚的晚年，正统的信仰与理想，已经动摇了。温柔的反抗呼声，发自哈代与梅瑞狄斯。这两位维多利亚后期小说家，正对着生命的严酷的事实，不免怀抱幻灭的感觉。哈代无情地描述人间的惨剧；梅瑞狄斯呢，他还想借喜剧的精神以一笑来忘掉它们。与这二人同时代的巴特勒，是一个更激进的作家，他在生时未被读者所注意，在死后却成了一个新的文坛领袖。他死于1902年，下一年他的《人生历程》出版，遗下极大的影响。这部书，从其内容看来，可说是一颗炸弹，抛向维多利亚制度的中心：这中心，像中国古代一样，就是古老的大家庭制度。巴特勒对于这旧社会的攻击，好像他对于旧小说的攻击，同样地启迪了后一代的作者，使他们在理论与事实方面都有所根据。从小说的技巧说来，《人生历程》

是别开生面的，它推翻了自狄更斯以后的整个英国小说的传统。它没有严格的结构或形式，自由地运用全部人生的材料；它包括作者对于任何事物所要说的任何话；它创造了风行于20世纪出版界的自传体裁的小说。这派小说，与狄更斯的《大卫·科波菲尔》并不相同，因为狄更斯爱剪裁，以理想配合现实，极尽移花接木的能事；而巴特勒的作风适与狄更斯的相反，他用大刀阔斧的手腕给现实主义在英国小说中开辟了一条康庄大道，在那上面他的一支犀锐的笔驰骋着。他大胆地暴露现实，毫不掩饰，毫不留情。在这几点上他给现代小说开拓了风气，他是一个新时代的前驱者。

一般说来，20世纪英国小说的主流，是一种新闻式的写实主义，为以前所没有的。随着印刷的发达与读者的增多，报纸成为一种可以左右大众思想的社会影响。无疑地，新闻事业的开展吸引了许多年轻的作家，使他们投入记者或编辑者的队伍，从报道新闻的经济手法中学得了报道人生的艺术。这并不是夸大的说法，倘使我们以为有一半以上的现代英国作家，都曾与新闻事业发生过关系；至少，倘使他们不是报纸的记者或杂志的编者，他们也是此二者的经常的投稿者。我们不能想象，一旦没有了定期的日刊或期刊，近代文学的本质又将变成哪个样子？维多利亚时代的狄更斯、萨克雷、艾略特等，都已与报章杂志有着密切的接触；到了这一个世纪，此种关系更为深刻，几乎使小说与新闻事业不可分开。在这方面最好的代表是阿诺德·班奈脱。他从新闻事业起头，经过为报章写作的磨炼，终于成为一个有名的小说作家。对于班奈脱的另一种影响，来自法国。他在巴黎住了好多月，还娶了一个法国太太；并且像与他同时代的英国文人一般，也受到了法国自然主义的洗礼，使他能以超脱与客观的态度——这本是新闻记者所有的——来观察与记录人生。他的一双冷眼，看到了形形式式的社会丑态与污秽。这些，他遵守有闻必录的信条，也一起收拾在他的小说中——这是旧派小说所没有的，也是狄更斯（他虽曾描写伦敦的下流社会与黑暗渊薮）所不能容忍的。这又是一个新小说的显著的标记。班奈脱曾写作长篇的三部曲小说，并在他的作品中渲染着大量的地方色彩——他的故事都发生在五个烧陶器的镇内——使他能继哈代之后，成为近代"地方色彩派"小说的中坚分子。

与班奈脱齐名，同为重要的写实派小说家的，有高尔斯华绥。在中国，我们知道高尔斯华绥，是因为他的戏剧，殊不知他在近代英国小说史上同样地占着显著的一页。关于他的写作态度，可以从他自己所说的话获得启示。依照他的看法，小说家的工作，正如一个人在黑暗的世界中照着一盏明灯，好让人们看见每一角隅的污垢。要扫除这些社会的罪恶，然后人与人之间的障碍始能移去，随后人与人才有结合的可能。他又像一个铁面无情的法官，大公无私地在审判着一件人生的案子，他对于案情的叙述是多么严正而不偏。在高尔斯华绥的小说中，英国的自然主义、那个有科学特点的确切与客观的作法，达到最高的顶点。狄更斯与萨克雷的写实传统，他们的社会意识，至此又更进了一层。

另一个社会小说的作者，是威尔斯。他是历史家，但他更是社会思想家；他的《世界史大纲》，也是以社会为出发点的。威尔斯的主要兴趣，是社会中人与人的关系。他从历史上去找出这个关系的变迁与进展。他写作社会小说，讨论由这个关系所引起的种种问题，而且他还创造预言的科学小说，来想象着这个关系在未来世界中可能的状态。他的社会小说是写实的，他的科学小说是充满浪漫的幻想的。可是，这二者并不冲突，因为它们都起源于作者对于社会学的兴趣。它们只是一个镜子的两面，在一面威尔斯给读者照见了今日社会的缩影，在另一面他映示着未来的人生，如果这社会还是依照现代的种种情形而继续演变着。以小说家而兼伟大的思想家，有力的预言者，威尔斯实在是第一人。他在小说内收入科学的材料，把小说的范围扩大到微生物的世界，或是月球、宇宙，甚至时间的核心，则又为近代小说开辟了一个浩瀚的领空。

威尔斯的科学传奇，使我们想起了康拉德的海洋传奇与吉卜林的东方传奇。在这个世界上，当为现实的生活所烦扰时，人们喜欢让幻想遨游，漫游于一个浪漫的世界，不论是在汹涌的海上或是神秘的东方——对于20世纪初期的西洋人，东方始终是神秘的，虽然英国人已征服了印度，并把势力扩张到整个的远东。吉卜林所代表的就是这种守旧的英国绅士的观念，他还承袭着维多利亚时代的偏见；所以他在当时虽然蜚声文坛，他的印度小说虽畅销一时，但在今日较为开通的英国读者群中间，已不能再唤起热烈的兴趣——除却他的一二册为孩童所写的莽丛故事。康拉德的声名更能耐久些，他的海洋小说有永远的价值，虽然他在《台风》中对于一些中国苦力的描写，并不能令人感觉高兴。在一个不浪漫的、崇尚实际的世界，这二位作家给我们复活了传奇小说，带来了新的浪漫的气氛。但是他们与司各特并不相同。在这些新的浪漫小说中，他们添加了新鲜的成分。前面我们曾说过，20世纪是一个写实的世纪，这句话的最好的证明可以在这些传奇中找出。它们有奇异的背景与故事；但是这些材料，却是根据着作者亲身的知识或经验，并用一种写实的方法叙述出来的。尤其在康拉德的作品中，我们可以看到一个新的趋势，他对于小说人物的微细的心理分析——这是新时代的另一个重大的影响，它像自然主义一样，也是科学的副产品。

上面我们所提到的五个作家：班奈脱、高尔斯华绥、威尔斯、吉卜林、康拉德都可以说是20世纪初期五员杰出的小说健将。他们都是同时代人。（除了康拉德比他们大十来岁以外，其他四人都生于1865年至1867年之间。）他们的声名与影响，在第一次欧战时已达顶点。在欧战后他们继续写作，一直到20世纪的20及30年代，他们（在40年代，威尔斯还依旧健好，与萧伯纳同为当时英国文坛硕果仅存的老将）方始陆续逝世。他们承继着巴特勒、梅瑞狄斯、哈代之后，把英国小说带入不同的新的世界。在某些方面，他们与狄更斯及萨克雷背道而驰，摆脱了维多利亚时代的伟大的传统。但是大致而论，他们对于小说的技巧及内容并没有多大激烈的改革，更没有新奇的独创；这种翻天覆地的叛徒工作，要留待他们的下代来完成着。

* * *

这些下一代的作家，这些维多利亚正统的新叛徒，如劳伦斯、乔哀斯、吴尔芙夫人，在40年代初期，亦已先后逝世。劳伦斯年纪最轻，死得最早，当他在1930年逝世时只有四十五岁。乔哀斯与吴尔芙夫人都生于1882年，也同于1941年英国最危急的时候惨遭不幸。乔哀斯晚年目盲，当法国崩溃时，狼狈地逃到瑞士的苏黎世，贫病交迫，死得很凄惨。吴尔芙夫人是投河自杀的。"我觉得要发疯了！在这样恐怖的日子，我再也活不下去……"她在绝命书里这样写着。在这样的大时代中，这几位作家的死亡实在是英国文坛上最大的损失。老成都已凋谢，后继乏人，我们追抚他们的遗著，不胜有凄凉之感。

　　从这三人的作品中，我们可以看到形成近代英国新小说的各种外来的成分，如何经纬似地交织着，产生了最新式的小说图案。这些成分，简括地说起来，有佛洛伊德（一个维也纳医生）的精神分析，爱理斯（一个英国心理学家）的性心理，普鲁斯脱（一个法国小说家）的意识流的写作技巧，俄国小说，以及第一次欧战后道德伦理的衰落。倘使我们把班奈脱与高尔斯华绥称为社会写实派，吉卜林与康拉德称为浪漫传奇派，那么，在劳伦斯领导下的这些作者（他们不但反对维多利亚时代权威者狄更斯与萨克雷，而且反对他们上一代的班奈脱与高尔斯华绥），可称为心理分析派。劳伦斯在性心理方面的主张最为坚决，他要求人们对于男女间关系应有一种革新的态度，一种健全而坦白的态度；他反对性爱理智化与精神化；他痛斥着昔人怯弱而病态的观念。他说道："我要求男女们都能完整地、忠实地、清白地想念着两性的生活。"为要达到这个目的，他试把此种主张贯注入他的作品中，使他的小说成为文坛上最勇敢而新颖的尝试。他的对于性生活的赤裸的描写，羞杀了那些腼腆如静女的维多利亚老祖宗。也由于这缘故，他的作品曾遭遇到审查者无情的禁止，为英国的出版自由遗下了一抹污点。乔哀斯以一部不可无一、不可有二的古今奇书出名。这书的文字怪（奇字太多），内容怪（整部小说，只叙述几个人在二十四小时内所做、所说、所想、所梦的事情），而表现的方法更怪（有许多沉默的独白与片断的章句）。它可以说是佛洛伊德的学说在小说中的实例；因为，与吴尔芙夫人一样，乔哀斯也是佛氏的信徒与普鲁斯脱在英国的模仿者。他们创造新的人物表现法、新的技巧、新的结构——或者，说得更确切些，是最新式的没有结构的结构。他们要废除时间与形式，旧小说中两桩最主要的因素。小说没有了时间性，于是也没有形式、动作与布局。唯一重要的就是人物。但是表现人物的并不是动作、谈话、环境等，而是在人们脑中来回游动的下意识，那股滚滚不尽的紊杂无章的意识之流。这样，在这些新派作家的手中，小说的观念整个改变了。从前，当我们谈论小说时，我们联想到一个有布局的故事，一些紧张的动作，戏剧性的情节。依照这个新派的尝试，我们必须摒除这一切观念，不去注意任何别的事物，除是那一缕缕的内心思想，时常混乱而不连贯，浮涌在人物——尤其是变态人物——的脑筋中。所以，经过了这一番巨大的变动后，近代英国小说的范围扩大了，材料添多了，作者可以深入意识的与下意识的领域，从而探索着其中无尽的宝藏。近代英国小说的结构松弛了，它散散落落地，好似人生的本色。

除却劳伦斯外，这些新派小说家最重要的作品都写在第一次欧战以后，因此他们的作品也都带有一些幻灭的感观。所谓战争小说，在英国曾流行一时，但是那些并不能与德国（如雷马克的《西线无战事》）、法国（如巴比塞的《火线下》），或西班牙（如伊勃奈滋的《启示录的四骑士》）的战争小说相比较；倒是在后起之秀的美国，出现了一部浪漫的战争故事，海明威的《永别了，武器》，可视为上乘的著作。但是战争的影响（它与新闻事业及精神分析，同为近代小说的三种有力的影响），并不是没有遗留在英国的小说中，不过它是内在的而不是表面的，因此更为深刻而永远。简单地说，战争，以及战争所带来的商业不景气及工人的失业，刺激了一般人的心理，一方面造成了道德的堕落，另一方面更在作者的心中引起了无穷的失望与懊丧；尤其当人们明白了战争并不能阻止战争，第一次的大战只是为第二次大战铺排了道路。因此当1940年英法为德国战败时，这种幻灭情绪的冲动竟促使吴尔芙夫人跳河自杀，她不能在这样恐怖的日子内活下去。

最能代表第一次战后英国小说的作风的，是阿尔杜思·赫胥黎（他是名科学家陶马斯·赫胥黎的孙子）；实际上，赫胥黎也是这种作风的创始者与领导者。侵袭着吴尔芙夫人的那种幻灭感觉，也充分表现在赫胥黎的小说中，在那儿我们发现一种愤世嫉俗的姿态，一种以冷言热嘲来向世态作抗议的方法。他有幽默，但是他的幽默是冰冷的、辛辣的、没有欢悦的噱声。他是一个怀疑派人物，像与他同年代的作家一样，他否认一切事物的价值，对于旧的宗教或新的幻觉同样地失掉了信仰。

当赫胥黎写作时，第一次欧战已告终结，劳伦斯与乔哀斯的划时代的作品亦已发表。新派小说的作法与技巧，由于这些先驱者的努力，早为世人所熟悉。赫胥黎毫不迟疑地采用这些新时代的改革，当作他的创作的信条。他只是把这些加以一番调整，使之更为适心应手，更为柔顺而成熟，不似劳伦斯与乔哀斯在运用它们时那样的矫揉与笨拙。渐渐地，近代的英国小说已自革命的草创阶段进入第二个阶段：打破了一切传统的范畴与束缚后，它将由赫胥黎及其他的作者建立起来，发展为20世纪小说中一个主要的派别。在第二次欧战末期，上面所说的几个作家，都已先后逝世，只有赫胥黎依旧不绝写作，时有新书出版。战后，整个英国小说界的重负，将都寄托在像赫胥黎及比他更后一代的作家的肩膀上。

在今日展望着未来的英国小说，我们是不乐观而又乐观。不乐观的是，自从赫胥黎以后，英国尚没有杰出的青年作家，在小说界中露着峥嵘的头角，使他们的出现能抵消了乔哀斯与吴尔芙夫人的丧失。在此次大战期间，英国文坛上已有好几部可以诵读的战争小说，但是那些离着伟大作品的标准尚是遥远。乐观的是，虽然英国的小说家在现今并不过于活跃，可是在大西洋的另一岸，在另一个新兴的英语国家，正在滋长着蓬勃的朝气，孕育着许多有希望的小说作者。我们没有篇幅来叙述他们，这里只列举几个熟悉的名字：

辛克莱·刘易士、安德森、德莱塞、海明威、斯坦贝克，就可以看见他们阵容的整齐，人才的众多，名声的飞扬。即在中国译坛上，他们的作品也正在陆续地介绍过来，而且受到读者极大的欢迎。据我个人的观察与预测，20世纪的最初三四十年中尚是英国小说的世界，可是在这世纪的下半叶，我们将看到勃兴的美国小说会凌驾英国小说之上。或者，这次世界大战，正如上一次发生的大战，将是一条划分时代的界线，在文坛上发生一些不可磨灭的影响。可是，让我们希望着此一次大战的结束将是光明的开始，不是幻觉的重现。幻觉的毁灭产生了赫胥黎的嘲讽小说；而光明呢，它给予人类勇气与信心。在后者的鼓舞下，近代小说一定会向前迈进，发扬它那崇高的感诱力，以促进人类更为光荣与伟大的努力。

（原载柳无忌:《西洋文学研究》，
中国友谊出版公司1985年版）

1906—1968

李广田：爱仑·坡的《李奇亚》

我们曾一再地说过：一件作品，是一个完整的世界，在这个世界里，抽象的观念与具体的形象之浑然无间，正如灵魂之与肉体之浑然无间一样。我们又曾经指出，没有思想，便不能有创作，但只有思想还不够，必须是用具体的形象来表现这一种思想才行。有些作品之终于只是八股、公式、宣言、传单、标语、口号或劝世文，就因为只是从观念出发，而不从形象开始，强拉形象，硬制形象，因之，血肉与灵魂就不能一致。关于这一点，我们要用实际的例子，作为说明。我们将举出几种不同的作品，说明这些作品的创造过程之不同，以及其价值之不同。

第一种就是从观念出发的创造过程。

所谓从观念出发者，就是作者相信一种思想，一种道理，于是想用一件作品来表现这思想，来证明这思想，作者的工作就是要创造人物，编制故事。例如美国作家爱仑·坡（Edgar Allan Poe, 1809—1849 年）的短篇小说《李奇亚》（Ligiea）就是这样写成的。（Ligiea-Tales By E. A. Poe 中之一篇，Edited by John H. Ingram, Bernhard Tauchnitz, 1840 年。）在哈米尔顿（Clayton Hamilton）的 "*Materials and Methods of Fiction*"（华林一译作《小说法程》，商务出版）中，曾经把这篇小说作了一番分析。据哈米尔顿说，作者写这篇小说的动机，是起因于英国17世纪道德家格兰维尔（Joseph Glanvill，1636—1680年）的几句话，作者相信这几句话，想用小说来证明这几句话，不但把这几句话冠之于篇首，并在小说中引用过三次。格兰维尔的话是说：

人之意志，永存不死，然人鲜有能知意志之蕴神，意志之毅力。上帝无他，意志而已，坚强不折，臣服万物。惟人意志柔弱，故屈于神，而制于死，非然者，虽神与死，其必无如吾何。（用华林一译文。原文如下：And the will therein lieth, which dieth not. Who knowth the mysteries of the will, with its vigour? For God is but a great will pervading all things by nature of its intentness. Man doth not yield himself to the angels, nor unto death utterly, save only through the weakness of his feeble will.）

爱伦·坡在这小说中的目的，就是要写一个具有坚强意志的人物，这人物凭了它的意志，它的爱，可以不死，可以复活。一般说来，女子的意志总是薄弱的，所以作者故意用一个女子作小说的主人，这个女子就是李奇亚。但只有中心人物是不够的，还必须有第二个人物，第二个人且必须是一个普通人，这样，就可以和主要人物对称，而且一切事情均须由第二人口中说出，以见出事情之真实。这第二个人一定是和主要人物有密切关系的，于是作者就决定是李奇亚的丈夫。人物既定，然后就进行故事。作者想证明李奇亚因意志坚强死而复活，所以必须以李奇亚之死为故事的中心，故事的进展也就分为两部分，一部分写李奇亚死前，一部分写李奇亚死后。这样就决定了小说的结构。在前半部分，作者主要的工作是描写李奇亚之为人，以便使读者相信有此一人，且对此人有深切之认识。而就在这些形貌性行的描写中，读者也就可以感到这个女人的将来了。例如作者写李奇亚的行动时说道：

有一个很宝贵的话题，关于这一点，那无论如何我是不会忘记的。那就是李奇亚的形貌。以身材来说，她是高高的，而且有点儿细长，等到她临终的那些日子里，她简直是完全消瘦了。我想我恐怕没有方法可以试着描绘她行动的庄严与从容，以及她那脚步之不可思议的轻捷与弹性。她来来去去有如一个影子。当她走进我的关着门的书斋中来时我简直从未觉察过，除非由她那轻柔悦耳的音乐般的语声，或者当她的玉手放到了我肩头的时候。

这是一个影子般的女人，只从这一点，我们就可以感觉得到，这一定是一个演悲剧的人物，这立刻使我们想到死亡，想到灵魂，因为作者的目的实在是要想写一个鬼怪的故事。以下当作者在描写李奇亚的美貌的时候，他又特别描写了她的眼睛：

她那一双眼睛，我确实相信，是比我们这一民族的一般人的眼睛要大得很多。……那一双眸子的色泽是黑色中最明亮的，而且在眼睛上面高高地横着两道很长很长的黑睫毛。那两道眼眉，轮廓是有点斜高的，也是同样的颜色。……唉，李奇亚一双眼睛的表情才真是难以形容。我曾经费了多少时间来思量它！我曾如何地度过一个中夏的长夜去殚精竭思地度量它！那将何以名之呢——那恐怕比德谟克勒塔司的井还要更其渊深（希腊哲学家 Democritus，公元前 460—前 370 年。相传德谟克勒塔司，因穷心学问，乃自残其目，以免为外物所扰，或云用功过度，因以失明，此所云井，不知是否即指其深目，待考），它那样深远地横在我爱的双瞳之中？你能说它像什么吗？我真是为了要发掘这神秘的一种痴情而感到迷惑了。是那样的一双眼呀！那么大大的，那么闪光的，那么神圣的瞳仁！它们对于我简直成了丽妲的双星（丽妲 Leda 是斯巴达王 Tyndareus 之后，是 Castor，Pollux，Clytemnestra 和绝世美人 Helen 的母亲），而我对于它们就是最虔诚的卜星家。

作者之所以如此用力描写李奇亚的眼睛，是为了两种目的，一方面是为了与将来要出现的另一人物作为对照，作为故事变化发展的枢纽；另一方面，而且是更重要的一面，乃是用了李奇亚的眼睛来描写李奇亚的性格，特别是她那种坚不可拔的意志力。这可以说是文章的主要部分。所以作者接着写道：

在心理研究的种种不可思议的奇迹之中，再没有比这一事实为更其惊人的了——我相信学校的课程中是永不曾注意到这一点的——就是,在我们努力要追忆起某种久已忘怀的事物时,我们常常发现我们只是在记忆的最边缘上,却终不能记上心来。因此,在我尽力思索李奇亚的眼睛的时候,我虽自以为已经接近于它们的表情的全部了解了——只是以为接近而已——但依然毫无把握——于是也就立刻化为无有了!而且(奇怪,唉,真是一切神秘中之最奇怪者!),在宇宙间最平常的事物之中,我发现了一连串和这种表现相似的东西。我的意思是说,当李奇亚的美已经融入于我的灵魂之后,她的美住在我的灵魂中犹如供奉于神龛之中,从物质世界的种种存在里边,在我的内心,我得到了一种时常在我周遭可以感到的情感,而这种情感也就是来自她那又大又亮的双眸。不过我依然不能说明这种情感,也不能分析它,甚至也不能切切实实地观察它。请让我重复一遍,我只是有时体会到它,譬如我在观赏一枝怒生的葡萄藤,或者我在对着一个蛾子,一个蝴蝶,一个蛹子,或一川流水,而沉思的时候。我曾经感觉到它,在海洋上,在流星的陨落中。我曾经感觉到它,在某种异乎寻常的老人的瞬视中。在天空有两个星宿(特别是那一个,第六等光度的那一个,成双的,而且,变化不定的,在天琴星座的大星旁边就可以看得见它),当在望远镜中观察它的时候我就更体会了这种感觉。此外,我也曾充满过这种感觉,由于弦乐器的某种声音,也常常由于书卷中的某些段落。

就这样，于是他由眼睛描写而扣到了本题，紧接着是：

在无数的例子中，我清楚地记得格兰维尔著作中的一段，这一段（也许只是由于它的离奇古怪——这谁又能说定呢？）总是引起我这种情感："人之意志，永存不死，然人鲜有能知意志之蕴神，意志之毅力。上帝无他，意志而已，坚强不折，臣服万物。惟人意志柔弱，故屈于神，而制于死，非然者，虽神与死，其必无如吾何。"

具有那样的眼睛的人就有这样的意志。她乃是这样的一个女人：

在我所知道的一切女人之中，她，这外表安详而又永久镇定的李奇亚，却是毫无顾惜地，宁愿牺牲于凶禽般的热情的人。对于这样的热情，我是无法给以估价的，除非凭借了她那一双既使我喜悦又使我震惊的眼睛之不可思议地张大，凭了她那魔术一般的好音，她那最低音的婉转，清晰与坚定，或凭了她那惯于爆发出来的泼野语言之狂悍。（由于和她那说话的态度之恰好相反而表现出了双倍的效果。）

到此为止，作者差不多已经把这个女子写成了——然而，不管爱仑·坡的小说写得多么好，我们不能不承认，他所创造的人物完全是空的，将近一半的篇幅就是这种描写，这里没有事件，没有行动，只是用空气来烘托出一个人，这原因也就是因为作者是从观念出发的，不是从具体的形象出发的。这以下，事件来了，动作也有了，因为作者必须把李奇亚置之死地，而所谓死者，就是说她必须同她丈夫作永久的诀别，这是一件极可悲痛的事，尤其在李奇亚这样的女子。然而李奇亚有坚强的意志，她不肯死，她热切地恋着生活，于是这个"阴影"一般的女子就不得不在病中与死的阴影相争执，作者写道：

最使我惊讶的是，这个热情的女子之挣扎，甚至比我自己的挣扎还更凶。在她那坚毅的性格之中本来有足以使我相信：死之降临对于她该是无惧无恐的，不料却并不如此。她用以和死的"阴影"相奋争的那种坚持的强力，简直不是言语可以说明的。面对着这种可怜的景象，我只是在疲惫之中呻吟。我应当安慰她，我应当劝解她；但是对于她那种为了生命——为了生命——只是为了生命——的欲望之强烈，安慰与解劝都等于无比的糊涂。尚未等到最后弥留之际，在她那狂暴灵魂的极端痉挛痛苦之中，她的行动的外在凝静已经萎谢了。她的声音变得更温柔——变得更低——然而我已经不愿意她那静静地说出来的语言中所含的波悍的意义了。我的头脑已经晕眩，当我谛听，并迷惑于一种非人间的谐音——在人间从未听到过的谵语和呼吸。

她终于死了,当她还在清醒的时候,她呼喊上帝,她默诵格兰维尔的那一段意志不死的话,她已经奄奄一息了,她还在喃喃不已,她的丈夫把耳朵伏在她的口边,她所喃喃的还是格兰维尔那一段话。这就是小说的前半部分。只就这前半部分而论,虽说作者的描写大半是空的,但仍不能不说是很好的描写,我们还感到一些真实的东西。李奇亚这个人物自然是为了格兰维尔那一段话,为了那一个观念而创造出来的,但我们也许可以相信,在作者的生活经验中可能遇到过这样的女子,或与此相似的女子。然而以后的问题就来了,一个最难处理的问题摆在面前,就是:作者既已使李奇亚死了,当然也得埋葬,但如何能使之复生呢?假如不能复生,又如何证明格兰维尔那段话?于是小说中就出现了第三个人物。李奇亚的丈夫以后在一座古老荒废、鬼气森森的寺院里住了下来,而且同另一个女子结了婚,这个女子就是曲莱美妇·罗雯娜,这是一个美发蓝眼的女子,与李奇亚的黑发黑眼是完全不同的。而且这又是一个普通女子,他并不怎么爱她,却时常因为她而想起李奇亚,他甚至在静夜中高呼李奇亚的名字,即使在白天,他散步于荫蔽的幽谷之中,由于他对于死者的思念之殷切,他也可以在她当年走过的一条小径上看见她的归来。于是"无巧不成书",曲莱美妇病了,在她病重的时候,她见神见鬼,她听见有一种声音,她看见有人在暗处行走,后来丈夫也听到了声音,也看见了"影子",一个影子——一个模糊不清的天使似的影子——叫人想象到只是一个影子的阴影。就在这一点上,也可以说是作者在小说中埋伏下的一条线索,他最初描写李奇亚像一个"影子",李奇亚病中与死的"影子"挣扎,现在,曲莱美妇临死的时候,那影子又出现了。他甚至听到有脚步声在地板上行动了,甚至当曲莱美妇举起酒杯要啜饮的时候,他看见有三四滴红色光亮的液体,似乎从一个不可见的泉里落入曲莱美妇的酒杯。当曲莱美妇临死时他又想起李奇亚,当她死后停在床上时他又想起了李奇亚,等他从死者的唇间听到叹息,并看到死者的面上又忽然现出红晕,他又一再地想起李奇亚。最后,曲莱美妇终于复活了,但活起来的已经不是曲莱美妇而变成了李奇亚。作者在最后一段中写道:

  我并没有发抖——也没有移动——因为有一团和眼前这个已经物故的人物的态度、身材、行动等相关联的无可说明的幻想,倏然地闪过了我的头脑,把我惊呆了,把我凝成了化石。我依然不动——我只是注视着这个妖祟。在我的思想中是一团疯狂的紊乱——一种无法平静的骚扰。难道这真是,真是活着的罗雯娜在我的面前?难道这确乎是罗雯娜——美发而蓝眼睛的曲莱美妇·罗雯娜·楚勒凡妮昂?为什么?为什么我还要疑惑?绷带紧紧地盖在她的嘴上——然而这难道该不是那还在呼吸着的曲莱美妇的嘴?还有这两颊——这里是她的正当青春的红颜,是的,这当然该是那活着的曲莱美妇的红颊。还有那下颔,带着两个笑窝就如她健康时一样,这难道该不是她的?然而,莫非自从她病过之后的身材又长高了吗?这种莫明其妙的怪思想真把我弄糊涂了,只一跳,我就跳到了她的面前！由于我的接触，她忽而退缩了一下，她让她那蒙头的寿衣从头上滑脱了，于是在这房间中的突变的空气中，流散开了她那浓密而披散的长发；那是太黑了，黑得比夜神的翅翼还更深！现在站在我面前的那个形体的眼睛慢慢张开了。"唉呀，无论如何，"我高声惊叫起来，"我总不会——我总不会是看错了吧——这乃是那一双圆而黑的，野而不羁的眼睛——是我失去了的爱人——是夫人——是夫人李奇亚的！"

故事就这样结束了，已死的曲莱美妇复活起来却变成了李奇亚，最显著的变化是眼睛，蓝眼变成了黑眼，作者在前文中加力描写李奇亚的眼睛，就是为了这一点，不但要显示其人格，并预备作这一个大转变。但转变的还不只眼睛，还有头发，而且连身材也变长了。"我总不会——我总不会是看错了吧——这乃是那一双圆而黑的，野而不羁的眼睛——是我失去了的爱人——是夫人——是夫人李奇亚的！"这是小说的最后一句话，然而我们也可以说，这是小说的第一句话，因为作者在开始写这小说的时候，就先想到了这结果，他是要用这结果来证明格兰维尔的。这以后的事情自然不必写了，因为目的已经达到了。然而我们却要切实追问一句：作者的目的真的达到了吗？第一，我们就绝不会相信，一个人的灵魂可以和他的躯壳分离，我们更不会相信这种"借尸还魂"的可能性。这种思想，和我们的科学观念是恰相反背的。假如作者是在写一个寓言（如《伊索寓言》中的《驴蒙虎皮》、《老鼠开会》、《龟兔竞走》

等），以及近于寓言的东西（如育珂·摩尔 Mor Jokai 的《鞋匠》之类，或如大卫·卡尔奈特的《女人变狐狸》，David Garnett : *Lady into Fox*），我们都知道那些事是不可能的，不必有的，然而我们却相信那些道理是真实的。《李奇亚》，这当然不是寓言，这是作者所要显示的人生，他使故事中的男子用第一人称在回忆中口述，是为了叫我们相信这件事，可惜我们却不能相信。我们只能说爱仑·坡在写一个鬼怪故事，至于格兰维尔的话，他自然懂得，但也不妨说他弄错了，意志不死，本来是真的，但不是"借尸还魂"，而是活在未死者的心里，或永存于某种事业里［或如《蝴蝶梦》（*Rebecca*）倒未始不可算是一个好例］，假如换一个写法，也许真可以给格兰维尔一个证明，但是爱仑·坡的写法却不对，他反而把格兰维尔糟蹋了。

（原载李广田：《创作论》，开明书店 1948 年版）

1891—1962

胡适：宿命论者的屠格涅夫

伊凡·屠格涅夫（Ivan. S. Turgeneve）是人性的叙述者，也是时代的描写者。

人性是静的永恒不变的，时代却是动的绵延变化的，就是这动与静的关系，就是这变与不变的反应，决定了一切人们的全部人生。也就是这人生，屠格涅夫得以造成他的优美的艺术。

屠格涅夫的小说，结构是那样的精严，叙述是那样的幽默，在他的像诗像画像天籁的字句中，极平静也极庄严的告诉了我们：人性是什么，他的时代又是怎样。读他的每一篇小说，可以知道几种典型的静的人性，可以知道一个时期的动的时代。读他的几篇有连续性的小说，可以知道人性的永恒不变时代的绵延变化，知道全人类的生活。

谁在主宰着人性呢？谁在推动着时代呢？又是谁在播弄着这时代和人性的关系及反应造成的人生呢？屠格涅夫告诉我们：这是自然。自然主宰着人性，自然推动着时代，自然播弄着这人生。宇宙没有绝对的真理，人生没有客观的意义，一切的一切，只是像树，不得不被风吹，只是像物件，不得不被阳光照耀。屠格涅夫感觉到这个，认识了这个，也忠实的描写了这个，所以在他的纵横交织着时代和人性的作品下，显示了不可理解的人生，在这个人生下，又潜伏着一个无情的运命之神。激动了读者的情感的，是这运命之神。威胁着读者的思想的，也是这运命之神。

屠格涅夫是一个宿命论者。

屠格涅夫认自然为最高法则，不承认有客观的真和伪，善和恶，美和丑；所以他的人性观不是批判的，不是解释的，只是叙述的。他的小说中所表现着的人性，只是他自己所认识的人性，既不在评量他的价值，也没有解释他的原因。

屠格涅夫觉得人性两种根本相反的特性任何人都可归纳到这两种的一种。他说："就是我们人类中间的无论哪一个，总或者将自己的自我，或者将自我以外的有些东西当作比较更高尚的东西看，而将他置在第一位。"然将自己的自我置在第一位的，就是所谓哈孟雷特（Hamlet）型，是为我主义者，是信念的狐疑者。将其他东西置在第一位的，就是所谓堂克蓄德（Don Qiuxote）型，是自我牺牲者，是真理——自己认为真理——的信仰者，屠格涅夫以为无论谁，如不类似哈孟雷特一定类似堂克蓄德，这两种人性都是自然的，当然不能评判谁善谁恶谁真谁伪谁美谁丑。

用作者自己的话，来解释他的作品，是最近情理的。我们正可拿屠格涅夫的话来了解他的小说中的人物。屠格涅夫的小说极多，里面的人物确可以分成哈孟雷特型与堂克蓄德型两种。他不是不会写第三种人，实在世界上没有第三种人给他写啊！

像哈孟雷特的人，屠格涅夫的小说中多极了。单在他的六大杰作中有五篇小说就充满了这些人物。《罗亭》(*Rudin*)中能说不能行的罗亭,《贵族之家》(*A House of Gentlefolk*)中能力薄弱的拉夫尔斯基(Lavretski),《父与子》(*Fathers and Sons*)中意志不坚强的阿卡特(Arkady)和虚无主义的巴沙洛夫(Bazarov),《烟》(*Smoke*)中的自我发展而被命运侮弄的李维诺夫(Livinov)与伊璘娜(Irene),《新时代》(*Vivginsvie*)中的屠暑大诺夫(Niejdanov)似乎是牺牲自我了,但在他没有决心自杀而竟至自杀时,却留了一封信,承认他的革命是扯谎!这些人,一个个都是聪明的;言论风采,都足以掀动旁人的视听;各人走上各人的道路,都走到绝境,他们的哈孟雷特的人性叫他们走到绝境!

这儿,我想提出三个人来详细的说一下。罗亭、巴沙洛夫和伊璘娜。

罗亭是一个俄国的上等人。知道的是那样的多,说的话又是那样温暖动人,心中遮满了艺术音乐哲学和一切装饰,充满了热望,燃烧着真情。当他第一次出现他的面目时,聪颖的仪容、丰富的表情引起了所有的人的崇敬、羡慕和妒忌。但他只能生活于梦之花房,哲学的空论和抽象,并不能参与真实的生活。尽管他那样聪明、那样自命清高,一经行为的试验,就不得不羞辱的失败了。看在他拨动了少女的灵魂,私结了终生之约以后,娜泰茅违抗了她母亲的命令想约罗亭私遁,但罗亭却说:"怎么办么?自然只好服从了!"啊,我们用娜泰茅的话来戳穿罗亭的秘密吧,"你开口就是服从!服从!你平日谈自由,谈牺牲,难道现在你算是实行了自由和牺牲了么？"终于，罗亭自己的勇气，叫自己失败了，终于只能在情敌的面前逃走了。屠格涅夫另外告诉我们一句话："无论何人，当他处在不得不自己牺牲的境地的时候，假如他先要计算思虑到他这行为之后，所应得的利害的结果，和利害实现的可能，那他的究竟能否自己牺牲，恐怕要成很大的疑问了。"读了《罗亭》，我们觉得不仅是疑问，简直是不能了。

巴沙洛夫在外表上看起来，显然和罗亭不同，但他们血管里同样的流着哈孟雷特的血，他们头脑里同样的潜伏着哈孟雷特的思想。巴沙洛夫是一个聪明人，思想聪明，言语也聪明，他讥讽艺术女人，和家庭生活。他不知道什么叫作光荣，他反抗而且轻视那些既成的势力和共认的真理。他高唤着"我什么都不信！"他知道自己最清楚，自我抬得最高。"但我对自我的信仰，这一件事，为我主义者也是办不到的。"所以巴沙洛夫轻视女人，仍不得不和一个无所长的妇人发生恋爱，怀疑既成的无意义的事情，也不得不和他干无聊的决斗，他虽有那样坚强的意志，在他第一次应用他自己所学得的医药智识时，就给自己医死了！屠格涅夫说哈孟雷特型的特性，有这样一句话："他是怀疑成性的人，而只是自己一个人在那里烦闷苦斗。并不是和他的义务，是和他的处境苦斗。"巴沙洛夫正是这种人！

谈到伊璘娜正是哈孟雷特型的女人。她，同样的，是有自知之明的女人，也是一个最自私的荡妇。她反复着牺牲她的爱情，又反复的爱人。一方面自己甘心做社会之花，一方面又自己诅咒那样的生活像乞丐样的伸手乞怜，求人援救她的内心的痛苦。她要人了解她，同情她，恋爱她，自己却没有决心来承受。当她结了婚以后，偶然遇见旧日的爱人，就竭力的引诱他，使他丢弃了预备结婚的未婚妻，重来爱她；但在他们什么都预备好准备逃去的一个早上，却送了一封信给他，拒绝私遁，她说："我不能和你逃走，我没有力量去逃走。"她承认"我对于我自己也充满了恐怖和憎恨，但我不能做旁的，我不能，我不能"，她哭诉着"我是你的，我永远是你的"，她要求他随她的丈夫搬走，"只住在我旁边，只爱着我"。"但逃走，丢弃了一切……不不不"。这是伊璘娜的自供词，也是一切哈孟雷特型人们的弱点吧。但伊璘娜是值得同情的，她的反复，是她内心争斗的结果，她的懦弱自然是她自我主义发展的结果；这些都不是她能自主能反抗的，因为她具有哈孟雷特型的人性啊！

　　哈孟雷特的人性所表现是宇宙的求心力，怀疑着真理分析着自己，轻笑自己的缺点，又有绝大的虚荣，绝大的自负，而恋恋于生命。

　　屠格涅夫以为："在目下的时势里，自然是哈孟雷特型的人比堂克蓄德型的人更多。"所以在他的小说里堂克蓄德型的人也比较少，但这并不是说没有。《父与子》中那个可怜的不知怎样才能迎合他儿子的脾胃的伊温诺维奇（Ivanovitch），《新时代》中终生产生着一个不爱自己的人的马殊玲（Machorina），《前夜》（*On the Eve*）中牺牲自己随着爱人去救国的海伦（Helen），《贵族之家》中的牺牲爱人遁入修道院的里沙（Liza），都是为了自己所信仰的一件事，负起责任，牺牲了自己。幻灭的悲哀，失恋的痛苦，也许不是常人所能受的，但他们有一颗坚强的心，都像堂克蓄德骑上他的洛齐难戴（Resinate）样闯进了世界，追求他们的目的！

但我们要提的却是两个志士青年，一个是《前夜》中的殷沙洛夫（Insarov），一个是《新时代》中的马克罗夫（Makerov）。

殷沙洛夫是保加利亚的青年，他所有的不是一张锦绣般的口，却是一双钢铁般的手，他的道德观念像一个矗立不可摇撼的石柱，他的唯一的信仰就是母国之自由。他把这一个信仰置于一切事物之上。为了这个信仰，可以牺牲自己的生命，可以牺牲自己的自由。他在俄国读书，但与他来往的多是些母国的工人农夫，他所计划的也只是怎样革命怎样救国。他爱了一个奇女子，但我们可以看得出来，如果他的爱人不愿帮他去救祖国，他会用他的理智毅然和她分离的。不幸他刚上了救国的战线，什么都没有完全成功以前，便牺牲了生命。但这种牺牲，他自己会是乐意的，堂克蓄德的人性愿意牺牲自我。

"马克罗夫是好事而顽固的男子，并且蛮勇而不知畏惧的，他不知道容恕，也不知道忘怀，他始终为他自己和一切被压迫者感受不平，他万事都能拼命，他的狭隘的精神专致在唯一的地点，他所不能了解的，于他便是不存在的，他对于虚伪与欺骗是憎恨而蔑视的。"他知道的不多，他只晓得干！他失恋了，但他知道如何容忍，仍在拼命的干！他是一个农民解放者，但农民很多是不同情他的，甚至有侮蔑他的，就这样他还是干！他这样的蛮干死干，终于因为没准备没布置的乱干,我们这位农民运动者,却反给农民们背剪着手,塞进一只农车,送上了衙门!马克罗夫就这样进了坟墓。这也和堂克蓄德被假扮的"明月骑士"所击毙,差不多罢!

堂克蓄德型的人性所表现的是宇宙的远心力,一切的"存在"都是为"他"而存在的。生命只是实现理想的手段,除此以外,自己的生命毫无重视的必要。

屠格涅夫的人性观是二元论,认定这二元论是一个人生的全部生活的根本法则。他说,"人的全部生活,是不外乎继续不断忽分忽合的两个原则的永久的冲突和永久的调解",屠格涅夫不批评这两种人性的优劣,堂克蓄德型也许能做一点事,哈孟雷特型却也有一种破坏力量。人性本是自然的,根据人性的发展,在事实上能成就些什么,怕也只有命运能决定罢!

屠格涅夫的时代观,同样的,是以自然法则做根据的。否认时代根据一定的原则而进展。时代只是自然的推演,也许正是盲目的偶然的推演。就在这种盲目的偶然的推演的时代中,屠格涅夫找出每一个时代的特性,了解每一个时代的精神。如果一个时代放射出耀眼的光,他就拿光彩绘成画,如果一个时代呐喊着刺耳的呼声,他就拿这呼声编成歌,这些歌这些画就是他的小说。

屠格涅夫生于1818年,卒于1883年,从他的《猎人日记》(1852年)到《新时代》(1876年)不断描写着俄国当时的时代状况。他用哲学的眼光,艺术的手段,把同时代思潮变化的痕迹,社会演进的历程，极忠实的也极细腻的写出来。俄国 19 世纪中叶的思想变迁，确可拿屠格涅夫的小说来代表。这些小说，最能代表时代精神的是《猎人日记》和他的六大杰作。

《猎人日记》（1852 年）是作者描写当时农奴所受到的压迫所感到的苦痛的一部小说，也是作者对农奴制度宣战的一篇檄文。屠格涅夫在他文学与人生之回忆中，自己承认誓死反抗农奴制度，《猎人日记》就是他的武器。看罢，多少善良纯朴的农夫在这农奴制度的锁枷下辗转呻吟，又有多少大地主小地主在农奴制度的卵翼下，榨取他人的劳力以享安乐，屠格涅夫认清了农奴制度的罪恶，描写了它。实在，破坏了它。

《罗亭》（1855 年）是描写"四十年"时代的俄国社会情形的，这时俄国正在尼古拉一世专治压迫之下，青年对政治方面早已失望，一个个都向艺术哲学宗教方面走去，受了西方自由思想的鼓动，知道反抗了。但都没能力来改革这腐朽的环境，他们整天整夜的空想，说大话，没有一个能实行的。罗亭谈自由，谈牺牲，一遇事实的压迫，却只好服从。

《贵族之家》（1858 年）的时代，俄国社会已从理想回到实际，但青年们的能力仍极薄弱，环境的压迫，仍是根深基固，不可动摇。所以像拉夫尔斯基那样的人，总算比较罗亭有毅力些了，但要爱一个女人，也需等听到被压迫而结婚的妻子的死讯后，方敢进行，等到证明他的妻子没有死时，又只好牺牲了真正的恋爱。从这里，我们可以看见当时俄国已经僵化了的旧礼教，有多大的魔力！

《前夜》(1860年)出版，罗亭型的少年已很少，一般青年也较拉夫尔斯基有能力了。但忧郁哲学的空气，仍充满了俄国各处，自命为哲学家艺术家的人们，仍在幻想他的辩证法，仍在画他的未完成的杰作，但有些人，自己不能做什么事，却能帮助人们去奋斗，像海伦这显然是进步了，在《罗亭》和《贵族之家》的时代，俄国连这几种人也没有呢！恒心和毅力，俄国人终于是缺乏的，屠格涅夫只能找到异国的青年，写出一个积极的活动的殷沙洛夫。俄国需要这样的人，当时的俄国却一个也没有！

到了《父与子》(1862年)，俄国的时代已大变动了，旧时代虽没有去，新时代却来了，新旧思想已各不相容的决斗了，像贝伐尔（Pavel Petrovich）样代表"父"的时代的人，只是极顽固的死守着旧礼教，崇拜着那既成势力，像巴沙洛夫样代表"子"的时代的人，却否定一切"天经地义"。这样的"否定主义"，虽然是"虚无主义"，没有能做出什么来给人们瞧，就这样有勇气来重新估定一切的价值，已经是俄国人从前无论如何不敢的了。要真能有作有为，却须等待另一个新时代。

《烟》(1867年)的出版，正是俄国又走进思想混乱的道途的时代，也是虚无主义的反动的时代。社交界的妇女愚弄着男子，支配阶级的官吏，仍是那样浅识和愚蠢，有些青年，借着虚无主义的庇护，极自私的乱动，有些青年，又对什么都绝望，意外的消沉，旧道德已动摇，将要没落了，新道德尚未奠定了基础，这是如何的恐慌，如何的混乱啊。屠格涅夫回到圣贝德堡第一个遇见的人，就对他这样说："看你的虚无主义者做了些什么罢！他们差不多去烧了城！"实在，这是一个保守主义和改革主义混战的时代！

终于《新时代》(1876年)到了，这时，俄国的思想界经过十几年的纷扰、酝酿，俄国的青年们已经都感到改革的必要了，虽然，他们的环境是那样暗淡，贵族们借着维新来陷害他们，农民们又不能了解他们，他们已开始做改革运动了。不但坐在家里讲改革的方策，都一个个跑进工厂，踏入田野，实行他们"到民间去"的运动了，但客观的环境还没多大变化，一切急进的运动，仍不免失败；较缓和的改革，倒确是有效的。屠格涅夫在这里指示人们去做一点一滴的改革，也许这就是时代的曙光吧！

我们要知道，虽然时代在变着，但俄国的社会，在几百年专制压迫之下，绝不会轻易改革的。屠格涅夫虽然描写了各时代的新思潮，但在这些思潮底下，仍然是一个腐旧的虚伪的社会。黑暗的背景，时时在那些新的运动中露出狰狞的面目，充满着热情的青年们，时时受着旧时代人们的讥笑和诅咒，时时遇见事实上的重大打击。从《罗亭》到《新时代》，我们常常看见莱生绿奇式的贪慕着虚荣的女人们，拉特米罗夫将军式浅识的军吏们，和那西皮雅金式的虚伪的贵族们，那些哲学家，那些艺术家，那些维新家，更无处无时不出现他们上等人的脸面，那些可怜的脸面，聪明的人都可看出他们的无聊和浅薄，他们自己，却毫不怕羞的以为光荣，屠格涅夫不得不喊着："啊！这是个什么时代啊！"

时代是永远变动的，但不是时代本身有什么目的，他不会按照一定的目的用一定的方式向前走。一切都是偶然的盲目的走着，谁也不知道是为什么，谁也不知道怎样，到底时代怎样推进，怕也只有命运能决定罢！

人性是命运决定的，时代也是命运决定的，人性和时代反映出来的人生，还是命运决定的！

屠格涅夫自己曾说过："所以我想，真理的根本问题是在各个人的信仰的忠实和信仰的力量上的，反之，事实的结果，却须取决在命运神的手里。只有命运之神能够告诉我们，我们在面前搏击的，究竟是幻象还是实在敌人？"啊！真理会是假的，运命倒是真的，这是什么人生之谜啊！

屠格涅夫的小说几乎每篇都在暗示着宿命论：《初恋》中父亲和儿子爱上同一个女人，《春潮》中为了预备结婚出卖房产的人却会忽然爱上买财产的人，《贵族之家》中两个爱人会因一个荡妇的生死不明，演上了一幕恋爱的悲剧，《烟》中两个旧情人又会重燃烧起热情重受失恋的苦痛，这种人生，只有命运可以解释。所以，罗亭曾说："服从命运，不然，怎么办呢？"一个一个的人，自私自利的也好，信仰真理的也好，他们的人性，逃不了命运的支配；一个一个的时代，向前进的也好，开倒车的也好，逃不了命运的播弄；全人类的生活，都逃不了命运之神的掌握！

人类受了命运的管辖，是人类永久的悲哀。自己不愿服从，事实又逃避不了，只是背起十字架绝望的向前进，这种人生，是如何样的悲剧啊！屠格涅夫是宿命论者，自然有浓厚的悲观色彩，他写恋爱，恋爱是悲剧，他写革命，革命是悲剧，他写全部的人生，人生还是悲剧。读他的小说，我们认识的是人性的特点，看见的是一个时代的实状，感到的是人生永久的悲哀——人生的运命所支配的悲哀。

屠格涅夫曾拿烟来比喻人生，拿风比喻命运，全人类的生活正像烟啊，"这烟，不绝的升腾，或起或落，缠绕着，勾结着，在草上，在树梢，好像，好像滑稽的小丑，伸展出来，藏匿开去，一层一层的飞过……他们都永远地变迁着，但又还是一样单调的急促的，厌倦的玩着！有时候风向转变了，这条烟，一时弯到左边，一时弯到右边，一时又全体不见"。"第二阵风吹来了，一切都向着反对方向冲去，在那儿又是一样的不倦的不停的——而且是无用的飞跃着！"

一切都是烟，一切都好似在那里永远变化着，新的代替旧的，幻影追逐着幻影；但其实呢又全是一样的，人们像烟样的匆匆飞着追求着，一点没得到什么又像烟样的无踪无影的消逝了！

（原载《中央大学半月刊》第 1 卷第 7 期，1930 年 1 月）

1905—1997

闻家驷：罗曼·罗兰的思想、艺术和人格

我已经和我的灵魂告别了，我把它丢在后面，像一个空壳似的。生命是一组连续的死亡与复活，克里斯多夫，我们一齐死去再生罢！

——罗曼·罗兰

罗曼·罗兰的思想虽说渗透着罗曼·罗兰个人对于周围各种事物的态度，但它仍然是大众化的，通俗化的，因为构成他的全部思想的一个主题正好是他从一般人所熟习周知的事物中，或者说是从人民大众的生活中提炼出来的一个问题，而这个问题，不但是人民大众所能了解的，并且是人民大众所急于要予以解决的。这个问题便是：我们应该改造我们的思想，改造我们的灵魂，换句话说，我们应该"死去再生"，从毁灭与死亡中去创造一个适合于历史规律和时代要求的新文化，新社会。他的代表作品《若望·克里斯多夫》便是根据"死去再生"这个雄壮而迫切的呼吁展开的一幅巨型的黑暗与光明的战争的画面：一方面是庸俗的、腐朽的、虚伪的

资本主义的社会，另一方面是一个充满着浪漫的热情和强烈的反抗意识作为欧洲进步青年的代表者的克里斯多夫。克里斯多夫在这里到处遭受压迫和凌辱，他觉得德国人撒谎太快，他又发现法国人的虚伪，这使他痛切地感觉到他和资本主义社会之间的格格不入。同样是一种人而有奴役与被奴役两种不同的阶级；勇敢、热烈、永远趋向光明的人到处被歧视，受压迫，不能取得一个合理的生存的机会，而特权阶级者流却是愚昧、荒淫、腐朽、残暴，像这种早为一般人所熟识深知的不合理的社会制度之存在，便是现代社会问题症结之所在，同时也是现代文化问题症结之所在。文化的社会本来是密切相关的，要改造文化，必须先改造社会，因此在罗曼·罗兰的作品中，"拯救文化"和"改革社会"便成了两个不可分离的主题，而罗曼·罗兰在他的作品中恢复文化主题和社会主题的地位，从而加强他的作品的群集性和通俗性，这一点也就说明了罗曼·罗兰的思想的主要特质之一。

"拯救文化"和"改革社会"是一种英雄事业，岂是任何人所能胜任的吗？这一点，罗曼·罗兰并不与以否认，不过罗曼·罗兰对英雄一字的看法则略有不同。就他看来，英雄不是天生的，而是从痛苦和灾难的铁砧上锻炼出来的。凡是处于水深火热的环境天天和生活搏斗的人都配做英雄，并且一个人处境愈艰苦，他所具备的英雄的质素便愈充足，因为对于这种人，生活是一种长期的斗争，而一个人在这种长期斗争的过程中所表现的坚忍、热忱、勇敢和一切属于原始精神的进步的性格，便是一个英雄所必须具备的条件。

罗曼·罗兰不是说过世界上只有两个民族，一个上升，一个下降，一个施行压迫，一个遭受压迫吗？所谓上升而遭受的民族，便是产生英雄的民族。英雄既不是神话中虚拟的人物而是实际生活中天天和黑暗势力搏斗的人民，那么我们可以说，只有在广大的人民队伍中才能找到英雄，同时也只有向广大的人民去学习才能成为英雄。

在艺术问题上，罗曼·罗兰不是艺术至上主义者，假如说他一生没有放弃艺术工作，但他的用意不在求得艺术本身的价值而在求得它所包含的社会意义，换言之，艺术对于他不过是改造社会的工具而已。艺术家不应该高以自处，超越群众，相反地，他应该和工人队伍中的工人一样对社会服务，并且在必要时还应该参加社会革命，将自己变为一个革命的战士，而所谓艺术也者，在这种情况便不再是广泛意义上的改造社会的工具而应该把它当作一种革命武器来使用了。至于少数特权阶级尽量促使艺术与群众分化而把它当作饭后茶余个人寻求趣味的工具，无论这里所说的趣味是高级的抑或是低级的，那是罗曼·罗兰所一律与以反对的，因为这种个人主义的艺术，罗兰认为即是艺术本身的衰颓和腐朽，而艺术本身的衰颓和腐朽即是社会文化的衰颓和腐朽的宣告。他在1930年出版的《民众剧本》里面曾经这样讲道：“艺术正被个人主义和无治的混乱所搅扰，少数掌握着艺术的特权阶级使民众站在速离艺术的地位上……要救艺术，应该夺取那些扼杀艺术的特权，应该将一切的人收容于艺术的世界。"后来他又在《若望·克里斯多夫》里面对法国的艺术曾经给予最严厉的批评，依他的意见，法国的艺术有几个优点，天真、细致、典雅、富于思想，可是缺少一种东西，即是生命。他不赞成艺术家专致力于形式之美的追求，甚至对于那些在形式上得到最大的成功的作家们亦深表不满，他认为均衡、结构、文体不能算是一部作品最重要的问题，最重要的问题是要有强大的生命和雄壮的活力——缺少了这点东西，便算是背叛了艺术。

上面所讲的罗曼·罗兰的艺术理论，我们正好拿来说明《若望·克里斯多夫》这部小说由两个相反的因素——形式的散漫和内容的充实——构成的独特的风格。严格地讲，这是一部没有结构的小说，它是一些小故事的堆积的总和，你可以把这些小故事减少几个，或是再添上几个，而全篇的结构却不会因此发生什么变化的。这部小说总共有十卷，作者牺牲了九卷的篇幅来叙述若望·克里斯多夫的童年时期和青年时期，结果只是用了一卷的篇幅来叙述他的成年时期就把这位天才的音乐家的一生结束了。作者不讲求章注的均齐，也不致力于文句的卓越的组织，这显然是这部小说时时遭受批评的一种原因。不过就一方面讲，这部小说却拥有一种雄壮倔强不可抗拒的生命，永远向着广大和深厚的方面发展着，像一个笨重的奇特的生物在任何情势都要伸张它的力量一样：这便是这十卷大书的原动力，也就是若望·克里斯多夫这个英雄主义的象征人物的基本要素。

面对着这种雄壮强大的生命，我们是不能拿文学上的庸俗主义和个人主义去批评它的，或者说我们对它根本不能有所批评，原因是它本身就是"一个世界的总评，一种伦理学，一种美学，一种死去再生的新人道"。在罗曼·罗兰所提出的一个上升，一个下降的两个民族当中只有下降的那个民族才不需要雄壮强大的生命；他们根本就缺乏一种健全的生存的意识和欲望，他们不但不希望，而且唯恐生命滋长起来，一提到生命，他们就要变色，俨然他们是把生命当作洪水猛兽来看待的，因此他们就把所有的精力用在怎样阻挠生命，封锁生命，困死生命这种无耻的工作上面，要全世界的人都像他们那样辗转于贪心私欲的污泥中，一天天地腐烂下去。至于那个上升的民族，换句话讲，就是那个在苦难中挣扎着的民族，则完全依靠他们对于生命的信念和对于生命的热忱来支持着他们自己的，他们自从开始和苦难接触一直到战胜苦难，完成他们的英雄事业为止，他们除了使用这点信念热忱做武器以外就没有别的武器。而罗曼·罗兰正是因为世界上这个被压迫得透不过气来的不幸的民族能够呼吸一口"自由的空气"和"英雄的气息"才给我们创造了若望·克里斯多夫这个象征着生命的新英雄典型的人物。

同时罗曼·罗兰之写他的几篇以法国大革命为题材的剧本，其用意也无非是因为深切地感觉到时代的要求，于是向历史上的伟大的时代去采取热情和力量而已。他说历史是热情与力的贮藏所，他要从它的深处挖掘"那半人半神的巨人和那半人半兽的怪物"，把他们复活在舞台上面和人民大众一块儿呼吸，一块儿生活；革命剧本中的革命领袖和革命群众固然是巨人和怪物，同时小说中的若望·克里斯多夫乃至名人传说中的悲多汶、托尔斯泰、米珂郎琪、米勒和甘地也可以说是这类的人物，因为这里所说的巨人和怪物，事实上便是生命与活力的具体形象。

　　罗曼·罗兰不但是思想家和艺术家，而且是一个勇敢行动家，他曾经说过这样的话："思想决不能和行动分开，不行动的思想，不是思想，只是停顿和死亡。"他在《七月十四》的序文中讲到艺术与行动的关系又这样说："艺术的目的不是梦想而是行动，行动应该从舞台上产生出来。"如果就他的实际生活讲，看看他一生为争取自由维护正义所表现的英勇刚毅的行为，我们对他尤应表示无限的敬意。1914年当许多文人被狭义的爱国主义冲昏了头的时候，他却坚决地发出非战的论调，1919年发表《精神独立宣言》，呼吁全世界的知识分子捐弃国家的偏见，共谋人类的幸福；1922年加入"光明团"，建立革命知识分子的国际阵线：他同情苏联，力关资本主义国家对苏联的偏见和恶意的批评，并于1936年赴苏，与故文豪高尔基晤面，成为苏联人民最爱护的朋友；希特勒掌握政权，驱逐犹太人时，他表示过抗议；西班牙内战时，他支持人民政府；九一八事变，和爱因斯坦等发表宣言，同情中国；捷克被侵略时，他声援捷克。自从1914年，因为倡导非战思想，遭受国人的攻击，他便大部分时间留居在瑞士，直到1940年法国本地沦陷后才得重返故国；这时候他已经是七十多岁的老人了，虽说年老力衰不曾亲身参加地下工作，但他的思想，艺术和人格却始终是那些爱国青年的精神粮食，而法兰西之复兴，如果从思想方面，讲贡献最伟大的无疑地要算罗曼·罗兰。

　　现在，世界的大战还在进行着；在人类历史前面，黑白分明地摆着两条道路，一条生路，一条死路，一条是上升的民族的道路，一条是下降的民族的道路，而我们在这一次的真与伪、善与恶、光明与黑暗、民主与法西斯的混战中苦力撑持了八年，可说已经走到生死之间不能不有所取决的最后阶段了，我们不打算活下去便罢，如果打算活下去，活下去做人，为了做人而要活下去的话，那么以"死去再生"相号召的罗曼·罗兰便是我们最伟大最前进的导师。

（原载《世界文艺季刊》第 1 卷第 2 期，1946 年 1 月）

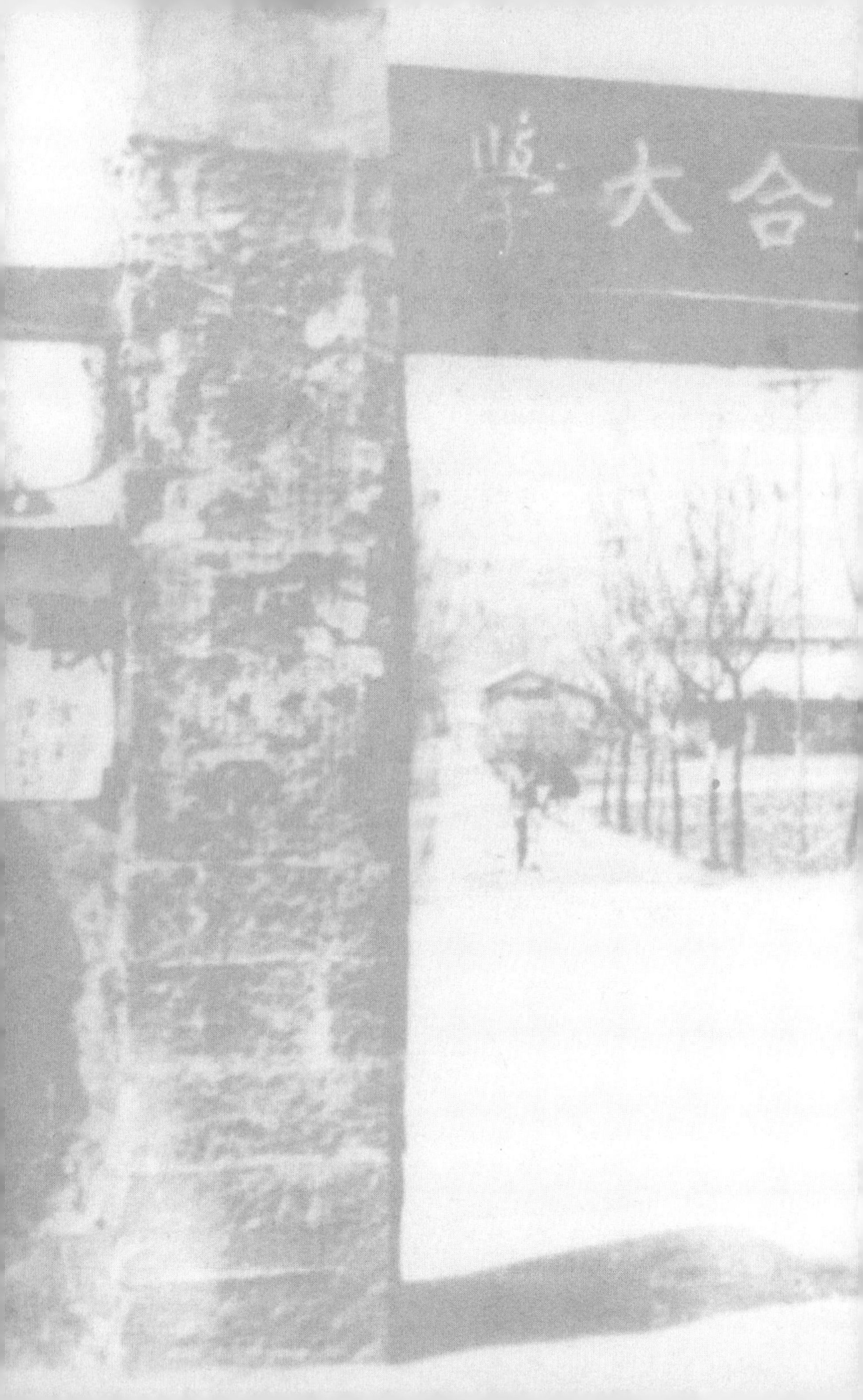
合大学

第六篇 名家赏析(一)
莎士比亚三讲

1937—1946

1937—1946

卞之琳：莎士比亚首先是莎士比亚
——首届中国莎士比亚戏剧节随感

1910—2000

第一届中国莎士比亚戏剧节在北京和上海同时开幕了又先后闭幕了。结束总又是开端——新的发轫。

这次莎士比亚戏剧在中国两地集中演出，盛况空前，当然不会绝后。演出既是五光十色的，也有光怪陆离处，随之而来的议论也是众说纷纭，总是可喜现象。其中自有创新的发展，这应是主要的；次要的，也不免有标新的炫奇，不足为怪。

本·琼孙称莎士比亚为"时代（the age）的灵魂"，又说"他并不囿于一代（of an age）而临照百世（for all time）"，说得合乎辩证：正因为他是那个"时代的灵魂"才能"临照百世"。万一由此更抬高莎士比亚，说他超越时空，那就架空了莎士比亚，使他首先就不成其为人——"社会关系的总和"，非我属类，还居然能为人世属文编戏吗？"时代"即包括"社会"；"百世"也就指各时代各国社会。"彼时彼地"与"此时此地"自有联系，也有区别。愈是民族的，愈是世界的，不错。正因为如此，我们今日评论和演出莎士比亚戏剧，要有中国特色，那么我们，不偏重形式，也不牵强附会，而自觉体现具有中国特色的探索精神，是否也该不在话下？

鲁迅既主张"拿来主义",又不能容忍旧日的"假洋鬼子",又不赞成把外国人名张三李四化,三折一贯。这种精神对于我们在国内以至国际评论和演出莎士比亚,大有启发。我国新时期的总趋向是:既要社会主义现代化,又要适合中国特点,又不要欠当的中国化(包括复活封建意识残余)。

与此一致,我们有所识别而引进、移植莎士比亚戏剧,增添美学欣赏、提供艺术借鉴以至激励道义反应,主要就演出实践说,这里似已见三个层次、三个方面、一样可取的苗头。三者都既是目的,也是手段。不计成败得失,都可一试。一是借以丰富传统剧目进而推陈出新,振兴传统剧种,把莎士比亚戏剧(或其片段)改编成昆剧、京剧、黄梅戏等说唱歌舞剧。二是避免用中国话试演外国戏容易引起"假洋鬼子"式的不愉快效果,索性把莎士比亚戏剧改编成中国话剧,例如有的剧团把《里亚王》改编成《黎雅王》,获得成功,从而有助于一般话剧的进展和革新。以上二者实际上都已是创作,声明一下就行,不必挂原作者名字,正如莎士比亚也就用流行传说或现成蓝本编或改编成他自己的创作。三是用中国话基本上照原剧演出,例如这次有的剧团演出《奥瑟罗》和《风流妇女闹温塞》,听说还用了一点中国传统戏特技以至一点布莱希特从中国传统戏得出的"间情法",这样如果获得成功,那就不仅为中国话剧正常的现代化开了道路,而且也为国际的莎士比亚戏剧演出作出了贡献。三者只要不忘本,胸怀祖国、面向世界,各自努力做去,根据实际,随时矫正偏差,也就自有莎士比亚戏剧演出以至评论的中国特色。

　　也与此一致，我们在中国演出和评论莎士比亚戏剧，如有"现代化"的需要也不能从西方全盘照搬。这次戏剧节上有的剧团，上演《仲夏夜一梦》当中，听说把原剧表现仙王仙后的勃豀是为了争一个印度（或印第安）小孩竟大胆改成是为了争一块八功能电子表，可真"荒诞"化了。这次戏剧节期间，从电视上看了英国"现代化"改编电影《暴风雨》，我才恍然：我们演莎士比亚戏剧有些地方就遵循了这种路数。这部改编电影不仅容不下原剧里透露的一点乌托邦幻想，也似乎蔑视了原剧里展望的"一个光华的新世界"，突出了原剧的一些短处——特别是酒鬼和浑身长毛的奴隶之间的胡闹，令人恶心，而恶心可能正是西方现代一般（我不是说全部）号称"先锋派"作品的主题。已故法国存在主义者而也是现代中国的朋友萨特就用《恶心》做他一篇小说的题目。40年代我在英国看过名演员渥尔斐特主演《里亚王》和《麦克白斯》，演出虽似平平，还是用上了照明、音响等现代设备而没有使出什么令一般正常观众产生反感的新花招。恰巧在这次戏剧节期间，我又从电视上看到了劳伦斯·奥里维埃主演的英国40年代末期的改编电影《哈姆雷特》（《王子复仇记》），还是由孙道临为主角配音，在1958年最初放映过的，除了用唯心主义观点突出了原剧里的一段话作为主题思想以外，实质上并没有因为要"现代化"而太歪曲原剧，至今倒还是耐看。我曾在1958年的《大众电影》上发表过短评，同年较早也曾在同一刊物上推荐过配音放映的苏联尤特凯维奇编导的电影《奥瑟罗》，那里的罗网形象的现代化配置也令人难忘。仅就这两部英国电影比比看，究竟哪一个现代化路数比较对头？何况我们有我们所需要的现代化！

我们本该虚心听取各方面的不同意见，包括外国人历代对待莎士比亚戏剧的不同说法和做法，现在更欢迎他们评价和指点我们今日的说法和做法，只是我们还是要独立思考，要知道外国人能深辨中国语言精微处、深晓中国风格精粹处的也究竟不多，外国文艺界也有趋风赶浪的起伏、浮沉。至于西方当代文学评论界和戏剧界用精神分析学阐释《哈姆雷特》有母子恋、《里亚王》有父女恋之类的说法和做法，是否符合莎士比亚的原剧文本，我怀疑。"接受美学"也得先有文本才谈得上随意接受。这也就涉及莎士比亚剧本的翻译问题。

莎士比亚剧本自应有层出不穷的中文新译本。规范化是值得提倡的，目前却只有尽可能迁就合理的一部分"约定俗成"，远不能以朱生豪译本或梁实秋译本以至其他任何人（包括我自己的）少量译本一统天下。译本也可以多色多样，齐头并进：一可以应舞台急需，出不同取舍和处理的演出本；二可以出完整而精益求精，相应符合原来韵味的散文译本；三可以出相应保持原貌的"素诗体"译本，作为有较高要求的普通读物、有较高要求的专门参考资料。

总之，莎士比亚首先是莎士比亚。

1986年4月30日，5月12日

（原载卞之琳：《莎士比亚悲剧论痕》，生活·读书·新知三联书店1989年版）

王佐良：读莎士比亚随想录
（节选）

读？莎士比亚不应该只是读的。欣赏莎士比亚的最好地方是在戏院里。不久以前，我在上海看了一群青年演员演出莎士比亚的喜剧《无事生非》。虽然在时间和空间上莎士比亚都远离现在的中国，剧的情节和背景都对我们的观众是陌生的，我们的舞台上又几乎没有演出莎剧的传统，但是那一晚的演出仍是留下了十分愉快的记忆。莎士比亚毕竟是全人类的大戏剧家，纵使隔着语言和文化的巨大差别，他的剧本的生动情节，他的众多的活跃的人物，他的风趣的对话，他整个剧本的和谐的统一性，仍然通过我们的翻译家和演员的努力，成功地传达了过来，连他的警句妙语也照样在中国观众之间引起了一阵又一阵的赞叹和笑声。

阅读剧本显然不能代替观看演出。

然而一部优秀文学作品却有几种作用和超过作者本身的生命。莎剧的不朽既靠不断的演出，也靠无数世代人们的阅读。阅读也有一些本身的方便，例如不像看戏那样要紧跟演员的脚步，令人感到时间的车轮常在背后追赶，而可以读读停停，边读边想。

不久前又重读了一部分莎剧，有时掩卷小思，似有所悟，写下来，略加整理，便是下面的随想录。

*　　　　　*　　　　　*

人们都称莎士比亚为"文学家"，他在天堂里听了恐怕要发笑的。不错，他也曾想做文学家，但那是他在写诗的时候，而他的主要作品是剧本，而写剧则只是为了谋生。他是一个职业演员，只因自己所属的戏班子需要有新剧本上演，所以他才在演戏之外，又来动手编剧的。

当时演员的社会地位，可以从1572年伦敦所颁布的一个法令看出。这个法令规定将活跃于城乡各处的演员当作"游民"惩办，只有当他们以仆役的身份，依附某一王公大人的"保护"时，才许演出。

这说明莎士比亚来自民间，也说明他所从事的是一种新兴的群众性的文艺工作。16世纪的英国戏剧（世俗的、非教会管辖的新戏剧）一开始虽然弱小，但是很快就由于适合群众需要而茁壮地成长起来，有成就的剧作家过半百。它比较地不受传统束缚，而能勇往直前，为了酣畅地表现新的内容而打破了古希腊、古罗马悲剧、喜剧的种种清规戒律，将据说是由亚里士多德立下的"三一律"一脚踢开，自创新的形式，实验新的混合，终于达到了非凡的成就。

这个新兴文艺部门吸引了各色各样的人，有像马洛那样的无神论者和"大学才子"，有像本·琼森那样干过泥水匠活的博雅之士，有像戴克那样的流浪汉，也有像韦伯斯特那样据说当过裁缝的怪才。在这些人当中，莎士比亚的特点是：来自外省小城镇，出身一个破产的市民家庭，没有上过大学，除演戏编剧之外，很少留下其他活动的记录。英国文学史上被人阐释与评论最多的第一大作家却是身世不详的平常人。因此一直都有人怀疑是否确有莎士比亚其人，是否现存的大约三十七个剧本确实是演员莎士比亚写的，最近还有人要求掘开他的坟墓来看个究竟。

对于我们，重要的是毕竟有大约三十七个剧本留了下来。无论是谁写的，这一批剧本构成了英国和世界文学史上光荣的一页；无论写的人姓甚名谁，这一批剧本透露了他在思想上的深度与他在艺术上的巨大成就。他是一个真正的多面手，在历史剧、喜剧、悲剧、"悲喜剧"各个种类之内都达到了当时最高的成就：无论从哪个角度来看，人们不能不惊叹他对于舞台情况的充分了解，对于演员和观众的需要的充分适应，对于当时条件下戏剧所含有的潜力的充分发挥——一句话，对于当时的戏剧艺术的充分掌握。

*　　*　　*

然而以为这个编剧人只是特会写戏，而对写戏的社会作用认识不足，却又是皮相之论。只消看一下莎士比亚所写的九个历史剧，就可以知道他是一个有心人。这一系列历史剧本身就是十分值得注意的文学现象：一个初出茅庐的编剧人居然敢用戏剧形式来叙述与评论三百年英国历史（从13世纪初的约翰王到15世纪末的理查三世），而且居然连台演出，有观众耐着性子看得下去——不，不止看得下去，而是热烈地欣赏它们，并且感到鼓舞。编剧的莎士比亚也显然是怀着激动的心情来写这些历史剧的。这一段历史选择得很有见地：从13世纪初到15世纪末的三百年正是英国形成民族国家，资本主义势力开始成长的一个关键时期。莎士比亚的态度是十分清楚的：虽然他不无"正统"观念，他的主要的观点是进步的：他反对封建集团间的流血斗争，批判马基雅维里型的阴险毒辣人物，嘲笑福斯泰夫式的寄生武士，对人民的疾苦表示深刻的同情，谴责专制暴君，而寄望于像亨利五世那样的强有力的开明君主。这些正是当时英国城市商业资产阶级的看法，而他们之所以拥护亨利五世以及其他有力统治全国的君主，只是因为这样的王朝有助于资本主义商业的发展，适合他们的需要。写历史剧的莎士比亚并不是历史迷，他的着眼点是当时的英国。

等到他在戏剧里写古罗马的历史、古英国和古苏格兰的传说、古丹麦王子复仇的故事，那他就不只"古为今用"了，而是干脆用今人代替了古人，用后代的内容充塞了古代的情节。当哈姆雷特叹道：

时代脱节了；呵，可咒的命运！
怎么偏要生我来重整这乾坤！

台下观众已经感到这当中有超过剧情的意义；而当他进一步断言："丹麦是一座监狱……（全世界是）一座奇大无比的监狱！"观众更无法不联想当时处于政治和经济危机中的英国了。莎士比亚在剧里所着力反映的不是中世纪的丹麦朝廷，而是16世纪末的英国社会。

*　　　　*　　　　*

在莎士比亚的喜剧里，不羁的浪漫主义手法是令人神往的。《仲夏夜之梦》巧妙地混合了神话与现实，一共有四个不同的情节线索在同时发展。这当中三个曾见于别人著作，只有有关工匠业余演戏活动的情节似乎是莎士比亚少有的原始创造之一，而使剧本增彩的正是这一群在树林里跑来跑去的土包子！莎士比亚让他们闯进神仙世界，又让他们当中的一个织工变成驴子去迷住仙后，这都是他的妙笔——虽则他对于这些工匠的态度，是一半欣赏、一半嘲讽的。

然而他的喜剧树林之中并不是只有月光、爱情、幻想等等，而是还有不愉快的现实和辛酸的眼泪的。以《皆大欢喜》为例，表面上一切都是牧歌情调，一片绿树林里只见爱情的追逐和水边的沉思，实则隐藏着斗争和掠夺——有两兄弟争夺一个公国的大位，另外又有两兄弟争夺一个世家的财产，一支军队正由暴君亲自率领杀将过来，眼看森林里就要躺满尸体——这时候莎士比亚忽然心软起来，让暴君在森林边上遇见圣人，偶一交谈，居然受到感化，立地成佛，自动将大位交还给放逐在林中的哥哥。按此剧情节大体根据托马斯·洛奇所写的传奇《罗萨琳特》(1590年)，洛奇原作是以诸侯起兵杀死暴君结束的，立地成佛是莎士比亚特地改的，而这一改也就改成了败笔。

他的妙笔与败笔当然不止这一些，他将从别人书上拿来的情节加以增删的例子也很多，有意思的是这些改动所泄露出来的作者的思想情况。《皆大欢喜》结尾的改动表示莎士比亚有时在节骨眼上只求妥协了事，可见晚年几个传奇剧里的不了了之的大团圆结局不是突然而来，而是早就露了苗头的。

*　　　*　　　*

莎士比亚最会写得实在具体，但他又总要从具体情节里尽量点出普遍性的意义。马克思在《资本论》里引用过的一段雅典的泰门有关黄金的独白，就是有名的例子：

> 金子？黄黄的，发亮的，宝贵的金子？……
> 只要这么一点儿，就变黑为白，变丑为美，
> 错误变成正确，卑贱成为高贵，老变少，怯
> 变勇……

这段独白既是充分结合剧情、符合人物性格的，又有超越剧情和性格的社会意义。莎士比亚的深刻，部分的原因便在于这样恰到好处的借题发挥。有时他为了扩大意义，不惜中途改词，甚至与剧情略有出入也在所不顾。《哈姆雷特》第三幕第一场里有一段传诵至今的出色的独白，一上来就提出了"活呢还是不活？"的严重问题，后来接着来了这样几行：

> 谁甘心忍受人世的鞭挞和嘲弄，

让恶霸欺凌，受豪门白眼，
忍受失恋的痛苦，法庭的拖延，
衙门的粗暴，大材小用，忍气吞声，
还是免不了受小人的奚落……

爱好莎士比亚的普通人听到或读到这几行，总是感到十分受用。这段大块文章表示哈姆雷特深明民间疾苦，也表明莎士比亚在鞭挞时政。在那个剧情进入高潮、观众和读者的情绪进入白热化的时候，我们也就忘了这当中其实有点破绽。哈姆雷特这样地慨乎言之，似乎是曾经体验过受压迫受侮辱的痛苦——但这却是与剧情不相符合的。他是一个王子，即使接触过"失恋的痛苦"，怎么会如此深切地痛感"法庭的拖延"和"衙门的粗暴"呢？有的学者对此有所解释，说是哈姆雷特在此隐射他父王死后，照理应该由他继位，现给叔父篡夺，因此才说到"拖延"，"粗暴"，"大材小用……受小人的奚落"，等等。但这种解释缩小了剧本的思想意义，是将哈姆雷特看作一个只求个人名位的庸碌之徒了，而莎士比亚的用意，则正在竭力扩大剧本对当时英国社会的意义，正是在他的手里，一个古丹麦谋杀与复仇的通常传说变成了一个表达16世纪末年英国人文主义者的痛苦和希望的卓越剧本。

我们说这段独白里有与剧情不尽符合的言辞，也是说莎士比亚有克服自己的困难并使之转化成为一种优点的本领。由于是新兴的群众艺术，英国16、17世纪的诗剧不免有粗糙和累赘的地方。大段的独白就是其一。当然，在 16、17 世纪的英国，这类独白是颇有一些观众喜欢的；有些人来听戏，主要是听这类独白里所表现的"修辞术"。这也就在剧作家面前提出了课题：他既要表现"修辞术"，使这部分观众高兴，又要使"修辞术"为戏剧服务，以独白推进或提高戏剧冲突。这不是一个容易解决的课题：很多当时剧本里的长段台词显得笨重，形式化，像是硬加上去的；莎士比亚本人也不免有失败的时候，但是在多数情况下他却能发挥这类独白在诗剧里的独特作用——总是在戏剧的一个紧张点上，莎士比亚让他的主要人物作了长篇独白，剖析其内心，宣告其图谋，表达其哀乐，预示其行动，通过某一特定处境的特定人物的眼睛来看整个世界和宇宙，表面上看来似与剧情不完全符合的某些言辞，在实际上却是使剧情更为丰富、内容更有意义了。

*　　*　　*

莎士比亚所创造的某些悲剧人物之所以动人，是因为他们有一种对社会的高度责任感。他们不是那种嘻嘻哈哈、得过且过的人，不是向恶势力低头的妥协者，一旦认清自己应走的道路就坚决走下去，个人的生命是不顾惜的。哈姆雷特感到：

> 我的心里有什么东西在打仗，
> 不肯让我睡觉。

他面对"海一样的困难"，然而挺身与之斗争。哈姆雷特、奥赛罗、李尔王等等死亡了，然而他们并非失败者，因为他们或者伸张了正义，或者改变了局面，都在临死之前对于社会和世界有了更清醒的认识，而这也就给予了观众以一种教育。因此即使台上陈尸累累，观众的情绪却是哀伤而不气馁，严峻而不悲观。莎士比亚的几个好的悲剧总有这样一种使人向前的力量。

*　　　　*　　　　*

莎士比亚写的不是普通的剧本，而是颇为特殊的一种：诗剧，即剧的主体用韵文写成，虽然作为对照和调剂，它也有许多散文的台词。诗剧的特殊形式要求于作者的不只是妥善地处理好韵文与戏剧的关系，而是要使诗与剧结合起来，达到完全用散文写的剧本所不能达到的效果。当时英国诗剧有自己独特的一套办法，如独白、戏中戏、几个平行发展的情节、在戏中大讲与本剧无关的故事等等。其实这当中有许多是粗糙的甚至笨拙的办法，但当时英国诗剧如日方升，精力旺盛，粗糙是不免的，笨拙一点反而可以使剧作者集中力量在最主要的地方——情节的发展、人物性格的深化、戏剧冲突的突出。（往往是在文学内容猥琐的末世，作家们才特别讲究起技巧细节来，以致形成纤巧；但是任何最不赞成16、17世纪英国诗剧的人也无法说它纤巧！）但要将这些主要的事情做好，必须将戏剧语言运用好——由于剧的主体是韵文，问题也就变成必须将韵文运用好，不仅要使它适合戏剧要求，而且要尽量发挥它在戏剧里的特长和潜力。这不是一件容易的事，18、19世纪多少英国诗人尝试写作诗剧，其中包括了艾迪生、柯勒律治、拜伦、雪莱、丁尼生、勃朗宁等大手笔，然而没有一个在舞台上站稳了脚跟。莎士比亚及其同辈剧作家的骄傲在于：他们全能驾驭韵文，写出了能吸引观众的诗剧。这些剧多数有富于时代精神的内容，然而这内容却是靠了戏剧性的韵文而才得到生动的表达的。以莎士比亚而论，韵文使他的悲剧和历史剧更深刻，更高昂，更有英雄气概；韵文也给予他的喜剧以浪漫的诗情和闪耀的机智。

然而莎士比亚的韵文却不是一个单一体，也不是一成不变的。有几种成分存在于他的韵文之中。一种可以下列几行代表：

用我自己的眼泪我洗去自己的香膏，
用我自己的双手我端走自己的王冠，
用我自己的嘴巴我否认自己的圣位，
用我自己的声音我免去臣民的义务，
一切至尊的威权我都放弃，
我的房、地、财产都捐出，
我的法律、条令、圣旨都废止，
上帝宽恕对我宣誓而不遵守的人，
上帝督促对你宣誓的人遵守誓言……

这是英王理查二世在被迫退位的时候说的一段台词。论戏剧性，这段台词有沉痛的表白，最后两行又在讽刺之中隐藏着警告，应该说是适合于这一个情绪上的顶点的；但是同时我们又必然会觉察到这里的重复与平行结构露出了斧凿痕——换言之，这里有"修辞术"。(不知怎的，每次读到这段台词，总使人想起京剧《逍遥津》里汉献帝的一段唱词，其中"欺寡人……欺寡人……"等词句也是不断重复。)《理查二世》大约写于1595年，莎士比亚在此以前所写的剧本还有"修辞术"的痕迹更为明显的，而在此以后，出现了这样的一类诗行：

收起你们闪亮的剑吧，
它们沾了露水要生锈的。

这是奥赛罗说的。当时他刚同苔丝狄蒙娜结婚，女方的父亲率众打了火把赶到，想用武力拆散这对新婚夫妇。奥赛罗是一员久经战阵的大将，又是想象丰富的非洲黑人，这两句话表示：你们这些无用之辈吵吵嚷嚷，居然想同我来斗剑，可别白白糟蹋了好武器！诗行充分表达了他的镇定、无畏、庄严，对于前来挑战的众人的鄙视，对于水城威尼斯美丽的夜晚的感应。这里如果有"修辞术"的话，它也是完全融合在戏剧之中了。精彩的是：一个简单的形象——露水会叫你们的剑生锈——就照亮了奥赛罗整个人的性格。《奥赛罗》写于1604年，再过一年，《李尔王》上演，这时莎士比亚写出了一种新的朴素的诗行：

不，不，不会活了！

连一条狗、一匹马,一只耗子都能活,
为什么你就连一口气也没有?

这时候,就是形象的运用也达到新的境地:

罪恶穿上黄金甲,
法律的长矛给碰断;
罪恶穿上破衣裳,
用一根稻草也戳穿。

文字是简单的,没有舞文弄墨,然而比喻贴切,对照鲜明,几行诗揭开了当时英国丑恶现实的盖子,造成强烈的印象。将这样的素朴同这样的形象加在一起,放进感情的浪潮里,就出现了这样的丰富、成熟的大片好诗:

走,坐牢去!
让我们并坐牢房,像笼中鸟一般歌唱。
等你要我祝福,我就跪下
求你宽恕,我们就这样活着,
祷告、唱歌、说说掌故、笑笑
那些花花公子,听听那些小人物
谈朝廷大事,我们也跟着谈,

谁赢了，谁输了，谁当政，谁下野，
议论世事的奥妙，就像我们是
上帝的暗探！你看那些大人物
都逃不过潮涨潮落的命运！
我们坐牢磨日子，也要磨掉他
几朝天子几朝臣！

这里所表现的，不只是诗更接近口语，文字更精练，韵律更运用自如，等等，还有剧情更丰富，内容更充实，思想更深刻。在《理查二世》的那段引文里，只有一个意思，而用不同的说法在重复；在《李尔王》的引文里，意思很多，而文字倒更紧凑、纯净了。李尔王退了位，被两个大女儿赶出，在民间到处流浪，看到了前所不知的官吏横暴和人民痛苦，他似乎是气疯了，实则他对于自己和世界的认识都深化了，最后虽然战争失利，自己和小女儿被俘，但他却在剧烈斗争之中获得了一种新的智慧。"笼中鸟"这段话似乎表示消极隐退，实则反映了一种最后的信心，而且李尔王变成用民间的眼光来看朝廷，这在一个做过国王的人是极大的转变和非凡的进步。莎士比亚为了写好这一些，不但在剧里倾吐了他自己对于朝政腐败和民间疾苦的深切感触，而且摒绝一切辞藻，决心不让任何修辞术隔在剧本与观众之间！人们看这个剧时，只为剧情所吸引，根本不感到语言的作用。这是诗剧中运用韵文成功的最高表现。《李尔王》比《理查二世》约晚十年，在这十年里莎士比亚有了一个三重的发展：在语言风格上他归真返璞，在戏剧艺术上他更加成熟，在思想上他对于周围世界的认识也是大大深刻起来。

*　　　　*　　　　*

然而这成熟，这深刻，都是有限度的。

关于不够成熟一点，我们不拟多说，只想提醒爱好莎士比亚的人们：不要把明明是粗糙、芜杂、过火、油滑、落后、公式化、感伤化、生拼硬凑的东西也作为宝贝看待。是的，这些缺点之中许多是一种新兴艺术所不可避免的，甚至正是它的优点的另一种表现；是的，莎士比亚往往能够克服这些缺点，或使之转化成为优点。但是他也常有被缺点挡住的时候，也有写得马虎、但求过得去的时候，他在初期曾经以文胜质，在后期则又赶时髦去写"传奇剧"，结果写出了被萧伯纳斥为"庸俗的、愚蠢的、可憎的、猥亵的、叫人厌恶得完全不能忍受"的《辛白林》。其实，何止《辛白林》！好几个历史剧，好几个前期的喜剧，不少所谓"悲喜剧"，都是无人演、无人读、只在学者口中偶然提到的文学博物馆陈列品。

至于莎士比亚思想上的得失，也是通过他的剧本看得清楚的。《罗密欧与朱丽叶》证明他是反封建的健将；整套历史剧证明他是谴责封建割据的爱国者；一系列的伟大悲剧证明，他对当时的社会现实进行了有力的批判。他确实无愧于英国文艺复兴时代精神的代表者的称号。但是他在反封建方面并不彻底，他原来出身市民家庭，后来自己变成了同宫廷有来往的戏班大股东和在乡下有财产和贸易活动的"殷实市民"，对于人民群众越来越害怕，1607年英国中部诸郡的农民起义波及他的故乡，更是给了他特别的震撼，使他分外强烈地通过罗马史剧《科利奥兰纳斯》（1608年）中一个人物之口重申了社会分工论，说什么贵族如人身上的胃，看起来似乎只吃东西不做工作，实则消化食物供应养料都对身体其他部分有极大用处云云。这"胃"的比喻是莎士比亚从普鲁塔克《名人传》借来的，然而他给了它特别的强调。这番话实际是社会等级论的另一说法。在莎士比亚看来，社会分成等级，就像宇宙各个星球摆好了位置一样，是完全不许打乱的，否则立刻天下大乱。这个等级论不仅见于1600年左右写的《特洛伊罗斯与克瑞西达》，而且早见于初期的《错误的喜剧》和《亨利五世》等剧，亦即莎士比亚就在其尚有反封建的锐气之时，也一直担心人民群众起来"犯上作乱"。这种等级论既是封建地主阶级所鼓吹的，也是资产阶级在得势之后所提倡的，他们互相之间有矛盾，但为了对付劳动人民，这两个剥削阶级是联合作战的。当时英国的商业资产阶级一方面为了与封建地主抗衡而大谈"人的伟大"，提倡人道主义，一方面则对劳动人民通过圈地运动进行极为残酷的剥削，把穷人当作牛马使唤，又当作野兽防范。莎士比亚的思想没有能够超越当时资产阶级思想的范围，因此当他写最后的一个剧本《暴风雨》的时候，他写下了奇幻的情境和成熟、绚烂的诗行，同时却又用十分丑恶的形象描绘了凯列班。凯列班是岛上原来的居民，现在却成了外来人普洛斯彼罗的奴隶，替他取薪觅食，却只换得了不尽的诅咒和刑罚——换言之，他是一个殖民地的被掠夺者。在剧本的最后，被放逐的公爵同统治阶级内部的对手是和解了,在一片原谅和祝福的气氛里出现了一个大团圆的结局,然而凯列班还是受到了严厉的对待,被派去"打扫岩洞"——从事没完没了的劳役!在这样的形象和这样的剧情前面,当我们听见人们盛赞天真少女米兰达的一段台词:

啊,真是奇迹!
这儿有多少美好的生物!
人类是多么美丽!呵,灿烂的新世界,
里面有这样的人活着!

我们知道这"人"指的是上等人——贵族和资产者,凯列班那样的"土著"是不包括在内的。"新世界"是动人的字样,然而在这里带有欺骗性——对于凯列班那样的殖民地人民说来,这世界并不"灿烂",而是十分残酷的。至少,这"新世界"不是"空想共产主义社会",像英国某些批评家所解释的那样;莎士比亚没有能够看得那样远,我们也没有理由要求他看得那样远。

(原载《世界文学》第 5 期,1964 年)

1910—2000

卞之琳：论《哈姆雷特》（节选）

莎士比亚写戏剧和希腊悲剧家写戏剧有一点相似的情况。希腊悲剧家都用民间流行的民族神话作为题材，莎士比亚常用民间流行的传说，以及历史书和传奇著作里的现成故事作为题材［**参看韦立谛（A. W. Varity）《哈姆雷特》序文（1904年）**］。他甚至还拿现成戏剧作为蓝本。《哈姆雷特》的写作不但有前一种情形，而且有后一种情形的可能。我们把这种材料来源以至可能的蓝本拿来和《哈姆雷特》对比看一下也可以使我们进一步明确莎士比亚在这本戏剧里的创作意图。

哈姆雷特的故事大致有很古的起源。只是丹麦历史家萨克索·格拉姆玛提库斯在12世纪末所著的《丹麦史》里首先把这个故事写了下来，写成了这样的形式［**参看多弗·威尔孙《哈姆雷特》序文（1934年）**］：

阿姆雷特（哈姆雷特的前身）的父亲，日德兰总督，在单人对战中杀死了挪威国王，博得了英名，可是他的兄弟芬格把他谋杀了，对众人提出理由，假装正经，俨然大义灭亲的样子，达到了篡位夺嫂的野心和私欲。年轻的阿姆雷特装疯自卫，以便待机报仇，因此一举一动，都显得没精打采，可是一言一语，都显得话里有鬼。芬格生疑，用"美人计"来试探他，因为阿姆雷特从一个心腹朋友处得知内情，没有成功。芬格又使自己的一个亲信，躲在房间里，偷听他和母亲的单独谈话，可是阿姆雷特机警，发觉了就当场刺杀了他。阿姆雷特随即对他的母亲大张挞伐，说她忘记了丈夫，骂她是娼妓，是禽兽，说得她心碎了，决心要改邪归正。芬格就另想办法，打发两个护从，把阿姆雷特送去英国，在文书中密令英国国王处死送来的青年。路上阿姆雷特，趁这两个人熟睡的时候，搜索他们的箱箧，找出了文书，读了训令，就抹去原文，重新改写，把自己要受的杀身灾祸转嫁到这两个人的头上。这两个人，到了英国，立即被国王处死，阿姆雷特不但受到国王礼遇，而且大为赏识，把女儿嫁给了他。一年后，阿姆雷特回到丹麦，设计使芬格和他的左右纵酒作乐，放火烧宫，把他的党羽都活活烧死，找到已经退出的芬格，在交手中夺取对方的剑，杀死了大仇人。

《哈姆雷特》剧本里的情节和人物在这里大致有了些雏形，虽然这点中世纪传说的骨骼要成为文艺复兴式戏剧，还需要修改，还需要赋予意义，才有生命和血肉。可是一般专家认为剧本材料来源主要还是1570年在巴黎初次出版的贝尔佛莱的《悲剧故事集》。这位法国编译家在书中根据萨克索和意大利作家班戴洛转述的故事，改加议论，比诸《丹麦史》，"总督"改为"国王"，并不重要；这里确实提出阿姆雷特的"极大忧郁"值得注意。此外有两点可注意的添加：阿姆雷特的母亲在谋杀案以前和他的叔父通奸；阿姆雷特和那个"美人"本是一对情人。至于1608年英国出版的贝尔佛莱译本《哈姆卜雷特故事》显然是反受了剧本的影响［弗奈思（Forness）集注本《哈姆雷特》附有这种译文］。

这点故事的梗概很有点像莎士比亚剧本情节和人物的梗概，可是又天差地别。我们知道从一座大楼在建造过程中的脚手架身上，一点也不可能认出大楼本身的面貌。可是我们知道了莎士比亚的剧本有这点来源，也就了解了我们不能不在莎士比亚的剧本里，从这种现成的架子来认识作者自己的创作意图。

莎士比亚在1601年左右写作《哈姆雷特》（或者至少是把它大致改定）以前，远在1589年左右，伦敦舞台上显然已经见过一个以哈姆雷特故事为题材的悲剧。一般人推测写它的该是写《西班牙悲剧》的托麦斯·基德。(《西班牙悲剧》本身也有几乎和《哈姆雷特》有表面的类似处：主角报仇先装疯，戏中有鬼，戏中有戏。) 有人考证莎士比亚在1594年第一次把它改编了。也有人推测它就是莎士比亚自己写的，可是一般人都不以为然，因为大家相信莎士比亚在1589年左右还刚开始他的戏剧活动（包括上台演不重要的角色）。

那个剧本早已失传了，可是18世纪德国出现的德文《杀兄受惩记》，一名《丹麦王子哈姆雷特》（弗奈思《哈姆雷特》集注本有英译文），钞本可能是根据它修改和缩写而成的，因此从中可以想见它的一点面貌。这是一般人的猜测。别人也可以猜测它可能是根据莎士比亚早期的那个改编本或者完全自己编的早期作品。不管怎样，我们拿它来和莎士比亚的《哈姆雷特》（或者至少是《哈姆雷特》的定稿）对比一看，它和莎士比亚的《哈姆雷特》出入的地方，对于我们正确了解莎士比亚在他的《哈姆雷特》剧本里的创作意图，总有很大的帮助。

理由有三点：

（一）假定德文剧本根据的是莎士比亚前人的剧本，我们可以看他怎样改前人的作品，看出他自己的意图方向。

（二）假定德文剧本根据的是莎士比亚自己的早期作品，我们可以看他怎样改自己的作品，看出他自己成熟和深化的意图方向。

（三）反过来，假定德文剧本的执笔者把莎士比亚前人或自己的作品改了一些，我们至少可以看出莎士比亚的意图方向怎样不同于别人的意图方向。

照这样做去，我们仅从几点有意义的歧义中，就可以看出莎士比亚在思想上推陈出新的用心所在（也就是他在艺术上点铁成金的窍门所在），超出普通的复仇剧格局，写出深刻的社会悲剧。（《哈姆雷特》在1603年最先出版的偷印本所谓"第一四开本"和1604年出版的可靠的所谓"第二四开本"以及1623年出版的莎士比亚第一个戏剧集本，所谓"第一对褶本"之间，也有很大的出入，但不是本质的歧异。）

首先，我们知道1589年左右就出现在英国舞台上的哈姆雷特悲剧，除了"报仇"气氛以外，显然以其中鬼魂的作风在观众里留下了最深刻的印象，因为当时有人提到鬼魂在台上惨叫"哈姆雷特，报仇！"显得"像叫卖牡蛎的女人"。现在我们从《杀兄受惩记》里也可以看到鬼魂从背后偷打巡夜人的耳光。莎士比亚在他的《哈姆雷特》里就不把鬼魂写得这么可笑，而把它庄严化了。它生前是哈姆雷特极端敬爱的父王，理想君主，"人"——哈姆雷特给他的至高的称号（第一幕第二场）。可见莎士比亚使这个"人"的亡魂显得庄严，正是点明了莎士比亚在全剧中处处留心，着意要表现他对人类的称赏，对糟蹋理想的丑恶现实的痛心。

对比之下，莎士比亚把哈姆雷特的叔父克罗迪斯作为反面人物这一点分外强调了。例如，哈姆雷特看见克罗迪斯正在虔诚祈祷，因此并不乘机杀他，等哈姆雷特一走，他在《杀兄受惩记》里还是表现了悔罪之心，决心要斋戒、行善、祷告，责备自己的野心，在莎士比亚笔下却是轻轻松松地只说了两行：

我的话飞上去，我的心还留在地面。
无心的空话飞不上天。

（第三幕第三场）

可见莎士比亚刻意加强哈姆雷特以及他的父王和取而代之者两方面之间的鲜明对照：一边是善，一边是丑；一边是庄严，一边是下流；一边是真，一边是假。

罗森克兰兹和纪尔顿斯丹在《杀兄受惩记》里只是克罗迪斯的两个无名侍从，莎士比亚把他们和哈姆雷特拉紧了关系，表明他们本是同学好友。这一点关系的拉紧使我们看出，莎士比亚显然看重另一点关系的紧密：有意无意倒在敌对方面或者是被敌对方面当作工具的莪菲丽亚，是哈姆雷特的情人，波乐纽斯是她的父亲，莱阿替斯是她的哥哥。可见莎士比亚显然要达到使矛盾尖锐的效果，要加深哈姆雷特对世道人心的愤慨、理想破灭的痛苦。

莱阿替斯在《杀兄受惩记》里听说父亲暴死，只是一个人从法国赶回来，闯进宫里，质问克罗迪斯，要求报仇。莎士比亚却使他为了逞个人一时之快，利用了人民，煽起了暴动。莎士比亚正因为深爱人民，一贯痛恨自私自利的伪君子利用人民，欺骗人民。莪菲丽亚的丧礼场面，在莎士比亚笔下也正好用来揭发了莱阿替斯的装腔作势。

由此种种，可见莎士比亚有意着重哈姆雷特一边深感到理想落空的痛苦，一边深恶了社会上的是非颠倒、假仁假义、不忠不信、假公济私。

另一方面，《杀兄受惩记》里，莪菲丽亚一点也没有显出对哈姆雷特有什么感情，最后的发疯却又只是发的"花痴"，自杀的办法是从高山上跳下来，粉身碎骨。莎士比亚却对她充满了怜悯之心，最后使她攀柳落水而死，完全诗化了。正因为如此，莎士比亚才有可能终于使对她表现过残忍的哈姆雷特，在她的坟头，伤痛得不能自制，发疯一般，跟她的哥哥大闹一场。

这里也可见，莎士比亚终于表现"脆弱"的妇女主要只是社会罪恶环境的牺牲品。也就因此，莎士比亚使哈姆雷特到死还是保持了对人类的信心。

此外，《杀兄受惩记》里，哈姆雷特一再提出克罗迪斯戒备森严，无从下手，莎士比亚却并不十分强调哈姆雷特报仇行动的外在困难，而使哈姆雷特意识到自己的斗争行动牵涉到社会矛盾的深处和广处，斗争行动中所碰到的自己在人生观世界观上的严重危机。

这一点正好使我们从《杀兄受惩记》和莎士比亚剧本的出入问题，进一步看一看可能是缩写的《杀兄受惩记》主要欠缺了什么。最突出的欠缺具体表现于哈姆雷特装疯一点也不像疯，哈姆雷特的"忧郁"只是一句空话。只是对现实认识得如此深刻，感受得如此深刻的莎士比亚才会使哈姆雷特说那些非常像疯话的痛心话，才能给哈姆雷特的"忧郁"那么深厚的内容。

这也就反证了一个道理，即删去莎士比亚使哈姆雷特说的那些疯话和独白，也就拆毁了《哈姆雷特》剧本，消灭了哈姆雷特本身。

这也就反证了把莎士比亚的《哈姆雷特》剧本除去了深广的社会意义，也就没有了莎士比亚的哈姆雷特这个典型人物。

同时，这也就使我们明白了英美现代文学界影响最大的作家托·斯·艾略特为什么说《哈姆雷特》是一个"艺术性的失败"，说剧本里感情"超过"了事件〔艾略特（T. S. Eliot）：《圣林》（论文集，1920 年）〕。他们抹杀《哈姆雷特》剧本的社会意义的办法，也就是要大家把《哈姆雷特》剧本看作是一堆事件的枯骨。

艾略特这句话一举而不但支持了现代莎士比亚学者当中的所谓"历史派"〔英国罗伯孙（J. M. Robertson），美国斯托尔，德国许景

（L. L. ScbJcking）是所谓"历史派"］，也支持了心理分析派以及其他种种客观主义者、形式主义者，鼓励了他们肯定《哈姆雷特》的所谓"艺术性的失败"，肯定了这是莎士比亚前人作品留给他的包袱。其实，莎士比亚用别人的现成材料写自己的戏剧，如不能把这些材料随心所欲，塑造成有机的整体，使它借自己吹进去的气息或生命，而变成活的，也就不成其为莎士比亚了。

到这里，我们得提醒一声，所有伟大作品的内容都来自当时社会，来自实际生活。莎士比亚的许多戏剧，尽管穿了古装，谁都承认，是反映的莎士比亚自己的时代。可是现代英美学者大都把时代看作是一些时人时事的烦琐现象，不注意社会现实的本质，因此他们颇有些倾向于"影射"论的猜测。就《哈姆雷特》而论，批评"历史派"不懂历史的英国学者多弗·威尔孙就断定艾塞克斯伯爵是哈姆雷特的原型。实际上，我们知道艾塞克斯事件只是以这样一个场面人物倒台时候的轰动性而震醒了人民对当时政治与社会的重新认识，他与女王的争吵，与宫廷贵族的另一派的倾轧，并没有更大的意义；我们知道艾塞克斯只是当时宫廷贵族中年轻、漂亮、有些才气又糊涂到家的女王宠臣和野心家，没有显出什么与哈姆雷特相称的人文主义的理想。就一般创作经验说，就莎士比亚处理题材的特殊方法说，我们可以设想莎士比亚可能从艾塞克斯事件的轰动性而得到了写作（或修改）《哈姆雷特》的启发，也有可能从艾塞克斯的外表想到了一点哈姆雷特的外形。我们要了解《哈姆雷特》，可以想想艾塞克斯事件所暴露的时代危机的严重性，决不能朝艾塞克斯这个人的方向来看哈姆雷特的典型性。哈姆雷特决不能是艾塞克斯的写照，也不能是别的什么人的写照；他是莎士比亚的灵魂，"时代的灵魂"。

（原载卞之琳：《莎士比亚悲剧论痕》，生活·读书·新知三联书店1989年版）

学大合联

第七篇 名家赏析（二）
歌德三讲

1937—1946

1903—1969

陈铨：狂飙时代的歌德

一

狂飙运动，不仅是一个文学运动，同时也是德国思想解放的运动，和发展民族意识的运动。在这个运动以前，德国文坛根本没有什么伟大的作家，德国民族也不相信他们能够产生伟大的文学。法国文学的势力风靡全欧，德国的作家都奉它为规矩准绳，不敢越雷池一步。在思想方面，17世纪以来的光明运动，理智主义，依然盘踞一般人的心胸。文学上的形式主义，思想上的理智主义，交互影响，使德国民族不能认识他们自己，发展他们的个性和天才。

经过这一个运动以后，一切都改观了，形式主义成为天才主义，理智主义成为感情主义。伟大的作家再也不受传统和外来势力的支配，努力创造、活动。他们的思想越来越深刻，作品越来越完美。歌德和席勒，展开德国文学史上最光荣的一页。从此以后，德国民族可以骄傲，他们有优美高尚的文学可以和其他的民族相颉颃，德国的民族意识因而得到高度的发展。

我们研究世界各国的文学史，通常发现，民族运动，思想运动，文学运动，同时并进，互相帮助。德国的情形并没有例外。

歌德在德国文学史上的地位，和在世界文学史上的地位，是谁也承认的。这一位伟大的诗人，在这一个如火如荼的运动中间，怎样处理他自己呢？他的生活和思想，他心灵上的状态，他努力的创作是怎样一幅图画呢？这是一个极饶兴趣的研究。

二

狂飙运动的发生，不是偶然的。在少数的领袖鲜明地提倡以前，许多的青年已经深深感觉一种心灵上的苦闷。少年的歌德，在1767年，刚刚十八岁，抱着满怀的希望，进莱布慈大学。他打算借大学的帮助，探讨人生宇宙的真理，但是进学校不久，他就非常失望。哲学教授们玩的逻辑把戏，与人生毫不相干。科学的研究，也正如摆仓所说"智识的橱子，不是人生的橱子！"他最佩服的格勒特教授，是一位拘谨的人，会见学生，殷勤地问他们是否到教堂做过礼拜。然而在宗教方面，歌德早已觉得教堂的仪式能满足宗教的情绪的要求。别人曾经问歌德为什么不进教堂，不做礼拜，歌德说："我不是伪君子，我不能做这件事情！"

似狂飙般的热情，在歌德的内心驰骋冲动，使他感觉一切都不自然，一切都是虚伪，一切都不能给他一个安身立命的地方。

1768年他病了，他回家，在病中他的愁绪更炽。他感觉他像浮士德一样，什么都知道，什么都经验，然而心境永远不安宁。他和克勒腾伯尔格女士讨论宗教，他试验中世纪的炼金术，他读魔术的书，他依然得不着满足。第二年病愈，他到司乔士布尔格再进大学。他对于大学已经没有从前那样的信仰。然而生活上发生了两件事情，留下他一生不可磨灭的痕迹。

第一件事情，就是他新交了一位新朋友黑尔德。黑尔德虽然比歌德大不了几岁，但是在1770年歌德会见他的时候，他已经名震全国，思想成熟，是狂飙运动的重要领袖。从黑尔德那里，歌德学会狂飙运动的真诠。人类应当自然，所以感情不应当束缚，天才可以创造规律，力量是天才的象征。传统的思想、风俗、政治、文学，一切社会的制度，在压迫感情、天才、力量的状况之下，都必须根本改革。法国的新古典主义，不适合德国民族的性格；英国的莎士比亚，是德国文学良好的导师。原始民族的诗歌，山巅水涯的民歌，是感情自然表现的天籁。

就算一位批评家能够看清时代，影响时代，假如那个时代没有天才产生，或者天才没有受他的影响，那么他的启示也不能开花结果，从来文学史上没有一位批评家和创作家，像黑尔德和歌德的关系那样圆满的。经过黑尔德的指导以后，歌德完全变成另外一个人。他明白自己的天才，他知道他努力的方向。

另外还有一件事情，在歌德精神生活上发生伟大的影响，就是他同他女朋友弗雷德锐加的恋爱。弗雷德锐加的父亲是一个小地方的牧师，为人诚朴宽厚，乐天安命，活像英国小说家哥尔德斯密斯描写的威克裴牧师。那时歌德正读了这一部小说，到他家里，感觉惊人的相同。这位牧师的女儿，天真、活泼、聪明，不久做了歌德的恋人。两人的感情深沉真挚，歌德为她做了好些极优美的诗歌。但是后来歌德突然离开，他们的关系就因此断绝了。这一场公案，煞费了文学史家的苦心搜寻，始终不能解决，然而从歌德的自传和文学作品里，我们发现歌德这样的感情生活，早已摆脱光明运动的干燥无味的理智主义，走进了一个有声有色丰富浪漫的新世界。

三

"感情就是一切"，这是歌德浮士德的主张，也就是狂飙时代最有力量的口号。歌德第二段感情生活，是他《少年维特之烦恼》的源泉。歌德曾说："我一切的诗，都是即兴诗。"就是说，他所有的作品都是从生活中出发。《少年维特之烦恼》的女主人翁，实际上是歌德的女朋友夏绿蒂，小说中描绘的情景，和歌德实际的经验，的确有好些相似的地方。

歌德第一次在一个乡村跳舞会认识夏绿蒂的时候，她已经订婚了。这一位替已死的母亲统率一大群小孩的女子，天真诚笃，深得弟妹的爱敬。他们要吃她亲手切的面包，面包的大小，依照年龄的大小。歌德同她朝夕相从，非常喜欢她。不久未婚夫回来，对歌德也特别尊敬，三人成了最亲密的朋友。实际上他比小说上的未婚夫的人格高尚得多。到了相当的时候，歌德知道情形不妙，也就决然离开。过了几年，歌德因为新的感触，就写成了这一部小说。

《少年维特之烦恼》里，最惹人注意的，当然是维特的自杀，然而全书精意所在，倒不是少年维特的恋爱问题，而是他那一套新的人生观。他喜欢自然，常常夜晚上散步，他爱好真诚，他痛恨社会虚伪。这样的人格是超越了时代的。处在当前的时代，他感觉一切都不自然，因此也不自由，即令没有绿蒂的感情关系，他也要自杀的。他的自杀，是狂飙运动对传统的思想社会一个激烈的反抗。新时代就要来临，旧时代必须根本改革。这是歌德代表狂飙运动写这一部小说的意义。

旧时代一切都不自然，因为它压迫人性。少年维特曾和别人有一次辩论。他说：假如一位青年，爱上了一位女子，他一定愿意朝夕不离开她，把所有的金钱都买礼物来赠送她。现在却来了一位饱经世故一切以理智为依据的老头子对他说：青年人，你恋爱是对的，但是你应该分配你的时间。最好星期一到星期六，专心工作，到星期六下午和星期日你才去会你的爱人。赠送礼物，也是应该的，不过不要花钱太多，最好把你的收入百分之二来买礼物，其余的钱都拿来存储。这样你的恋爱就合理了。

然而还是理智主义的自然结论，也就是恋爱生活的宣告死刑！

这不是狂飙时代的精神，狂飙时代的精神是自然的、感情的，也是解放的、革命的。在《铁手葛兹》里，歌德描写一位中世的英雄，领导农民，反抗贪官污吏的压迫。《铁手葛兹》和《少年维特》，是歌德狂飙时代的代表，是他第一次取得国际名誉的杰作。后一种是个人的，也是社会的；前一种是社会的，也是个人的。个人要有真感情，社会才有真解放；社会要有真革命，个人才有真自由。

但是《铁手葛兹》还有一个更深刻的意义，就是德国民族意识的醒觉。自中世纪以来，罗马教皇对于德国内部政治，有绝对支配的力量，神权和政权合二为一。经过马丁路德的宗教革命以后，德国一部分人摆脱了罗马教皇的势力，然而神圣罗马帝国仍然在政治方面维持教皇的威权。这种外力的干涉，使德国内部不能统一，因为外力不愿意德国统一。这个斗争，一直到后来普鲁士兴起，威廉第一和俾士麦上台，才彻底摆脱外力干涉，而自主独立。歌德的《铁手葛兹》对于罗马教皇遣送贪婪教士欺压平民，表示激烈的反抗。虽然葛兹对于教皇依然忠心，然而这已经是民族自觉的第一步。

四

在 1769 年，歌德生病家居的时候，他第一次想到写《浮士德》。由考证的结果，我们知道，歌德在 1773 年到 1775 年中忙于创作，这大概就是后来发现的《浮士德》原本和 1790 年出版的《浮士德》残本，1805 年《浮士德》上部，1832 年《浮士德》下部，代表歌德精神演进的四个阶段。

《浮士德》原本是狂飙时代的产儿，也是歌德全部浮士德的根基。尽管后来歌德的精神成长变化，浮士德的精神始终保持。

中世纪浮士德的故事，引起狂飙时代青年最大的兴趣，因为他们的精神有许多共鸣的地方。1770 年，歌德自己说："傀儡戏中间那个意味深长的故事，又在我灵魂中间用各式各样的声音喃喃营营。我也曾经在整个的科学领域漫游，曾经很早认识他的虚荣。我也曾经尝试过每一种形式的人生，归来以后，更不满意，更不安宁。现在就像许多其他的人一样，把这些事情蕴藏在自己心中，在寂寞无人的时候，我在它们里边取得快感，但是没有写出他们任何一部分下来。"

每当时代转变的开头，青年人的内心，都无形中要感觉一种苦闷。这种苦闷的心情，也就是时代进步的象征。浮士德的灵魂永远是不安定的，永远是苦闷的，所以他永远也是进步的。历史的进展需要天才，天才必须不断地进步、活动、创造。世界的文化不应当停滞，因此也常常依赖一批远见之士，对于现况能够不满，替他寻求一条新的出路。狂飙时代的精神，是一种凭借天才，不断前进，不断创造的精神，所以也就是浮士德的精神。

在另外一方面来说，浮士德是德国民族特性的表现。浮士德是一个理想的人物，他永远作理想的追求。黄金世界是辽远的，人类的工作是无穷的，只有抱不屈不挠，不颓废，不悲观，继续努力，向前奋斗，那么工作本身中就有永恒的快乐。一百五十年以来，德国的哲学科学文学艺术，突飞猛进，也就全靠这一种理想主义。所以理想主义实际上是德国民族一切活动的源泉，也可以说，浮士德精神是德国整个文化的基础。

五

狂飙运动是德国民族第一次自己认识自己的运动。在这一个大时代中间，歌德充分表现了他自己的天才。他的思想生活著作都经过一番剧烈的改变。他不但能够接受时代，而且能够开创时代。卡奈尔一生崇拜歌德，在他的名著《英雄与英雄崇拜》中，他把歌德列为英雄之一,和莎士比亚并驾齐驱。歌德不愧是世界上第一流的文学家,他不但有创作的天才,他还有超人的见识,对于历史上这样的伟大人物,我们应当借镜,至于狂飙运动中间所启示的人生观,对于数千年受儒家传统哲学支配的中华民族,更需要选择采纳,来培养我们民族的活力,进取的精神,感情的生活,理想的追求。因为没有这一些条件造成一个新的人生观,我们没有更好的办法来应付目前和今后紧张的国际局面。

(原载重庆《大公报》"战国"副刊第31期,1942年7月1日)

1903—1969

陈铨：浮士德精神

一

歌德的诗剧浮士德，是西洋文学中最伟大著作之一。只有荷默的史诗，莎士比亚的戏剧，但丁的神曲，可以同它相提并论。

浮士德的创作占据了歌德的一生。第一部的完成，经过了三十年工夫；全部完成经过了六十二年。从来世界上一部文学作品，没有经过这样长的时间；从来一个文人，对于一个艺术创造，没有卖过这样大的气力。

歌德少年的时候，天才智识，已经就超越常人。《铁手葛兹》和《少年维特之烦恼》，早已取得了国际的名誉。中年在魏玛宫廷，作了许多政治上的建设。晚年对于科学，也有重要的贡献。他是诗人、政治家、科学家。他的人格、教育、经验，使他成为19世纪西洋文化的最高峰，他的诗剧《浮士德》，也就是19世纪日尔曼民族精神最高尚的表现。

现在我们要问，浮士德精神是什么？浮士德精神，对于目前的中国有没有什么可以借镜的地方呢？

要探讨浮士德精神，我们先要研究浮士德的缘起。

二

浮士德大概生在 15 世纪的末叶。他同时的人,已经有好些关于他的记载,以后继续又有许多传说。到 1587 年希匹士把这一些记载传说收集起来,写成一本书,在佛兰克弗城出版。书出后风行一时,第二年已经再版,三年后就有英文的翻译。英国的戏剧家马罗,根据这一部书,1593 年写成功一本戏剧在伦敦上演。后来英国的戏子到德国演戏,把马罗的戏本肤浅改变一些,大受德国民众的欢迎。1599 年意德曼根据希匹士的原书,又增加若干故事,另外写一本更完备的书,在汉堡出版。1674 年斐泽尔改编意德曼的原书,重新问世,引起大家对浮士德的兴趣。浮士德的傀儡戏也出来了。1728 年还有一本简短的书,重述这一个故事。这一本小书,意德曼的传说,和傀儡戏,歌德都曾经过目。

这一些传说故事,小地方也有出入,但是大体讲浮士德,是当时一位很聪明的学者,凭他的医病魔术,很受一般人民的欢迎。人世间的智识,他都应有尽有。但他仍然感觉失望,他想要彻底了解人生,他要探讨宇宙的奥妙,他的学问并不能帮助他,他受不了内心的压迫,后来用魔术找了一个魔鬼,同他订了廿四年的契约。在这廿四年中间,魔鬼用一切的力量来供他的驱遣,限期满后,魔鬼有一切权利来处置他。根据这一个契约,他经历了许多奇怪的事情。他到过罗马、康士但丁、埃及、摩洛哥、亚拉伯、波斯,他享尽了人间的繁华。到二十三年,他对古代希腊的美人海伦,发生爱情,和她同居,生了一个孩子。期限满了的前夜,他心中失悔,把学生叫拢来，告诉他们，他不愁身体牺牲，只希望他的灵魂能够得上帝的饶恕。到中夜的时候，忽然狂风暴雨。第二天早上，他的学生进屋，只看见墙壁地板，到处都是浮士德的血肉。魔鬼已经把浮士德撕成片片，身体没有一部分完整，海伦和她的孩子，早已无影无踪。

这一个中世纪的浮士德故事，自然是代表当时基督教的人生观。人类应该信仰上帝，安分守己，不要受魔鬼的诱惑，浮士德的惨死，是活该的，是大家应当引以为戒的。但是话虽如此，浮士德这一个人，到底是一个非常人物。他明明知道结果可怕，仍然要同魔鬼订约。明明知道只有二十四年，但是他宁肯尝试廿四年丰富的人生，不愿过长时间庸庸碌碌的生活。这一种个性主义的伸张，无形中已经开始表示中世纪人类对于基督教压迫人性教条的反抗。

这一种反抗精神，在代表文艺复兴的戏剧家马罗，已经深深感觉到了。马罗悲剧中的浮士德，已经不是中世纪的浮士德。中世纪的浮士德，是一个不可救药的坏人，马罗的浮士德，已经是一个伟大的人物。但是马罗对基督教义，还没有完全摆开，所以浮士德结果，还是遭了魔鬼的毒手。

歌德的浮士德，和前人的认识，全不相同。

1765年，歌德到莱布慈进大学，当时他满心抱着希望，以为大学教育，可以帮助他了解人生。但是很短的时间，他就失望了。法律不近人情，逻辑是无意识的把戏，其他的科学，干枯无味，还不能满足他心灵的要求。他虽然年青，已经大似饱学深思的浮士德。求真的冲动，内心的悲哀，使他对于这一位中世纪阴沉书斋中的老学究，发生无限的同感。1767年大病回家，养病期间，自己也读了一些魔术的书籍，并且还布置了一个试验室，来研究中世纪的化学。那个时候他已经下定决心要写浮士德诗剧。

1770年，病好了，重新来希雀斯大学，那儿他会见黑尔德，精神思想上受了这一位好朋友很大的影响。传统的法国文学势力，他摆脱了，狂飙运动的主张——感情、天才、力量，等等新观念——他接受了。当他提笔写浮士德的时候，浮士德已经是狂飙时代的英雄。歌德从浮士德口中，说出他自己灵魂的状况，描写这一个新时代的精神。以后几年中间，一直到1775年，歌德第一次写成的浮士德原本，实是歌德全部浮士德精神的胚胎。

拿狂飙时代的浮士德来作歌德全部浮士德精神的根据，关于这一点，专门研究德国文学史的人，一定有很多的辩论。四年前作者在清华学报上发表一篇四万字的长文，研究歌德浮士德上部的表演问题，已经从各方面有详细的讨论。事实上，歌德1775年到魏玛宫廷，因为政务纷忙，没有时间来继续写浮士德。以后十几年他和斯坦茵夫人的友谊，以及斯宾洛莎的哲学，意大利的旅行，都使歌德渐渐抛弃狂飙时代的主张，学会感情理智的平衡。等到意大利归来，重新提笔写浮士德的时候，歌德已经变成古典主义的歌德。古典主义和狂飙时代精神上的不调和，使歌德几乎不能完成他的浮士德。他没有办法了，在1790年勉强结束，出浮士德残本。再后十几年，因为朋友们的鼓励，自己的新认识，才完成1805年浮士德的上部。然而里面矛盾冲突的地方，到处都是。一般写文学史的人，千方百计，想替歌德辩护，其实在歌德却是极自然的事情。

歌德的主张，和他文学的形式虽然有变迁，歌德的人格个性，始终是一致。不但在浮士德上部中间是如此，就是在1832年完成的浮士德下部中间，也是如此。所以浮士德的统一性，不应当在形式字句间去找寻，应当在歌德人格个性上去探讨。狂飙时代，是歌德精神借浮士德而作的最初表现，应当是后来浮士德精神一切表现的根据。

三

歌德浮士德精神，到底是什么呢？

第一，歌德的浮士德，是一个对于世界人生永远不满意的人。世界的进步，是无穷的，人生的意义，是要永远找寻的。天地间最没有希望的人，就是对人生世界认为满意无缺。因为人类只要满意，立刻就要停止活动。活动还有什么意义呢？世界上先知先觉的职务，就是能够常常发现世界人生的缺点，时时刻刻都要努力去改良。他的努力，也许一时不能唤醒一般人，但是他决不灰心，不丧气。大家不爱听他的话，讨厌他，痛恨他，残害他，他也置之不理。他要的是进步，是真理，不是糊里糊涂鬼混的生活。假如他牺牲，他觉得牺牲是光荣的，正如黑格尔所说：牺牲是伟大人物的光荣。因为要没有这一群永远不肯满意的人，历史就会停滞，人类也看不见光明。浮士德和魔鬼订约的时候，浮士德提出的条件是：

假如我安静懒卧床上，

你立刻让我生命丧亡！

假如你能够谄媚阿谀，

使我看着自己满心欢喜，

假如你能够用享乐欺骗，

那一天就是我最后一天！

浮士德是永远不能满足的人。魔鬼虽然用尽方法，醇酒，女人，金钱，势力，走遍天下，尝尽人生，浮士德始终没有被他欺骗，安静懒卧床上，而魔鬼始终也没有成功。

第二，歌德的浮士德，是一个不断努力奋斗的人。生活的意义，不在努力奋斗的结果，而在努力奋斗的过程，人生的意义，是不可知的，世界上没有任何人，能够彻底明白了解的。但是人类的内心，都有明白了解的要求。根据这一种要求，不断的努力奋斗，人类的生活就有意义。人生最怕不活动，不工作。只要活动，工作，生活立刻就不觉无聊。悲观厌世的人，多属有闲阶级，吃完饭不做事，当然感觉生活干枯。真正提起精神，孜孜不倦，寻求真理的人，他们充满了生命、兴趣、希望，绝不会有这种病态的呻吟。他们的奋斗努力，也许会走错方向，但本来是人类，自然免不了错误。世界上最可怕的，不是错误，乃是灰心。英国的卡奈尔受了歌德的影响，在他的文章中，不断宣传工作的意义，可以说得着了浮士德精神的三昧。

第三，歌德的浮士德，是一个不顾一切的人。要做事，就得不怕事。自己先要有决心；那怕天崩地裂，我也要勇往前进。孟子说：富贵不能淫，贫贱不能移，威武不能屈，这才是男子汉大丈夫。畏首畏尾，瞻前顾后，这一种人，一生也作不出任何精彩的事业。浮士德要探讨宇宙人生的真理，他的野心是大的，他的工作很困难，同时他冒的危险也是不可想象。旁人的冒险，顶多损坏他的身体，浮士德的冒险甚至于要毁灭他的灵魂。他想，与其糊里糊涂地生，不如清清楚楚地死。歌德写浮士德最初内心烦闷的时候，决心要饮鸩自杀，还是教堂的歌声，引起他儿时的回忆，才打断了自杀的念头。他一心一意，只要求真理，死生祸福，早已置之度外。他同魔鬼订约的时候，没有丝毫的迟疑恐惧。魔鬼还怕他追悔爽约，要他用血来签名，浮士德答复的话，正可以表示他坚强的意志：

> 精灵不给我答复，
> 自然也闭了大门。
> 思想的线索已断，
> 智识只带来厌憎。
> 让我们到人间去探险，
> 好消除我们的愚迷，
> 让每样奇异揭开面网，
> 现出他本来的身影！

让我们跳入时间的狂舞，

随着万千局面奔腾！

这样：欢乐和悲哀，

成功和忧闷，

都尽力地变更！

不断的活动

证明真正的人！

  第四，歌德的浮士德，是一个感情激烈的人。人类固然是有理性的动物，但是人生最精彩的事业多半从感情得来。忠臣孝子义夫节妇，到了紧要关头，能够牺牲一切不顾一切，战胜死的恐惧，全靠心中沸腾的热情。就是科学的研究，也要先有求真的冲动，然后能够推动一切。理智应当是感情的工具，没有真正感情的人，他也许可以说得头头是道，然而并不能使他努力实行，甚至于他还可以利用他的理智来掩护他的虚假，达到他的私谋。浮士德的爱人格饶琴，问他为什么不进教堂礼拜，是不是他没有宗教，浮士德的答语是：感情是一切！这一句话，简直是狂飙时代的口号。因为德国的狂飙运动，主要的就是反对 18 世纪初年的启蒙运动，唯智主义。浮士德是狂飙时代的产儿，所以也是感情主义的崇拜者。歌德本人，一生最富于感情，后来虽然极力回复到希腊的古典主义，但是歌德的人格个性，并没有多大变更。而且歌德的古典主义，和 17 世纪的古典主义，最重要的分别，就是前者勉强抑制他的热烈的感触，他的作品，处处表现作者的灵魂，法国的古典主义的作品却往往只是作者笔尖上的花样。所以狂飙运动和感情主义，实在是全部浮士德的胚胎。浮士德之所以为浮士德，也就全靠他内心有激烈感情的冲动。

第五，歌德的浮士德，是一个浪漫的人。浪漫两个字，在中国到处被人误解。一般人都以为在男女关系上随便一些，就是浪漫，这真是大错误大荒唐。浪漫主义运动，在西洋历史上，乃是一种新的人生观运动。浪漫主义者，实际上就是理想主义者。他对人生的意义，有无限的追求，因为人生的意义无穷，永远追求，永远不能达到，这就是浪漫主义的精神。德国最富于浪漫色彩的诗人罗发利斯，曾经写了一部小说，里面描写一朵青花，或隐或现，若远若近，书中的主人翁，不绝在寻求，始终没有得到。这一朵青花就是人生最高的理想。歌德的浮士德的态度，就是浪漫主义者的态度——他有无穷的渴想，内心的悲哀，永远的追求，热烈的情感，不顾一切的勇气。

以上般般，可说是歌德浮士德主要的精神。

四

中国数千年以来，贤人哲士，都教我们乐天安命，知足不辱。退后一步自然宽！如果对于人生不满，认为是自寻烦恼。这一种不积极的精神，在从前闭关自守的农业社会，外无强邻，还有相当的价值。处在现今生存剧烈竞争的时代，不改变这种态度，前途只有暗淡不堪。奋斗努力，不顾一切，也不是中国的理想，却正是目前最需要的精神。感情方面，中国人素来就在重重压迫之下，不能发挥，浪漫主义者无限的追求，更可予我们静观的哲学以根本纠正。如果没有感情的冲动，没有无限的追求，中华民族怎样还可在这一个战国的时代，演出伟大光荣的一幕！

总起来说，浮士德的精神是动的，中国人的精神是静的，浮士德的精神是前进的，中国人的精神是保守的。假如中国人不采取这一个新的人生观，不改变从前满足、懒惰、懦弱、虚伪、安静的习惯，就把全盘的西洋物质建设、政治组织、军事训练搬过来，前途怕也属有限。况且缺乏这个内心的新精神，想要搬过西洋外表的一切，终究搬也不过来！

在歌德浮士德的结尾，浮士德被救了，天使们把浮士德的灵魂欢迎到天上去。我们可能变成浮士德，来受天使的欢迎？

（原载《战国策》第 1 期，1940 年 4 月 1 日）

1905—1993

冯至：歌德的格言诗

　　这里，我并不想谈歌德诗歌的主要部分，抒情诗和叙事诗，只想谈一谈他的哲理诗中短小精练的格言诗。提起"格言"两个字，会使人想到呆板的训诫和僵化的教条，不会含有诗意，缺乏感染的力量。但是歌德格言诗中的一部分（*不是全部*），读起来却总是洋溢着新鲜的生活气息，耐人吟味。

　　歌德在青年时期，曾经深入民间采撷民歌，他的一些著名的抒情谣曲就是在民歌的基础上加工写成的。歌德晚年，又广泛地阅读了从 16 世纪到 18 世纪的谚语集，从中得到启发，用近似谚语的形式写出大量的格言诗，有二百多首。这二百多首格言诗在歌德的全部著作中不过是大海的几点浮沤，全豹身上的几条斑纹，不被人注意，而且由于时代和阶级的局限，并不是每首诗我们都能感到兴趣。但是其中有不少诗句，表达了作者的乐观主义精神、严肃认真的工作态度、深刻的生活体验，更加以语言简洁有力，至今仍然能对读者起鼓励和教育的作用，甚至有歌德的研究者把它们当作小钥匙，用以打开通往诗人的精神世界的入门。

　　下边我选择了十几首格言诗，附带着谈一点粗浅的体会，并作些必要的说明。

时间是无私的，也是无情的，它不为快乐的人、任务繁重的人有所延长，也不为痛苦的人、焦急等待的人略为缩短。这是绝对的方面。但也有相对的方面。问题在于人们怎样看待它，使用它。有人只争朝夕，一分一秒也不放松，从而做出大量有意义的工作；有人却任意浪费时间，遇事拖延，让宝贵的时间从身边空空踱过，最后是一事无成，徒增感叹。歌德是最善于使用时间的人，他不曾辜负一生享有的高龄，在写出等身著作的同时，还做了许多政治的和科学研究的工作。因此时间对他的赠予也是丰富的，他这样歌颂时间：

我的产业是这样美，这样广，这样宽，
时间是我的财产，我的田地是时间。

可是有人却不是这样看待时间，与歌德同时的一个著名的小说家让·保尔，他说过这样一句话："人在世上有两分半钟：一分钟微笑，一分钟叹息，半分钟爱；因为在这分钟的中间，他死去了。"歌德的孙子瓦尔特把这句俏皮话写在纪念册里，歌德看见了，针对这句话写了四行诗：

一小时有六十分钟，
一昼夜超过了一千。
小孩子！要有这个认识，
人能有多么多的贡献。

最好地使用时间，首要是忠实于现在，摆好现在与过去和将来的关系。有人一味地怀念或是悔恨过去，有人只是梦想将来，他们都忽略现在。忽略现在，等于放走了时间。歌德在不少的文章和谈话里，一再批评这两种人，强调重视现在的重要性。有这样的格言诗：

急躁没有用，
后悔更没用；
急躁增加罪过，
后悔给你新罪过。

用急躁等待将来，用后悔回顾过去，都等于扼杀现在。怎样才能掌握现在，有所作为呢？歌德用下边的四行诗作了回答：

你的昨天若是明朗而坦然，
你今天工作就自由而有力，
也能够希望有一个明天，
明天能取得不更少的成绩。

这说明，只要对于昨天有一个清楚的认识，它就不会成为负担，今天的工作就自由而有力，至于明天，是从今天的工作里产生的。今天的工作好，明天也就有了保证。一切的中心就是今天。这不仅适用于个人，也适用于一个民族、一个国家。

歌德重视现在，通过现在的工作把时间看成是他的田地和财产。至于工作的意义呢，他认为跟世界的意义是不可分的：

你若要为你的意义而欢喜，
就必须给这个世界以意义。

他对于一些认为生活毫无意义甚至否定自己的人，这样简洁了当地给以判断：

谁若游戏人生，
他就一事无成；
谁不能主宰自己，
永远是一个奴隶。

在肯定世界意义、反对游戏人生的前提下，人们的工作应该——

像是星辰，
不匆忙，
也不停息，
每个都围转着

自己的重担。

人们一般以为，歌德是个幸福的诗人，他一生享尽了荣誉和赞扬，但他对平凡的幸福生活是非常厌恶的。他说：

对于我没有更大的苦闷，
甚于在天堂里独自一人。

又说：

世界上事事都可以担受得起，
除却接连不断的美好的时日。

永远没有变化、没有冲突、没有矛盾的境界根本是不存在的，哪怕是在有限时间内，歌德看来，也是难以担当的。他所企望的，是在风雨中得到锻炼，在痛苦中得到快乐，在变化中得到新生。

歌德晚年，深深体会到老年人的处境，虽然有些感伤情绪，但对于青年人的态度是积极的、谅解的：

一个老人永远是个李耳王——
凡是手携手共同工作的、争执的，

久已不知去向，
凡是和你一起爱过的、苦恼的，
已依附在其他的地方；
青年在这里自有天地，
这是愚蠢的，若是你向往：
来吧，跟我一块儿老去。

此外，他从当前青年人的行动中看到自己过去的青年时代，他一问一答地表达了他对于青年人的谅解和同情：

"你说，你怎么如此泰然地担当
那些粗暴的青年的狂妄？"
诚然，他们会是不堪忍受的，
若不是我也曾经是不堪忍受的。

但是，歌德对于社会上的市侩和乡愿，给以极尖锐的讽刺：

什么是一个乡愿？
是一个空肠，
填满了恐惧和希望。
上帝见怜！

寥寥四行，描画出那些胆小怕事、顾虑重重、伪善欺世的乡愿们一副可怜的形象。恐惧，是唯恐遇事伤害自己；希望，是朝朝夕夕向往个人得些利益，两种心情掺和在一条空洞无物的肠子里，比喻十分中肯。列宁在他的著作里一再地引用过这首诗，一次用它来形容向俄国沙皇政府磕头祷告的自由主义的"人民之友"（见《什么是"人民之友"以及他们如何攻击社会民主党人》），又一次形容"立宪民主党阵营的或接近立宪民主党阵营的俄国自由主义——民主主义的庸人"（见《纪念葛伊甸伯爵》）。不过，列宁在引用时，认为"上帝见怜"这一句不很恰当，对于前者，把"上帝"改为"长官"，对于后者，改为"反革命的地主"，就更为确切了。

作为资产阶级上升时期最有代表性的诗人，歌德的著作是健康的，他肯定现世，肯定现在，对于当时文艺界否定现世、否定现在的倾向是反对的。与歌德同时，有一些消极的浪漫派诗人，缅怀过去，歌颂中世纪的封建制度，美化天主教会，形成法国资产阶级革命后在德国产生的一股反动的逆流。歌德在谈话里、通信里、著作里，对于他们的主张和作品进行过多次的批判。最明显的是《与爱克曼的谈话》中的一段话："古典的我称为是健康的，浪漫的是病态的。……大多数较新的东西不因为它们新而是浪漫的，却因为它们是衰弱的、憔悴的、病态的，古代的东西不是因为它们古而是古典的，却因为它们是强壮的、新鲜的、快乐的、健康的。若是我们按照这样的性质区分古典的和浪漫的，我们就立即搞清楚了。"歌德在格言诗里简明扼要地说：

病的东西我不要品尝，
作家们首先要恢复健康。

这是歌德对作家们提出的希望和要求。

在 19 世纪 20 年代，美国还是一个年轻的共和国，歌德写了一首诗给美国：

美利坚，你比我们的
旧大陆要幸福；
你没有颓毁的宫殿，
没有玄武岩。
无用的回忆，
徒然的争执，
不在内部搅扰你，
在这生气蓬勃的时代。

幸福地运用现在！
若是你们的子孙从事文艺，
一个好的命运维护他们
不去写骑士、强盗、鬼魂的故事。

这首诗在格言诗里是较长的一首，有个标题《给合众国》，实际上是对于当时德国文艺界、学术界的批判。那时消极浪漫派的诗人们脱离现实，陶醉于中世纪残存的荒墟古迹，写些以中世纪为背景的骑士、强盗、鬼魂的故事，令人生厌。同时在地质学界有过一场关于岩石形成的激烈的论争，水成论者和火成论者各持己见，围绕着玄武岩的成因争执不休，延续了数十年之久，后来竟演变为人身攻击，影响这门学科的正常发展。"无用的回忆"指的是那些消极的浪漫派诗人；"徒然的争执"指的是这些地质学者。诗的第二节专谈文艺，主要的思想还是前边提到过的重视现在，运用现在。

歌德的格言诗并不是首创。在德语诗歌的历史上，从中世纪就有不少格言诗流传下来，但是像歌德的格言诗把个人的感想和智慧跟普通的道理融会在一起，而能独具风格，引人深思，则是少有的。

1978 年 11 月 19 日

（原载《诗刊》第 1 期，1979 年）

学大合臨

第八篇 中西互鉴

中西文学交流比较四讲

1937—1946

吴宓：希腊罗马之文化与中国

余此次谈话之旨，即欲引起诸君去外国学习希腊文及拉丁文之兴趣也。顾中国时局棼乱，百业不兴，吾劝人学此不适用之古典文字，恐难免有人怀疑，请试申吾旨。

希腊罗马之文化为西方近世文化之源泉，此乃无人得而否认者，故研究古典文字即探求西洋文化之根源之工夫也。吾国留学生多昧于此点，舍本逐末，研究古典文字者寥若晨星，有之，读拉丁文者至多不过三年，读希腊文者至多不过两年，亦殊嫌浅薄无济于用也。彼教会中人之习古典文字者，更浅薄可笑，全部文法不加细考，只抱一部字典，一本《圣经》，以此戋戋者为目的，更无足道矣。

余前在清华所受之益处虽多，但殊以从未有人告以须习拉丁文为憾。及到外国时，科目繁多，不能兼顾；回国后，俗务冗忙，更无暇从事矣。故欲学希腊或拉丁文者愈早愈好，庶不致遗憾后悔也。

中国旧学者及普通人，轻视西洋文化者居多，分而言之，约有两种。一为不知西学之人，妄斥物质文明，而对于西洋物质之压迫，则取无抵抗主义，只是空口自诩东方文化之价值，高谈精神文明。其错误在于不知外人研究中国文化之心理。盖外人研究中国文化之动机不外两种：一是好奇心，一则如德国青年欧战后受环境压迫之反动。究其实,均未能真正了解中国文化也,报上常有关于外人如何重视中国文化之通信,大都言过其实,未可深信。至法国研究中国学问之人虽多,但大半偏于考古方面,于中国文明之精神,仍茫然也。

第二为诅咒外国帝国主义资本主义之人,以为均由物质文明过发达之故,因而轻视西洋文化,殊不知此乃不可免之现象,西洋文明之精华,一时反对,将来仍将复兴。且树反对之旗者,亦不过只反对其表面上之侵略,而于精神方面仍无了解也。

西洋文明骨子里不易看见者,有两部分:一是基督教,一是希腊罗马文明。

基督教之坏处虽多,但其好处在能使人实行道德。其内容分析起来,约有两端:一是普遍之道德(universal morality),一是狭义之宗教形式。前者虽好,但中国之先哲,已言之无余。不必定须采取于基督教。后者乃耶教之糟粕,更无采取之必要。故吾人欲了解西方文明之真精神,舍研究希腊罗马文化外无他道矣。盖欧洲文化之可贵,全在古典精神也。

文艺复兴时,古典文明虽得以复兴,但仍少彻底了解。如意大利当时之人文派学者(humanist)认自然享乐为宗旨且不重操行,是即误解希腊精神之一证也,希腊罗马文明在欧洲势力虽极微弱,但尚绵续不绝。且此实欧洲文明极好之成分,则无疑也。

吾人欲研究人生问题或探求哲学文艺之根本,若不从希腊罗马文化入手,决不能彻底了解。故为西洋计为中国计,均望古典精神之兴盛，如炉火然，彼处火大，则吾人得光必多也。

希腊文明与罗马亦多不同之点。要言之，罗马较近现代精神，且较重实用（practical）；希腊则较重理想。华茨华斯所谓"平淡之生活，高尚之思想"（plain living and high thinking）唯希腊人有之。此其大较也。

此时，西洋文明之弊病，已传染及于吾国。欲医治西洋传来之病，只好用西洋药，古典精神，即西洋药也。欲医治中国本身之病，则须研究中国文化本身之好成分，而施方剂。希腊文化最与中国国粹接近。研究希腊文化且可以促国人对于中国古来最好文明之信仰。

近来世人偏重（over-emphasis）及悲观等病，希腊文明实对症之良药。盖希腊重简朴（simplicity）、均平（balance）、节制（moderation）诸德也。

希腊历史乃后世历史之雏形，后世一切不同之学说（除一部分科学外），奇怪之事实，均可溯源于希腊。但就希腊文学史而论，亦为各种文学史之根本。故研究希腊历史，实可以作全史之借鉴与参考。希腊情形尤其与中国春秋战国孔孟时相近，更可以作吾国人之借鉴与参考也。

以上不过拉杂略述希腊与罗马文明之价值与地位，及吾人所以应透彻研究之原因而已。至研究文学之方法有二：一曰自外研究法（external method），以考察为主，如研究某书之真伪如何，何人所作，何时出版，作者之生平如何。书中文字有改变与否，训诂如何，句子之构造如何，及某诗代表何种社会情状之类，是外研究法也。二曰自内研究法（internal method），即以涵泳为主，研究一书之本身，考求其思想及艺术之所在。如浮水然，钻进水底，不只究其表面，是内研究法也。可惜现时之西洋学者大都只知科学方法，考据其表面，殊不知研究文学哲学须用内研究法，不然便是为人而为非为己之学矣。

外国人率皆轻视中国人，见中国人对于西学稍有所知，便觉惊异。因此普通留学生，只得与外国商人俗人来往，极少有与外国古典学者接触之机会。故苟有立意欲研究希腊文或拉丁文者，则非难百出，难成事实。甚望清华同学中，有人能于此努力也。

（本文为吴宓对清华学校留美预备部学生的一次讲演，由该部学生贺麟笔述。原载《清华周刊》第24卷第15期，1925年4月）

1903—1969

陈铨:《中德文学研究》总论

德国人第一次同中国纯文学接触,是由于杜哈尔德的《中国详志》。从这个时候到现在,差不多已经快两百年了。在这两百年中间,德国方面总是不断地努力去探讨中国纯文学的美丽。但是他们所见到的图画,始终还是不清晰,不稳定,除非他们更有忍耐,更卖气力,很不容易抓住中国纯文学的精华。

在这一篇研究中,我们曾经一步一步地去表明中国纯文学对于德国文学的影响。我们在起首就说明,一种不同文学的介绍,往往要经过三个时期:可以叫它翻译时期,仿效时期,创造时期。我们研究的结果,认为德国方面的成绩,始终还没有超过翻译时期。

德国对中国文化兴趣最大的时候,是在 18 世纪;但是那时候的兴趣,只是单方面的,因为当时一般人只知道孔子的哲学和中国的美术品,对于中国的纯文学,他们并没有留心。中国纯文学第一次的介绍,是杜哈尔德《中国详志》(*法文 1736 年,德文 1747—1749 年*),中间的翻译,包含一本戏,四篇短篇小说,一些抒情诗。慕尔是第一个介绍中国长篇小说的人:1766 年他把英译的《好逑传》转译成德文。这一些翻译都没有什么艺术上的价值。歌德同席勒第一次才从他们诗人的立场上,不但看出中国文学的材料,而且发现中国文学的美丽。两人都曾经卖气力,想把中国文字,用德国文字艺术的形式去表现出来。席勒想改作《好述传》,在他的剧《图郎多》里,他极力想去造成中国的空气。比席勒所受的影响还要大的乃是歌德。歌德曾经读过中国的小说,把中文诗译成德文;他写《额彭罗》和《中德季日即景》的动机,都是因为看了中国文学才引起的。他关于中国文学发表的意见,告诉我们他了解儒家形成的中国人生观。以后雷克特继续歌德的工作,1833年他把全部《诗经》,从拉丁文翻译成中文。

从这个时候起,德国人从18世纪以来对中国文化的兴趣,一落千丈,一方面固然是因为德国本身思想不相融洽,另一方面,中国政治军事上的失败,也有令人瞧不起的地方。对于中国文字的研究,并没有停止。但是只是几位专门的汉文学者。只有一本最重要的翻译,就是司乔士的《诗经》。

在20世纪起首的时候,德国人对中国文化的兴趣又重新渐渐浓厚起来,对中国人的宇宙观,渐渐又发生了一种新关系。顶重要的,就是欧战以后,欧洲人对于单是物质方面的进步,感觉不足,想向内心方面求解脱,所以他们回首看东方,有没有什么可以替他们开一条新路的思想。老子的无为哲学,因此在欧洲一天天地时髦起来。中国的纯文学也得许多人的尊敬爱好;每年都出版得有许多翻译改作。但是不单是向内心的人生观,大家还发现革命的元素,和英雄的行动,如像额润斯苔茵就是明例。大家都把中国材料,随自己精神上的态度,来随意介绍。严格的汉文学者,当然都反对这类作品，因为它们不科学不准确，因为介绍的人一个汉文字都不懂；但是在一般读者，就是这些作品能够得到极大的欢迎，克拉朋甚至于能够把一本自由改窜的中国戏，去博得德国剧台上很大的胜利。

在小说方面，译成德文的作品，大部分都选择得不适当。真正有价值的书籍，还等着人翻译。最重要的翻译是：格汝柏的《封神演义》，孔的《金瓶梅》、《红楼梦》，和其他许多人零碎选译的《今古奇观》、《聊斋志异》。讲到中国的戏剧，一直到现在只有克拉朋的《灰阑记》，洪德生的《西厢记》、《琵琶记》，要站重要位置。克拉朋的《灰阑记》是第一部在德国剧台上表演成功的中国戏。洪德生翻译的两本中国戏，是中国最著名的剧本。抒情诗方面，选择大体还算不差。最常翻译的，是《诗经》、陶渊明、李太白、白居易，和其他唐人的诗。比较正确的翻译家是：查赫、康亚蒂、瓦奇、白哈蒂、佛尔克、卫礼贤；自由改作比较有成绩的是：克拉朋、伯特格、洪德生。

德国人对中国文化兴趣的高下，同他们自己精神生活，互相关联。18世纪是德国光明运动的最高点。光明运动的哲学家莱布尼慈、渥尔夫都相信普通的人性，和普遍有效的理性规律。人类应该遵守规律；他自己本身就是大宇宙中的一个小宇宙。世界是为人类存在的；人类自己的责任，就是依照理性行事，使世界照着"预定的和谐"，向前进展。这一种宇宙观，同孔子的教训有许多相同的地方，因为他的道德注重实际生活，而且建筑在普通人性的上面。他告诉我们，道就在本身，本身可以与天地参，一切都要从本身作起，先修身然后才能齐家治国平天下。所以在孔子世界对人类也是一种责任，尽这种责任是最高尚的事情。因此我们很可以明白，为什么在18世纪的时候，德国人那样喜欢孔子。

在狂飙运动浪漫主义，这种兴趣没有了，因为那时候的人生观，同孔子合理主义的人生观，根本是两件事情。只有普遍的精神，世界的诗人歌德，他相信世界文学的时期将到才能够发现中国文学的美丽。

在19世纪30年代的左右，德国精神，转了一个大弯：工业技术的势力，一天一天地膨胀，世界也失掉了它的神秘，合理主义，帝国主义，资本主义，成了绝对的伟大。在科学同哲学方面，实验哲学统治了全部；在文学方面，自然主义，风行文坛。世界没有形而上的意义了，它不过是一种理智运用的材料，使人类能够驾驭管理。尼采说：上帝已经死了。但是世界的开展，同时也就是人类的隔绝。人类失掉了他自己内心与全部外界的关系，只剩下了孤独的自己。这一种隔绝，结果就养成了极端的个人主义；因为人类在很短的时间里能够驾驭自然界许多的事情，他相信他可以完全征服自然界，所以个人自尊自大的心理，也愈来愈高，从这一方面来说尼采的超人，就是极端的代表。这一种精神的态度，当然同中国的世界观，根本不同，因为中国的世界观，总是倾向超出个人，融洽宇宙，从来不愿意自己内心和宇宙的关系隔绝。从外表方面来说，还有一点：那个时候德国在科学军事方面在全世界占最优胜的地位，对于政治军事失败得一塌糊涂的中国，当然不会有什么敬仰。所以在那时德国人对中国文化的兴趣，差不多完全消灭。

但是失望并没等多久。人类靠技术，在许多方面，确是征服了自然，但是征服的胜利，换去他内心的本质。人类失掉控制他自己出产的能力，他自己变成了技术的奴隶。他的感觉，变成机械，他失掉生命的全体。自然的破坏，就是人类自己精神的破坏。结果这一种进步，把人生弄得肤浅，最后演出空前未有的悲剧——世界大战。现在人类的内心又渐渐活动了，自己想找着自己，自己再发现自己的灵魂，自己同形而上存在的关系，又想重新继续。人类打算再回复到他全部的经验；他在自身里，又重新发现了自己。因为这一种关系，许多德国人感觉到老子哲学意义的深厚。人类要站在世界的中心，观察全体，再从观察全体的经验来作他个人生活的经验。因此"《道德经》变成了现代人到东方的桥梁"（Reichwein：*China und Europa*, S. 10.）。因为认识老子，大家渐渐动首去认全体的东方文化，所以中国纯文学翻译介绍的工作，非常活跃。这一种兴趣，到底能够维持多久，当然要看德国的精神生活以后向什么方向活动。无论如何，我们可以相信这一种浓厚的兴趣，可以使翻译时期，快一点完成；因此中国纯文学真正的美丽，中国文化真正的特点，可以明了，中国同德国的关系，可以更加密切。同时这一个进步，可以领导我们到与全人类相关的世界文学。我们希望，以后的进展能够符合我们的愿望。

（原载陈铨：《中德文学研究》，商务印书馆1936年版。标题为编者所加）

1903—1969

陈铨：歌德与中国小说

德国最初翻译中国小说的人，就是把杜哈尔德法文的《中国详志》翻译成德文的人。法文的《中国详志》在1736年出版，德文的译本先后在1747—1749年出版。这一部书里有元曲《赵氏孤儿》，有四篇《今古奇观》的短篇小说，有十几首《诗经》的诗。德国翻译介绍中国第一本长篇小说的人是慕尔，他在1766年把《好逑传》从英文译成德文。但是德国第一个认识中国小说价值的人，却是歌德。

歌德同中国文学最初发生关系，可以在他1781年1月10日的日记里边"呵，文王！"一句话来证明。文王自然是中国古代的圣主，他的名字在杜哈尔德《中国详志》二卷三卷里边屡次出现，杜哈尔德这一本书在当时算讲中国最详备的书，经塞铿朵而夫（Seckendorf）的介绍，在韦玛也很风行，所以大概这一本书歌德也曾经看过。文王是孔子理想的君主，他以德化民，造成了《国风·二南》里所描写黄金时代的政治。歌德当时在韦玛受公爵的知遇，少年揽政，他羡慕惊叹文王的政绩，当然是很自然的事情。

1796年1月歌德同席勒彼此通信，才又讲到一本中国小说。我们知道这一本中国小说就是《好逑传》，因为席勒不满意慕尔的翻译，他想自己重新改编。他已经写了几页，后来不知道为什么又搁下了。(Buchausstellung, *das Buch in china und das Buch über China 1928 Frankfurt am main*, Nr, 534, Schiller：*Gesammnte Werke, historisch-kritische Ausgabe von Goedecke Bd*. 15 S. 372ff.)

虽然歌德同这本小说已经发生了关系,恐怕他还没有读完。一直到1827年1月31日歌德同艾克芒谈话讲中国小说和中国文学,这一次歌德才真把《好逑传》细心地读完了。歌德同艾克芒这一段谈话,发表他自己对中国文学的意见,最关重要。

此外歌德还读过的中国小说是英人汤姆斯(P. P. Thoms)译的《华笺记》[歌德《日记》,1827年2月2日、3日,(P. P. Thoms: *Chinese Courtship*. London 1824],法人锐幕萨(Abel Reémusat)翻译的《玉娇梨》[歌德《日记》1827年2月14日、19日,(Abel Rémusat: *Ju Kiao Li*. Paris 1826)],法人德卫士(M. M. Davis)选译的《中国短篇小说集》[歌德《日记》,1827年8月22日,(M. M. Davis: *Contes Chinois*, Paris 1827)],德卫士《中国短篇小说集》中间包含十篇《今古奇观》的短篇小说。这十篇中的四篇,已经在杜哈尔德《中国详志》翻译过了的。还有塞铿朵而夫当时在《提甫杂志》(*Journal von Tieffurth*)上还发表过十段中国短篇小说,究竟歌德这十段小说读过没有,我们现在已经不能够确切知道了。歌德所读过的东西,当然不能算是中国顶好的小说。歌德当时已经感觉到。艾克芒在谈话里曾经问过他,他读的长篇小说(《好逑传》)是不是中国小说里最好的一本,歌德答应道:"一定不是,中国人有千万这样的小说,他们有的时候,我们的祖先还在树林里生活呢。"

照歌德的意思,中国小说究竟有什么优点呢?或者,广义一点，中国文学的特点，到底在什么地方呢？

歌德说："书里面的人，思想行动感觉差不多同我们相似，我们不一会就觉得自己是同他们一样的人，只是在他们一切都比我们明白纯洁道德一点。在他们一切都是可了解的，平民的，没有激烈的感情，没有诗意的震荡，所以同我作的《黑尔芒和多诺忒》与英国锐加生所作的小说很相像。但是又有一点不同，就是外界的自然同人物老是同时生活。石缸的金鱼不断地击拨，枝头的雀鸟不断地歌唱，白天老是光明欢畅，晚间老是明白清楚；他们常常讲月亮，但是他们不改变风景，月光同白天在他们想象里是一样的。"

拿歌德的判断同白尔塞的相比，我们可以看出他们两人不同的地方出来。白尔塞讲的是形式，歌德讲的是内容；白尔塞懂得原书的技术，歌德懂得原书的精神；白尔塞发现了原书作者艺术的纤巧，歌德寻出原书作者在文化里边的意义。并且因为白尔塞把《好逑传》认为有价值，所以他误解了它在中国整个文学里的地位，他以为《好逑传》比其他一切的中国小说都好。这一种判断不但是事实上的错误，而且是表现批评的人不细心，因为白尔塞关于中国小说的知识，仅仅只有这一部。在那一方面，歌德却并不相信《好逑传》是中国一部很好的小说，他认为它不过是一本极平常的书，中国人像这样的书有千千万万。

要知道歌德的判断为什么正确，有两点我们不能不先弄清楚：第一就是歌德读过这几本小说在中国文学上的位置，第二就是形成中国文学的中国人的人生观。

在欧洲甚至于在中国有一个很流行的谬误见解，就是"十才子书"的说法。照这一种说法，中国文学里有十部最好的书，依着次序高下胪列起来：（一）《三国志演义》，（二）《好逑传》，（三）《玉娇梨》，（四）《平山冷燕》，（五）《水浒传》，（六）《西厢记》，（七）《琵琶记》，（八）《花笺记》，（九）《平鬼传》，（十）《三合剑》。谁也不知道什么人什么时候特别选出这十部书排出这种次序。有人说是金圣叹创说的，但是并没有根据，并且金圣叹，是一个最有见识的批评家，总不会弄出这样没有见识的笑话。固然他曾经创造"才子"这两个字（金圣叹评点《西厢记》第二卷第八项），并且评点过《三国志演义》、《水浒传》、《西厢记》三部书，但是却没人能确切证明十才子书是他选定的。其实这十部书里面，真正够得上称才子书的，也不过《三国志演义》、《水浒传》、《西厢记》、《琵琶记》，其余比较相差太远，所以实际上只有这四部书在中国大家都知道诵读，其他的几部很少人注意，如像《三合剑》差不多许多人连名字都没有听过。

歌德读过的三本中国长篇小说《好逑传》、《玉娇梨》、《花笺记》虽然列在十才子书里边，我们并不能因为这个缘故就说它是中国最有价值的小说。白尔塞同歌德都不十分重视它们艺术上的价值，总算很有见识。我们很可惜他们两人百年以前正确的见解，到现在大家还不十分注意，最近德国人孔（Franz Kuhn）在他《好逑传》译本跋语里边，仍然把十才子书的标准来审定《好逑传》在中国文学上的地位。（Franz Kuhn：*Eisherz und Edeljaspis*，Leipzig 1926 Nachwort.）

中国人的人生观最重要地还是孔子的影响。照孔子的学说，一个人理想的生活,就是一种安居乐业光明清楚的生活。君臣父子兄弟夫妇朋友彼此间的责任都是明明白白地定出来了的。一个人用不着疑难地思想,只需照圣人定下来的规律去身体力行,并且只有从身体力行上用功夫,一个人才能够达到人生最高的目的,就是道德的完成。这一种人生观里边没有激烈的感情,没有无穷的渴想,没有梦幻的境界,没有神秘的性质。你也可以相信鬼神,相信身后魂魄的存在,但是你一切的责任,却在目前实际的人生。正如歌德所说:"一切都是可了解的,平民的,没有激烈的感情,没有诗意的震荡。""白天老是光明欢畅,晚间老是明白清楚。"甚至于晚间的景色,也同日光下面的景色,完全没有分别。

这一种极端光明的,丝毫不带浪漫性的人生观,在中国文学里处处都在表现。"四书"、"五经"里中国的散文所达到明白美丽的程度,就在世界文学里,也不容易多找可以同它们比肩的作品。在抒情诗里中国诗人凡是受了孔子哲学影响最深配称儒者的诗人,都没有对无穷的渴想,没有对女人浪漫的崇拜,没有似真似幻神秘的思想,没有绝对求真的冲动,一切的诗歌都从一安定的灵魂中抒写出来。

这样的人生观在一方面固然是伟大,但是也很难令一般的人满意,因为这种人生观只看见世界的一部分,而没有看见全体,它忽略了形而上的问题,它看轻了人类超现实的冲动和灵魂中不依理性的成分。在文学方面,这种一偏之见,往往发生不好的影响。它把一切都用理智来解决,因此减少了情感的力量,造成了冷静的头脑,只顾现实而不顾超现实,只顾实际的人生,而不顾想象的人生。这一个缺点侥幸地有佛教道教来纠正补助。平心而论,宗教方面，道教佛教对中国一般人影响，远在孔子哲学之上。孔子哲学常常都是受君主的提倡保护，至于道教佛教，却大部分全凭自己本身的力量，深入一般人民的心坎。拿纯文学来说，特别是在戏剧小说方面，道教佛教也曾经发生过很大很好的影响。中国最好的小说戏剧如果没有佛教道教的影响，简直可以说很难产生。我们很可惜的就是歌德所读过的三本小说《好逑传》、《玉娇梨》、《花笺记》的作者，都是代表孔子的人生观的，所以歌德所看见的也只是孔子的世界，至于中国文化里面道教佛教的成分，歌德没有机会接触。如果歌德曾经读过《红楼梦》、《三国志演义》、《水浒传》、《西游记》、《封神演义》一类的作品，也许他的看法又不一样。歌德关于《今古奇观》十篇短篇小说的批评，我们不知道，但是这并没有什么关系，因为《今古奇观》同歌德读过的三本长篇小说，根本精神，实在没有什么很大的分别。《今古奇观》所描写的大抵都是中国中等人家的实际生活，虽然里边包含了不少中国顶成功的短篇小说，还是缺少丰富的想象，激烈深沉的情感。不管他怎么样，歌德对于自己读过的小说，有直觉了解的能力，他从行间字里认清了作者的灵魂，他仿佛亲身感受了孔子世界里的空气。

（原载陈铨：《中德文学研究》，商务印务馆1936年版）

1907—2002

柳无忌：西洋文学与东方头脑

文学，甚至是一切艺术，昭示出一个民族的情感生活。情感是全人类所有的，所以它超越时间与地域的界限，含有一贯的普遍性。不论是古代文学，或西洋文学，同样地对于今日的东方读者能激起羡慕、同情、欢乐、悲哀、恐惧，以及其他的情绪。但是文学也表现每个民族的特殊性格；而民族性由于血统、习惯、环境、时势的关系，各各不同，呈着光怪陆离的色彩，从而影响文学的创造。在西洋文学中，既有英、法、德、意、俄等国别，同时西洋文学与东方文学，又交互着辉映对照，汇为两个浩瀚的文学主流。因此，当我们以东方的头脑去学习西洋文学时，我们必须克服一些几乎不可超越的困难。换句话说，我们应当虚心地去探讨一切造成西洋文学的民族与社会背景，搜索它的历代遗产，追溯它的泉源；然后再以同情的心肠暂时忘怀了我们的东方传统，置身在西洋人的社会中，似他们一样地思索着，想象着，生活着；这样我们才不至于用有色的眼镜去观望西洋的景色，或用固执的头脑去解释西洋的事物。养成了这种客观的习惯后，我们始可游刃有余地去应付着西洋文学作品中的每个道德宗教与社会问题。

我们最初的工作，就在辨别出哪几种是形成西洋文学的主要品质，有一些什么因素曾灌注入西洋民族的血液中，影响着他们的文艺写作，而在我们的头脑中却是淡薄的或疏远的？西洋文学有三个时期：古代，中古时代与近代；使它进展的也有三种原动力：希腊艺术，耶稣教《圣经》与促进工业文化的科学。古代的西洋文学就是希腊文学，以及它的附庸拉丁文学；中古世纪是教堂的全盛时代，耶稣教的势力笼罩全欧，文学与别的学问一样，不得不仰承着它的鼻息；文艺复兴带来了近代的曙光，自 16 世纪以至 19 世纪的三百年中，交织着古典文学与浪漫文学的盛衰，而浪漫运动的泉源即是神秘的中古世纪，它的古式建筑与传奇故事。这种冲突继续着，直到 19 世纪的中叶，为一个新兴的力量完全掩盖了，这力量就是科学。20 世纪可以说是科学的，以及科学所产生出的工业世界。最富敏锐感的反映着时代的文学，也随着与科学结上了不解之缘，于是有现代的西洋文学，其中也混杂着希腊文化与基督教的成分。

明白了这个背景，我们且顺着时代的程序略述这三种发酵素给予文学的影响。希腊艺术的基本观念，是审美的观念。在图画与雕刻，像在诗歌戏剧中，古代希腊人表现一种唯美的嗜好。前者有着静止的美，如一朵花，一个女人，有匀称的和谐的形体，引起高尚锐敏的感觉。这种对于美的意念同样地应用在文学的创造中，在这方面希腊人最高的理想是形式的完善，不但各部分要配合着平衡发展，而且在各部分之间也要互相调和，产生一致性的美丽。为要达到这种理想的形式，希腊作家谨慎地从事写作，刻意求工，严密精微，所以希腊文学亦是经典文学，它可以为后代文人作楷模。形式的完整与辞句的雕琢，也是中国文学的特色，对于我们并不是新鲜的。不同的地方是：希腊人把形式的与身体的美视为至上的理想，艺术的主要条件；而在东方则一切都以道德的标准为归依。这两国民族对于美丽的本质在看法上根本不同。在西洋，承袭了希腊人的观念，一个女子如同一个男人一样，他们的美丽在于健全、活泼、有生气；而在古代东方，书生以文弱见称，美女亦纤脚娇步，大有弱不禁风的危险。把一个林黛玉放在维纳斯石像的旁边，这两位东西的美人将形成一个多么强烈的对照！在美丽的描摹方面，中西艺术家的技巧亦不同。希腊的雕塑家把人像的面貌形体刻画得轮廓明晰，栩栩如生；中国的画家却用象征的笔法轻描淡写着他的人物，只启示出一种想象的意境，没有具体的表现。希腊人崇拜人体，摆在眼前的活跃的人体美，所以他们的信仰是坚实的。在东方，美的本质是轻飘的，不踏实的，因此形体美得不到真实的欣赏，为道德的热忱所代替了。这并不是说希腊人没有道德，或他们的文学中缺乏道德的成分；我们仅说着，希腊的艺术以美为出发点，亦以美为归宿，比较起来美丽的观念重于道德的观念。

这份产业从古希腊遗传到近代西洋文学中，不时与犹太的，亦是耶稣教的，信念发生冲突，它有时被后者所遮盖了。可是这传统在文学中继续保持着不绝如缕，到了某个适合的时代，在某个适合的诗人身上，放射出新的光明来。古典的作家努力争取美的形式，浪漫的作家以美的本质为创作灵感，甚至在19世纪末年有文人提倡着唯美运动,揭起为艺术而艺术的信条。在希腊影响下诗人崇拜美。对于他们,美丽是现实的,见于自然界与人体,直接地感动着他们的视觉、听觉、嗅觉与触觉;美丽事物的不同部分,如形体、姿态、颜色、声音、香味,同样地摄引着他们。对于他们,美丽也是超现实的,活动在人类的想象中。美的事物也许如昙花一现,但是它的精华却永久存在,变为宇宙间可爱的一部分。所以年轻的济慈,一位晚生的希腊诗人,说道:"一件美丽的事物是永远的快乐。"它不会消逝,因为它是长存于天地间的。在基督教堂管辖下的中古世纪,希腊的影响渐趋式微,希腊的教训被遗忘了。一种东方的宗教盛行于整个欧洲,而这个宗教的基础是建筑在一部书上,耶稣教的《圣经》。这一点我们很能懂得,因为中国社会的人生的道德观念,有数千年之久也曾建筑在孔子的一部《论语》上。再加上《佛经》与《可兰经》,可以说是世界上最重要的四部圣书了。其中也许要推希伯来人的这部经书有最大的影响。因为它改造了欧洲文化,而欧洲文化亦是近代西洋文化,遍及于美洲及其他各洲。在中古世纪教堂有绝对的威权,梵蒂冈的教皇是全欧洲人民的精神皇帝,甚至各国的国王与各地的王子都恭敬地俯首听从着他的命令。在当时,被驱逐出教堂,比现在驱逐出国或剥夺公民权利还要严重,在精神上那个不幸者将徘徊着无归宿之处。在这所谓黑暗时代,实际上是宗教时代。欧洲每一个城镇的教堂钟声,吸引着虔诚的教徒去做礼拜,他们跪着祷告,唱赞美诗,背诵拉丁文的《圣经》——就是这部《圣经》以无比的威力统治了各个民族,各个阶级，成为欧洲人的唯一的精神食粮。

这部俗语《圣经》，是 4 世纪末圣杰洛米的译本，通用于整个中古世纪的欧洲，就在现在也是天主教认为唯一可信的拉丁语《圣经》。通俗拉丁是这时候基督教的教语，所以也是欧洲的通行语言。在英国，第一部英文《圣经》的翻译远在 14 世纪乔叟的时候，翻译者是一位新教运动的首领威克立夫。在 16 世纪上叶出现另一部丁特尔与克佛但尔合译的近代英文《圣经》。莎士比亚时代的读者一定曾欣赏过这部译本，因为天主教在英国已完全失势了。在莎士比亚死前五年，英国始有一部钦定本《圣经》。那是由于詹姆士国王的命令，集合了英国的宗教家与学者，参照着古代的希伯来本、希腊本、拉丁本，以及前代的英文本，积若干年之久而编订成的。这是一段英文《圣经》的发展史。经历了几百年，耗费了几代作家的汇合的精力，方始创造出这么一部文学的奇迹。钦定本《圣经》可说是最伟大的译作，可与德国马丁·路德的译本相媲美。整部的《圣经》交织着庄巍的诗文：诗歌是高尚美丽的；但是那散文更锻炼精粹，简洁有力，是数百年来英文散文的楷模。我们且不说如何历朝文人诗家，自莎士比亚以降，从《圣经》中获取他们的灵感，如何每部英文作品中充满《圣经》的引证与语录，如何 17 世纪的宗教诗与其他时代的说教文都以《圣经》为归依；就是从散文的格调而论，《圣经》的势力也是很显著的。自弥尔顿以至罗斯金，每一个英国散文作家直接或间接地受到《圣经》文体的熏陶，模仿着《圣经》的那种严谨笔法。至于班扬的《天路历程》，一部最普遍的英文宗教小说，那更是完全得力于《圣经》的了。《圣经》是一部家传户诵的读物，是真正的大众文学，所以它在西洋的影响，比任何作家，比莎士比亚，比歌德，更为重大而深远。我们不能想象着没有《圣经》的西洋散文。在文体上，像在思想上，《圣经》是欧洲文化的另一个主要源流。

关于基督教与欧洲社会的密切关系，不在本文的范围内，不拟加以叙述。我们所要注意的，是基督教如何感应着西洋人民对于人生的态度，而这种态度又如何表现在文学内。差不多整个的西洋的道德、宗教信条，大部分西洋的人生观——除了少数接受希腊传统者外——都是从基督教蜕变出来的。这里且提一点以为例证，可是这一点却饶兴趣的，特别是对于东方人。当基督教在中古世纪盛行的时候，人们崇拜着上帝与耶稣，又从耶稣的崇拜推及圣母玛利亚，因为她受孕于圣灵，所以她也是童贞女玛利亚。对于这位童贞女的崇拜，在当时几乎是一种普遍的狂热，一种宗教，至今尚遗留在许多关于她的文学作品、画像与雕塑中。这种对于圣母的宗教热忱，渐渐推广为对于一般妇女的尊敬。女性是人类的母亲，人类的孕育者，早在古代北欧的文学内已有叙述，而这意念复与圣母的崇拜谐和着。在武士制度下，新的情绪开放了花朵。除了酷爱着真理、名誉与自由外，一个典型的武士也崇拜着恋爱，这是一种对于女性的浪漫的憧憬，一种要为所爱者忍受一切牺牲的理想，一种不辞赴汤蹈火的服务精神，一种超过一切情感的主要情感，一种寤寐不忘、辗转反侧以求之的热望。尤其是对于年轻的武士，如乔叟诗中的那个青年武士，这种精神的恋爱是整个生命中的主流，是武士礼仪的最高表现。于是武士式的恋爱也成为中古文学中最流行的题旨，在许多韵文传奇（metrical romance）中连篇累牍地描述着。这是浪漫恋爱故事的起始；从神圣的爱至尘世的爱，相隔不过一个阶段，是很容易演进的。在英文中，《高文与绿衣武士》是一部很好的传奇，里面有几段精彩的爱情韵文。降至16世纪，在斯宾塞的《仙后》中，武士的爱复活着，而仙后自己就是代表女性中一切理想的美德，几乎如童贞女玛利亚那样的值得接受着人们的崇拜。

从此以后，恋爱变成文学的主题。那个最热烈的情绪，从它人们得到最大的欢乐与最大的痛苦，是诗歌小说戏剧的泉源，西洋文学的光芒。这在我们东方人看来，好似不可理解的，因为在中国文学中，除了一些小说戏曲外，恋爱这情绪简直是自古以来为中国的作家所不齿的，至少他们没有把它坦白与现实地表现在作品中；但是明白了这段历史，我们也可恍然于为什么恋爱在西洋文学中占着这样的重要地位。在另一方面，中古世纪对于女性的崇敬，已深入西洋人的血液，仍然映现在现代的西洋社会与西洋家庭中。这种男女间相处的态度，也是研究西洋文学者所不可不了解的，所以小泉八云在他的演讲稿《文学的解释》（Interpretations of Literature）开宗明义地说着：

我渴望能给你们这个观念，在西洋，存在着一种对于妇女的情绪，虽然由于阶级与文化而有程度上的差别，但却虔敬得像一种宗教的情绪。这是千真万确的；不懂得这一点，等于不懂得西洋文学。

在近代，正当这种希伯来文化与希腊文化的影响尚在继续着互为消长的时候，西洋人的理智又为一种新的动力所刺激着。最近一百年来的欧美，可说是一个科学的世界。科学的精神与方法，早在英国伊丽莎白时期，开端在培根的著作中。培根与莎士比亚同时，是当代最显赫的一个人物，在詹姆士一世的时候历任政府与法院要职；但终因贪污的嫌疑，被革除职务，逐出首都。现在我们记忆着他，因为他是英文小品文的鼻祖，但也因为他曾写作《新工具》一书，创始归纳法的逻辑，一种以观察与试验为理论根据的科学方法。近代的科学蜕生于此精神。在培根死后的两个世纪，西洋的科学逐有进步，但是改变整个人生观的科学发现，对于文学最有影响的科学作品，却是1859年出版的达尔文的《物种起源》。这部书骚动了欧洲的思想界，使人们对于根本的生存问题起了疑虑，同时摇撼了宗教的信仰。在英国，丁尼生试在诗中解释与调协着耶稣教与进化论的冲突，但他的努力不足以遏止怀疑宗教的狂澜；生存竞争不只是动植物界的现象，它也可以应用到人类的生活上。人生遇到新的估价，被发现出这是一大串不绝的艰苦挣扎，依照自然的规律而生存灭亡。自然也变了颜色，不再有那种浪漫的光华与色彩，如昔日的诗人那样歌唱着。我们已不再想象月里嫦娥在桂树下捣着仙药，因为月不过是地球的一个卫星，它的光亮是借得的。在这团冰冷的地壳上根本没有生命的存在；我们看不见银河上会面的牛郎织女，只知道这些密集的星星仅如太阳那样地是无数发光的球体，炽热的火焰可以熔化钢铁及一切物质；河内的水，在化学的分析中是氢气氧气；人潜伏在海底，而没有探到龙王的水晶宫；一切有诗意的自然景物，多么美丽，却都可以解体为一些无机的物质，肉眼都看不见的核子与原子。宇宙的奥秘失去了，浪漫的气氛消除了，自然的美丽褪色了，科学的现实的世界正视着今日的人类。

代替了这些的，是一个严酷的社会环境。我们不但感觉到生活的艰难，而且也知道这是人类必然的经历；蔷薇色的好梦已不能长久做着了。古代希腊人尚可以把一切不幸的遭遇推诿于神秘的命运，可是在近人眼光中，命运即是我们的环境，一个铁面无私的人生的监督者。人们不能逃脱它的掌握，正如古希腊英雄不能规避命运的蹂躏那样。哈代写一个有志的穷困青年，不甘被束缚于他的潦倒的环境中，他坚毅地向前迈进，但是他的每一步使他陷入更深的泥泞，终于覆没不能自拔，为环境的铁掌所捏死。20世纪对于宗教失去了热忱的信仰，对于人生失去了童孩似的依赖：怀疑、悲观、彷徨，找不到一个灵魂的归宿处。而机械之神又那么地残忍、单调，不能给予人们精神上的安慰；相反的，人们一不小心就会被压死在他的轮环中，如奥尼尔所作《发电机》剧中人物所遭遇到的。我们尚不知科学将如何从它自己所摧毁的建筑中，盖造起新的辉煌的宝座来。

科学对于文学的写作方法也有决定性的影响。这点可从两方面论述。第一，科学给予文学写实的方法。科学注重试验与事实，巨细兼察，精密正确。这种研讨自然界事物与现象的方法，也被文学家采用以描述人生与社会。科学的态度是客观的，所以文学家也置身于事物之外，用客观的叙述以处理各种问题。一位现代的新作家这样写着：

我是一个照相机，镜头的开关打开着，十分被动的。只是摄取，并不思索。摄取一个在对面窗子前修脸的男人，一个穿着睡衣在洗发的女子。有一天，这几张底片将被洗出，仔细地印成，贴好。

照相机与绘画的不同，有如近代文学与古代文学的不同；而照相机正如近代文学，都是科学的产物。这种照相机的写作方法，被动，摄取全部景物，不加思索与剪裁，没有主观的成分，在20世纪的文学中，无疑地是个主要的写作方法，见诸小说与戏剧中。第二，科学间接地自心理学影响到人物的描写。心理学可说是近代科学的一个宠儿，它诞生的日子尚短，但它却已为文艺批评家开辟一条新的途径，改换了作者对于写作小说与戏剧的重点，因而也革新了我们对于文学的观念。我们的兴趣自故事被移到人物，特别是人物的心理分析。这样的作法在19世纪的英法小说中并不是没有，但以前是偶尔为之，现在却受到了佛洛伊德的影响，变为一种固定的趋势了。佛洛伊德是维也纳的一个医生，心理分析的发明者，两性关系的阐述者。他的对于人类脑筋的分析，被应用在人物的描写中，于是不但一个人的动作、行为、言语、思想，被叙述出来，连他的内心的欲念，半意识的思维，也都被赤裸地暴露出来。整个人的灵魂被解剖着，如一个科学家在实验室内解剖着一只青蛙与兔子。法国的蒲鲁斯特，英国的乔哀斯与维琪尼亚·吴尔芙，美国的奥尼尔，在文学上都是佛洛伊德的信徒，走向心理分析的途上，为20世纪的文学放射一线异彩。

凡此一切，希腊的审美观，耶稣教的教义，科学的人生观，鼎足而为支持西洋文学的三根柱石，在这上面西洋的作家建造起他们的神庙、堡垒、教堂、家庭与工厂。我们东方的游客隔着一条河眺望这些建筑，当然不免模糊地看不大清楚。如何能造成一座桥，以达到彼岸，消除了鸿沟的分界，俾得登堂入室，一游这些房屋，欣赏其中的景物，这是每个文学工程师——西洋文学介绍者——的职责。

（原载柳无忌：《西洋文学研究》，中国友谊出版公司1985年版）

后 记

西南联大作为近代以来扎根中国大地办教育的一个典范,其历史功绩已载入史册,她所蕴含的精神至今仍熠熠生辉。目前,社会各界关注西南联大者越来越多,有关西南联大的研究渐成"显学"。历史是时代前行最好的坐标,我们走得再远都不能忘记来时的路。多年来,西南联大博物馆坚定当好西南联大精神的守护者、传承者和实践者,持续不断地挖掘、整理和利用西南联大历史资料,在此基础上进行展览展示、宣传教育、研究阐释等诸多工作,传承和弘扬西南联大精神,讲好西南联大教育救国故事。

"西南联大名师课"丛书是西南联大博物馆与东方出版社共同策划、勠力打造的挖掘、整理西南联大历史资料的一项成果。在整套丛书的编纂过程中,西南联大博物馆的李红英、朱俊、铁发宪、祝牧、张沁、王欢、李娅、姚波、马艺萌等老师参加了各册的选编、审校工作,博物馆其他同志也为编纂提供了保障支持,这是本套丛书顺利面世的重要保障。

高山仰止,景行行止。西南联大名家荟萃,大师们的学识博大精深。编纂这套丛书,我们一方面深感意义重大,另一方面也感到责任重大。由于时间仓促、水平有限,本丛书难免存在遗漏或不当之处,尚望联大校友及其亲属、专家学者和读者朋友批评指正。还有少量作者的亲属未联系上,敬请见到本套丛书后发邮件至1071217111@qq.com,与我们取得联系,我们将按照国家相关规定支付稿酬、奉送样书。

编　者